내 우울한 젊음의 기억들

내 우울한 젊음의 기억들

홍상화 소설

한국문학사

이 책을 55년 동안 참 잘 참아준,
다섯 아이의 엄마에게 바친다.

그래도 남는 것은 글밖에…

지지난해에 타계한 김윤식 선생님이 나에게 여러 번 해준 말씀이 있다. 그것은 바로 "그래도 결국 남는 것은 글밖에 없어요"라는 말이다. 선생님과 함께 세계의 오지를 여행할 때나 남산을 걸을 때, 그리고 그 밖의 여러 곳에서 반복해서 해준 말이다. 특히나 내가 글쓰는 작업에 회의를 느끼고 있을 때, 어떻게 나의 심정을 읽었는지, 그 말씀을 하곤 하셨다.

그러던 중, 2005년 『디스토피아』 출간을 시점으로 문단과의 인연을 완전히 끊기로 결정한 후, 거의 10년 동안 선생님과의 만남은 중단되었다. (『디스토피아』 내용 중 문단의 선배들을 비판하는 부분이 있는데, 혹시 선생님에게 폐가 될지 몰라 나 스스로 그렇게 결정한 것이었다.)

그러다가 돌아가시기 몇 년 전, 건강이 나빠지셨을 때

부터 선생님을 자주 뵙게 되었다. 다소 기력이 떨어진 모습으로 선생님께서는 "결국 남는 것은……"이라는 말씀 대신에 "결국 삶이란 한번 긴 꿈을 꾼 거와 같아……"라는 말씀을 하곤 하셨다.

삶이 긴 꿈이라 하더라도 그 꿈을 꾸는 동안 쓰인 어떤 글은 분명히 남을 가치가 있고, 또 꼭 남겨져야 한다. 그러한 글 중에 선생님의 글은 분명히 맨 앞자리를 차지해야 할 것이다. 내가 간수해야 할 선생님의 글은, 내 '두뇌의 자식'의 모음이라고 할 수 있는 나의 창작집에 선생님이 써주신 해설문이다.

선생님이 타계하신 지 2년이 지난 이즈음에 그 글을 보존하는 방법의 하나로 그 창작집을 재출간하기로 했다. 그런 이유 때문에 선생님이 써주신 해설문을 책의 앞머리에 권두 소개서 격으로 게재하기로 했다.

이 책에 수록된 단편은 잊혀도 좋고 또 실제로 잊힐 수 있지만, 선생님이 쓴 해설문에서 게으른 작가에게 보여주신 관심과 채찍, 그리고 문학에 대한 열정만은 잊히지 않았으면 하는 것이 나의 소박한 바람이다.

8

이 땅의 수많은 문학인들이 홀로 남긴 무력한 '두뇌의 자식'들을 예외 없이 무한한 애정으로 정성껏 챙겨주신, 그 '두뇌의 자식'들의 대부였던 선생님의 뜻을 기리며 이 책을 펴낸다.

홍상화

2020년 11월

차 례

'능바우'에서 '킬리만자로'까지

—지방성 극복과정의 어떤 궤적

김윤식(문학평론가)

1. 첫 작품이 뜻하는 것

이 창작집엔 「겨울, 봄, 그리고 여름」(1990)에서 「능바우 가는 길」(1999)에 걸쳐 발표된 8편의 창작이 실려 있다. 그동안 이 작가가 쓴 작품들 중에서 이들 8편만을 추린 이유에 대해서는 언급이 없어 알기 어려우나, 자세히 들여다보면 10년의 세월 속에서 이루어진 한 작가의 정신적 궤적이 손에 잡힐 듯이 선명해 고도의 계산에 의해 선택되었음이 판명된다.

첫번째 작품 「겨울, 봄, 그리고 여름」부터 살펴보기로 하자.

"초겨울 어느 날 // 김성수는 김포공항으로 가는 차 뒷좌석에 눈을 감고 앉아 지난 세월을 돌아보았다"라고 시작되는 이 작품의 주인공 김성수는 43세의 소기업 사업가다. 15년간 그는 피나는 노력으로 사업에 매달렸으나, 이런저런 이유로 실패, 결국 탈세, 외화유출 혐의로 범죄자 신세가 되어 해외로 도피해야 했고, 도피생활 3개월 만에 귀국, 모든 것을 잃은 그는 모 영어학원 강사후보로 재출발하게 된다. 그러나 그것은 재출발이기에 앞서 사업을 일으키기 위해 겪었던 온갖 수모에 대한 타오르는 분노가 여전히 가득 차 있어, 출구가 보이지 않는 형국이다. 특징적인 것은 다음과 같은 장면들.

(1) 그가 사는 집은 말할 것도 없고, 값이 나가는 것이면 무엇이든, 아내의 패물까지도 한줌의 미련도 없이……(335쪽)
(2) 생활비를 절약하려고 딸을 접골원에 데려간 아내의 모습이 떠오르자, 음 하고 저절로……(356쪽)
(3) 아, 내가 얼마나 건방졌던가! 아내가 자신을 사랑하는 것을 마치 아내 몸속에 지니고 살아야 할 불치의 병처럼 받아들였다니!(363쪽)

실패한 사업가 김성수의 삶을 장황하게 펼쳐놓은 이 작품에서 주목되는 것은 위의 인용에서 보듯 가정주의랄까 가족중심주의의 모습이 수시로 출몰한다는 점이다. 아내와 딸이 김성수의 의식을 짓누르고 있음이란 무엇인가. 성패에 대한 심리적 대응물로 작동되고 있을 만큼 그것은 심층적이다. 작가 홍씨의 출세작인 장편『피와 불』(1989,『꽃 파는 처녀』로 1999년에 재출간, 2016년『정보원』으로 재출간)의 기저에 놓인 가문주의(家門主義)와 대응되는 혹은 그 변형인 이 가족주의(가족중심주의)는 이 창작집을 이해하는 한 가지 지표라 할 것이다.

2. 권력의지의 불타오름

아내/딸로 표상되는 가족주의적 사고란, 일차적으로는 야망으로 치닫고 있는 남성중심주의에 대한 대응물로 설정되고 있다. 이 타오르는 야망이 좌절되었을 때, 그 심리적 부담을 부려놓을 수 있는 대응물로 동원된 이 가족주의란 그러니까 이 단계에서는 한갓 보조선의 몫을 한다고 볼 것이다.

(1) 추악한 인간들이 물어뜯고 뜯기는 세계에서는 강하고 잔
   인한 인간들만이 살아남을 수 있다는 사실을. 그리고 살아남

은 인간들이 저지른 짓은 모두 합법적이고 지혜로운 것으로 포장되는 반면, 죽은 자들은 졸지에 도둑놈으로 몰린다는 사실을.(326쪽)

(2) 연극이 어떻게 끝날지 모르고 조마조마한 마음으로 자신의 연기를 지켜보았을 가족들, 어떠한 결말을 맞이할지 흥미로워하며 자신의 연기를 관찰하였을 친구들, 그리고 비웃음을 머금고 무대와 객석에 시선을 던졌을 각본을 쓴 사람⋯⋯. 비웃는 그자의 얼굴을 보고 싶었다. 아마 그자는 흉악한 모습에 거대한 힘을 가진 그 무엇이리라. 자신의 어리석음을 비웃는 그자의 웃음이 들려오는 듯했다.(327쪽)

(3) 특히나 힘들었던 여행에서 돌아온 다음날, 월요일 아침 7시 중역회의에 참석하려고 세수를 하다 코피를 흘렸던 캄캄한 겨울날 새벽이 떠올랐다. 그 피를 보면서 순간적으로 던졌던 질문, "무엇 때문에 내가 이렇게 살아야 하나?"라는 질문이 마음속에서 자리잡기도 전에, 그런 질문을 던졌을 안일한 생활을 하는 수많은 사람들에게 속으로 퍼부은 저주⋯⋯ 그 저주가 최선을 다하지 않은 중역들에게 향했을 때 느낀 고통스럽던 배신감⋯⋯.(333쪽)

사회제도 및 타인에 대한 타오르는 증오심이란 따지고 보면 자본제 생산양식이 낳은 산물에 지나지 않는다. 이

16

엄연한 법칙에 대한 타오르는 증오심이란, 이 판에 뛰어들었다가 패배한 자의 헛소리에 다름 아니다. 만일 그가 패배하지 않았더라면, 그 사회제도 및 그 타자들의 일원으로 군림했을 터다. 요컨대 김성수의 타오르는 저러한 증오심을 뒤집어보면 그것에 대한 형언할 수 없는 애착이 아닐 수 없다. 거창하게 말해 권력(생명)의지이겠고, 이를 첨예하게 의식함이란 자본제 생산양식이 부추기는 욕망의 분출의 승인 및 그 조직 속의 일원으로 편입되기와 맞물려 있다.

인간에게는 누구나 이 권력의지로서의 삶의 욕망이 있겠지만, 김성수를 통해 보여주는 작가 홍씨의 그 열정의 강도는 단연 유별해서 인상적이기까지 하다. 이것이 이 창작집의 원동력으로 작동하고 있음을 선명히 볼 수 있다.

이 점을 잘 보여주는 것이 첫 작품으로부터 10년 뒤에 쓰인 「독수리 발톱이 남긴 자국」이다.

세계 초강대국 수도인 워싱턴 시 변두리, 스페인계 남미인 이민자들이 살고 있는 지역에 위치한 슈퍼마켓 안 사무실에 한 사내가 바쁘게 그날의 매상을 계산하고 있다. 이름은 최형민. 해직기자 출신, 군사독재에 맞선 정의의 사내. 새로운 인생을 찾아 미국으로 이민했으나 애

초에 한국상품을 위한 시장 개척은 실패의 연속이었다. 그가 혼신의 힘으로 단신 개척한 시장은 번번이 재벌 자회사의 물량, 가격 공세로 물거품이 되었다. 가까스로 최형민이 기반을 마련한 것은 동네 슈퍼마켓. 이제 잘만 하면 승산이 있을 터였다.

또 하나의 인물은 최형민의 죽마고우 박진우. 직장을 그만둔 30대 이후부터 사업을 갖기 위해 혼신의 힘으로 일했으나 역시 번번이 실패. 부도가 났고 범죄자로 낙인 찍혀 미국으로 도피, 이제 겨우 리쿼스토어를 경영하여 가족에게 송금하는 처지. 박진우의 절박함은 신자도 아니면서 텅 빈 교회에 들어가 예수를 향해 독백하는 다음 대목에서 잘 드러난다.

이곳 미국에서 저는 최선을 다해 일했습니다. 일한 만큼 보수가 돌아온다는 믿음과 제 자신의 힘으로 가족을 부양하고 있다는 자부심으로 행복하게 일했습니다. 그런 행복은 한국 사회에서는 향유할 수 없었습니다. 한국사회는 죄를 지으며 살아남든지, 아니면 당장 생계유지에 급급한 생활을 하든지 둘 중의 하나를 강요했습니다. 저는 죄를 지었습니다. 누구나 그러했으니까요.

사회의 지도층을 이루는 관료와 사업가, 그리고 정치인

들…… 그 누구나 죄를 지으며 살고 있습니다. 그리고 놀랍
게도 죄를 짓고 있다고 생각하지 않는 자만이 살아남을 수
있습니다. 이 얼마나 무서운 사회입니까? 그렇습니다. 겉으
로 보기에 그들은 인간미를 따지고, 예의를 중히 여기고, 관
대함을 미덕으로 여기는 듯하지요. 그렇지만 따지고 보면 인
간미와 예의란 부정부패를 조장하고 은폐하는 도구에 지나
지 않고, 관대함이란 지배층에 있는 사람들 사이에서만 적용
되는 자기 보호막에 불과합니다. 저는 제 동포지만 지배계급
에 속하는 그들을 혐오합니다.(111~112쪽)

최형민도 박진우도 권력의지에 불타는 강력한 인간들
(장편『거품시대』(1994)에서는 이러한 군상들이 득실거리고 있
거니와)이었음이 한눈에 들어온다. 그들은 고국에서 패
배했고, 그들을 패배시킨 그 원리의 근원지인 미국에 와
서 발버둥치고 있다. 여기서도 바로 그 원리의 덫에 걸렸
기 때문이다. 좀 더 빨리 성공하기 위한 욕망이 바로 덫
이었던 것. 최형민의 우정이 덫에 걸린 박진우를 구출할
수 있을까. 작가는 부질없이, 우정이야말로 어떤 덫도 피
해갈 수 있는 유일한 희망임을 암시하고 있다. 이는 아마
도 소설적 원리 쪽을 희생한 작가의 희망사항이 아니었
을까. 그들 두 사람은 당초부터 자본제 생산양식의 사고

범주가 지닌 속성을 속속들이 알고 있지 않았던가. 거기서 벗어날 어떤 길도 없음을 누구보다 숙지하고 있지 않았던가. 이 냉혹함이 삶의 법칙이자 작가 홍씨의 열정이자 글쓰기의 근거이고, 또 그 지속성이 아니었던가.

3. 권력의지와 가족주의

지속성이라 했거니와, 앞에서 살핀 첫 작품「겨울, 봄, 그리고 여름」에서「독수리 발톱이 남긴 자국」까지 꼭 10년의 세월이 흘렀지만, 글쓰기의 원리로서의 열정의 강도는 미동도 하지 않은 채 지속되고 있다. 지속성이라 했을 땐 또다른 의미항도 깃들여 있는데, 앞에서 살핀 가족주의가 그것.

위생감독관이 박진우가 서 있는 매대 쪽으로 가까이 오면서 선반 위를 살펴보고 있었다. 최형민의 아내가 위생감독관보다 몇 발자국 앞질러 박진우가 서 있는 바로 안쪽 선반 위의 과자통을 치우고 살피기 시작했다.
그때 과자 부스러기가 떨어진 곳에 바퀴벌레인 듯한 것이 움직이고 있었다. 순간 최형민의 아내가 과자 부스러기와 그것을 집었다. 움켜쥔 손을 등뒤로 가져간 그녀에게 감독관이 무어라고 말하는 듯했다. 최형민의 아내가 손에 든 것을 입에 털어넣었다. 감독관이 보기에 떨어진 과자 부스러기를 먹는 듯이 보였을 것이다. 감독관 뒤를 따라오던 최형민은 아무것도 눈치채지 못한 듯했다. 박진우는 그곳에서 도망치듯 빠져나왔다. (117~118쪽)

이 장면은 박진우의 시선에 잡힌 최형민 아내의 모종의 행위다. 위생감독관의 눈을 속이기 위해 갑자기 출현한 바퀴벌레를 눈치껏 잡아 삼킴으로써 영업정지의 위기를 모면하는 장면. 상대방을 이기기 위해 상대방이 토해낸 오물을 먹어치우는, 장편 『거품시대』에 나오는 백운직물 사장 백인홍의 행위를 연상시킨다. 박진우로 하여금 구토를 일으키게 하는 이 장면이야말로 최형민의 인간됨과 그 가족주의의 원점 확인이 아니겠는가.

작가 홍씨는 아주 직설적으로 박진우의 입을 빌려 이렇게까지 말해놓지 않으면 배길 수 없었다. 바텐더가 한국에서 가장 유명한 것이 무엇이냐는 질문에, "별로 유명한 것이 없는 것 같소. 구태여 찾는다면 한국 여성의 마음씨요. 역사적으로 어려운 환경 속에서도 가족을 이끌어온 것은 억척 같은 한국 여성의 힘이오"라고 대답한다.

최형민의 처가 숨어서 혼자 일으키는 구토는 작가도 감당하기 어려운 것이었다. 박진우가 목숨을 걸고 돈벌이를 하는 것도 고국의 처와 딸에게 송금하기 위함이었다.

하느님! 이번 일만 도와주시면 저 자신을 위해서는 아무것도 바라지 않겠습니다. 이곳에서 남은 인생을 두 딸과 아내만을 위해 살아갈 것을 맹세합니다. 그렇다고 저 자신이 불행한 인생을 살겠다는 것은 결코 아닙니다. 세상 누구보다도 행복할 자신이 있습니다. 왜냐고요? 제 두 손으로 땀흘려 일해 가족을 부양하고 웃음짓는 아내 얼굴을 대하며 사랑과 관심과 대화 속에서 성장해가는 두 딸을 보는 기쁨이 있지 않습니까?(113~114쪽)

박진우의 이러한 심정고백은 최형민의 처가 일으키는 구토와 등가물이 아닐 수 없다. 다만 특징적인 것이 있다면, 작가 홍씨 특유의 딸 편향주의다. 청년 사업가 김성수에겐 딸이 하나, 귀국 금지자 박진우에겐 딸이 둘 있었다. 가족주의, 그것은 작가 홍씨에게는 모종의 센티멘털리즘이 깃들일 수 있는 틈이 아니었을까. 이 센티멘털리즘엔 그 나름의 내력과 까닭이 있지 않았을까.

22

4. 기억과 묘사―글쓰기의 원점

딸을 핵으로 한 가족주의란 무엇인가. 이 물음이 작가 홍씨의 첫 창작집이 지닌 모종의 글쓰기의 또다른 원동력이 아니었던가. 발표 순서대로 읽는다면, 「외숙모」(1991), 「유언」(1992), 「어머니」(1993), 「세월 속에 갇힌 사람들」(1995), 「능바우 가는 길」(1999)이 되거니와, 분량으로 보나 공들인 품으로 보나 단연 이 창작집이야말로 작가정신의 중심부라 하지 않을 수 없다. 10년에 걸친 작가 홍씨의 글쓰기란 이들 작품으로 응집되었다 해도 크게 틀리지 않는다. 그렇다면 그 핵심에 놓인 과제란 과연 무엇이었을까. 「외숙모」가 작가 홍씨의 두 번째 출발점으로 바위처럼 우뚝 서 있다.

'능암리'란 무엇인가. 경상북도 대구에서 떨어진 시골의 이름이다. 1·4후퇴에 밀려, 열 살 소년인 '나'가 1년 반 동안 머문 곳이다. '나'에게 능암리가 어째서 '유일한 내 마음의 고향'이었을까.

어쩌면 인생의 대부분을 시골에서 보낸 어느 누구보다도 능바우에 대한 나의 애정은 더 깊을 것이다. 지금 다시 생각해보니 그 이유는 여러 가지가 있을 것 같다. 내가 성년이 되기 전 장기간 가족과 떨어져 있었던 유일한 경험이었다든지, 한창 감수성이 예민한 시기였던 나의 뇌리 속에 깊게 파고든 시골의 정경과 인정 때문이었다든지, 오랫동안 시끌벅적한 도시생활을 하다 보니 나이가 들면서 점차 도시에 염증을 느끼게 되었다든지, 여하튼 1년 반 동안 지낸 능바우에서의 생활은 내게 특별했다. 내 소설 여러 곳에서 배경 무대로 등장할 만큼 능바우는 내 정신세계의 원형이었다.(290~291쪽)

난리통에 집안어른들이 소년을 외가가 있는 능암리에 보냈고, 그곳에서 소년은 남다른 체험을 했다. 그것은 외숙모와의 관계로 집약된다. 6·25전쟁 전 서울에서 대학을 다니던 외삼촌이 부모의 명으로 시골 양가출신 규수와 혼인했고, 능바우에서 신접살림에 들어갔다. 2주일 만에 상경한 외삼촌은 6·25전쟁에 휘말려 의용군으로 갔다. 생사 여부가 불투명한 상태, 시부모를 모신 외숙모는 독수공방 신세. 그런 외숙모에게 열 살 소년의 출현은 그야말로 유일한 마음의 의지처였다. 도시에서 자란 소년 역시 낯선 동네 아이들의 텃세 속 타지살이에서 외숙모만이 마음의 의지처였다.

성의식의 부인은 신접살림 몇 달 만에 의용군으로 끌려간 남편 대신 시부모님을 모시고 평생을 청상으로 지낼 각오를 했다.

그녀는 조금도 슬프지 않았다. 혼자 달랑 외가로 피난 와 고아가 된 큰시누이의 열 살 된 아들과 평생을 지내기로 단단히 마음먹었기 때문이다. 낮에는 들일을 나가 그 아이에게서 국군과 인민군의 군가를 배웠고, 밤에는 등잔불 밑에서 아이에게 유행가를 가르치며 함께 소리 죽여 불렀다. 갈수록 정이 더해지던 어느 날, 죽은 줄 알았던 아이의 아버지가 나타나 아이를 데려갔다. 그날 밤 유난히 휑뎅그렁해진 방에 앉아 있으려니 온통 세상이 무너지는 듯한 슬픔과 외로움이 몰려왔다. 그녀는 더 이상 견딜 수가 없어 집을 뛰쳐나왔다. 지나가는 버스를 무작정 세워 올라탔다.(296쪽)

이 장면은 작가인 '나'가 일방적으로 상상한 외숙모의 내면풍경이다. 실상 생사불명의 남편을 기다릴 수 없다고 판단한 친가 부모의 은밀한 명령으로 친정으로 되돌아온 외숙모는 개가하여 잘살다가 지금은 국밥집 장사를 하며 여유로운 생활을 하고 있다. 40년의 세월이 흐른 오늘 열 살 소년은 소설가가 되었고, 친구들과 서울구경에 나선 외숙모가 그의 집필실로 뜻밖의 전화를 해온 것이다.

이 작품에서 지적될 수 있는 것은 열 살 소년의 '기억'에 관해서다. 로브그리예의 지적대로 기억이란 상상력의 다른 명칭이다. 기억이 필연적으로 묘사를 가능하게 하는 것은 그것이 누구를 시켜 대필할 수 없음으로써 새삼 증명된다. '기억=묘사'란 그만의 것이기에 그 누구도 대신할 수 없는 그 무엇이 깃들이는 영토다. 글쓰기의 기원이랄까 근거가 여기에서 온다. 작가 홍씨의 원점이 '능암리'라 함은 이런 문맥에서다.

5. 기억의 구체성—외숙모

이러한 '기억=묘사'가 글쓰기의 기원이 되는 뜻은 단지 일반론에 지나지 않는다. 이 일반론이란 사람에 따라 천차만별일 터이거니와, 작가 홍씨에게 그것은 어떤 구체성을 띤 것이었을까. 이 물음에 곧바로 응해오는 것이 「유언」「어머니」「세월 속에 갇힌 사람들」 등이다.

전쟁은 수많은 순진한 젊은이들의 생명을 앗아갔거나 일생을 망쳐놓았다. 전쟁이 끝난 지 20여 년 후 스무 살이 된 딸을 북한에 홀로 남겨둔 채 남한에서 생명을 끝내야 했던, 당숙의 한 많은 일생이 내가 쓴 소설 속에 담겨졌다.

당숙의 딸은 이제 40의 나이에 들어섰으나 아직도 아버지의
체취를 잊지 못해 괴로워하고 있을지도 모른다.(236쪽)

이 대목은 「유언」의 입구에 걸려 있는 에피그램. 여기
에 나오는 한 권의 소설이란, 설명이 없을 수 없는데 작
가 홍씨의 데뷔작인 장편 『피와 불』을 곧바로 가리킴이
라는 사실이 그것. 작가 자신이 시나리오를 쓰고 제작자
로 영화화한 바 있는 이 장편은 작가가 혼신의 힘을 기
울인 노작이다. 사람의 일생을 좌우하기도 하는 중요한
우연성들이 대개 그러하듯, 홍씨에 있어서도 이 작품의
창작동기는 운명적이었음이 거의 확실하다.

『피와 불』에 따른다면, 그러니까 운명적 사실에 의거
한다면, 대학생인 당숙은 낭만주의적 성향의 인물로 좌
익사상의 열병에 걸려 있었다. 6·25를 맞아 의용군으로
갔고, 월북한 뒤엔 그곳 여배우와 결혼, 딸을 낳고 당의
명령으로 간첩으로 남파했다. 가문의 어른들의 설득으로
자수, 재혼, 사업가로 변신했다가 암으로 죽는다. 이것
이 '자살인가 병사인가'를 두고 이런저런 사건들이 벌어
지는 것이 『피와 불』의 내용이다. 문제는 당숙이란 인물
이 남파간첩으로 자수했고 또 죽었다는 '사실'에 있다.

만일 이것이 허구라면 이를 토대로 어떤 소설을 꾸미든 그것은 창작의 자유에 속할 터여서 그 성패 여부는 작품(소설)의 법칙성이 판가름해줄 과제에 속할 터다. 그러나 이것이 '사실 자체'라면 사정은 어떻게 될까. 다시 말해 당숙의 딸이 북한에서 인민배우로 통용 화폐의 인물로까지 등장하고 있는 〈꽃파는 처녀〉의 여배우 홍명희라면 어떠할까.

이 운명적 사실의 원점이 있다면 그것은 능암리(능바우)가 아닐 수 없다. 이 원점이 「유언」에서는 북쪽에 있는 '외숙모'의 아버지를 창출해낸 것이고, 「어머니」에서는 남쪽에 있는 '외숙모'를 창출해낸 것이며, 「세월 속에 갇힌 사람들」에서는 그 남쪽의 '외숙모'의 죽음을 창출해낸 것이다.

압도적인 '사실' 앞에 망연자실, 이를 소화해내기 위한 혼신의 노력이 『피와 불』이 아니었던가. 작가 홍씨에게 허구(소설)란 '사실'에 맞서는 유일한 '현실'로 작동되었을 터다. 홍씨의 소설가 되기가 운명적이라 함은 이런 문맥에서다. '사실' '허구' 이 두 세계 한가운데 이 작가 특유의 '현실'이 있었다. 이 창작집 『내 우울한 젊음의 기억들』이 그 '현실'의 구체성이라 할 것이다.

6. 덫으로서의 가문주의

이 창작집은, 물론 그 자체로 설 수 있지만, 장편 『피와 불』 및 『거품시대』와 마주하고 있을 때 비로소 제 빛을 뿜어낸다. 이 점을 새삼 환기시켜 주는 것이 「능바우 가는 길」로 보인다.

이 창작집을 이루는 두 기둥을 지금껏 살펴봤거니와 다시 한번 정리해보기로 하자. 한쪽 기둥을 이루고 있는 작품 「겨울, 봄, 그리고 여름」에서 「독수리 발톱이 남긴 자국」까지는 '권력의지'로 요약될 터다. 이 열정은 작가 홍씨가 저주해 마지않는, 그를 패배시킨 자본제 생산양식이 낳은 원동력이다. '독수리 발톱'으로 표상되는 약육강식의 동물적 의지이며 헤겔의 이른바 '주인·노예 변증법'에 다름 아니다. 작가 홍씨의 창작의 근거이자, 삶의 의지의 근거가 여기에 놓여 있는 만큼 이것은 권력의지로서의 인간 욕망의 원점이자 글쓰기의 기원이 아닐 수 없다. 이것이 이른바 일반론에 해당된다.

이 창작집의 또다른 기둥의 하나인 「외숙모」계는 어떠할까. 그것이 당숙으로 말해지는 구체성(운명적)으로 규정됨으로써 원리적인 글쓰기의 근거를 이루지만 그 자체로 제한적임을 면치 못한다. 제2의 글쓰기의 기원이라

함은 이런 문맥에서다. '당숙'이 지닌 구체성이란 그러니까 작가 홍씨에겐 일종의 '덫'이 아니었던가. 글쓰기의 활주로를 떠나 이륙하기 쉬운 지점이기도 했지만 그만큼 그의 비상을 제한적으로 만들지 않았던가. 이를 부추긴 것이 이른바 시대성이다. '분단문학'으로 말해지는 이 시대성이 작가 홍씨의 발목을 잡은 '덫'이 아니었을까.

여기에는 설명이 조금 없을 수 없다. 분단문학 그것은 반세기에 걸친 이 나라 문학판의 소명감각에 걸린 과제였고, 의식적이든 아니든 작가치고 이 수압에서 자유롭기 어려웠다고 봄이 자연스러웠다. 이 점에서 작가 홍씨는 썩 유리한 위치에 있었다. 그것은 홍씨의 의지와는 무관한 영역, 곧 운명적인 이른바 구체성이었다. 작가 홍씨로 하여금 창작의 충동을 그 근본에서 제약한 것이 바로 이 구체성이다. 적절한 비유가 아닐 수도 있겠으나 작가 홍씨는 혹시 땅 짚고 헤엄치는 형국이 아니었을까.

앞에서 여러 번 지적한 '가족주의'의 등장이 이와 무관하지 않다. 그것은 일종의 센티멘털리즘이 아니었던가. 주인·노예 변증법의 세계 속에 틈을 내고 있는 이 가족주의란, 주인·노예 변증법에 의거한 자본제 생산양식 속의 사고체계에서 보면 한갓 센티멘털리즘이 아니겠는가. 분단문학이란 무엇인가. 한갓 지방성(地方性)의 일시

적 현상이 아니고 새삼 무엇일까. 혹시 그것은 긴 안목에서 보면 센티멘털리즘의 일종이 아니었을까.

다시 한번 점검해보기로 하자. 『피와 불』의 근저에 놓인 것은 '가문주의(家門主義)'라 할 것이다. 가문을 살리기 위한 방편으로 선택된 길이 남파간첩 당숙의 '자수'였음은 명백하다. 그러나 정작 이를 수락한 당숙은 어떠했던가. 북에 두고 온 '아내와 딸'을 어떤 힘으로도 이겨낼 수 없었다. 그것은 죽음만큼 강한 그 무엇이었다. '가문주의'에 대한 '가족주의'의 우위성이 『피와 불』의 참주제였다. '가문주의'와 '가족주의'의 대결과 후자의 우위성이 빚은 비극적 표정이 『피와 불』의 근거라면 이를 단편으로 전개해 보인 것이 이 창작집 전체를 꿰뚫고 있는 신경줄이자 작가 홍씨의 모종의 콤플렉스가 아니었던가.

(A) 신의주 고급중학교 2학년 때, 자강도 미인대회에서 최고
미인으로 뽑혀 영화 〈꽃파는 처녀〉의 주연으로 발탁되었다
는 그 소녀의 연기…… 어디서 그런 연기력이 나왔을까? 나
는 감탄하지 않을 수 없었다.
아버지와 생이별을 하고, 어머니마저 자살한 후…… 북한에
서는 부계와 모계 그 어느 쪽도 피붙이를 찾을 수 없는 고
아가 되어 신의주로 이주당했을 그 소녀가…… 아버지를 향

한 그리움 속에, 어머니에 대한 원망 속에, 만주벌판에서 불어오는 잔인한 겨울바람을 여린 가슴으로 막으며 지내는 동안…… 그 소녀의 얼굴 표정은 육십 성상을 슬픔 속에 견뎌낸 어느 박복한 여인의 표정보다 더 깊은 슬픔에 젖었고……
그리고…… 그리고……(「유언」, 266~267쪽)

(B) 뿐만 아니라 아버지를 뵈러 갈 때 진 빚과 3개월간의 공백은 내 가정의 경제상태를 엉망으로 만들어놓았다. 호구지책으로 아내가 파출부로 나설 정도였으니 집안 사정은 한마디로 박살이 난 셈이었다. 그러한 상황에서도 두 딸이 경제적인 핍박을 느끼지 못한 것은 순전히 아내의 헌신적인 노력 때문이었다. 그러고 보니 아내가 아주 착한 여자라는 사실을 결혼 후 처음으로 깨달은 셈이었다.
나도 명색이 한 집안의 가장인데 어린 두 딸을 생각해서라도 그냥 죽치고 집 안에 틀어박혀 있을 수가 없었다.(「어머니」, 215~216쪽)

'가문주의'에서 '가족주의'로 옮겨간 장면이 (A)라면, 북쪽의 아비를 만나고자 발버둥친 아들의 자기반성이 (B)이다. '가족주의'와 '가문주의'의 대결양상이 이들 작품의 갈등구조이자 구성적 원리를 여지없이 폭로해놓고 있다. 이 점에서 「세월 속에 갇힌 사람들」을 빼면 작가 홍씨의 글쓰기의 편향성이 한결 뚜렷해진다.

'가문주의'에서 '가족주의'로의 전환이란, 작가 홍씨에 있어 얼마나 힘겨웠던가는 쉽사리 짐작된다. 1990년대 시대성 속에서 그것은 센티멘털리즘에 안주하느냐, 이를 초월하느냐에 걸리는 작가의식의 과제로 보이기 때문이다. 이 센티멘털리즘에의 안주를 거부하는 강력한 권력의지가 작가 홍씨의 원점으로 꿈틀거리고 있었음에 틀림없다. 「독수리 발톱이 남긴 자국」이 분출해 올라왔음이 그 증거다. 주인 · 노예 변증법의 헤겔주의적 욕망이 그것이다. 그러나 센티멘털리즘으로서의 분단문제로 말미암아, 그 헤겔주의적 욕망은 진가를 발휘하기엔 이미 쇠약해졌다. '가문주의'에서 '가족주의'로의 전환도 이에 대응된 형국이 아니었을까.

7. 킬리만자로의 표범이 이른 곳

이 지점에 놓인 것이 「능바우 가는 길」로 보인다. 해발 6천 미터, 킬리만자로 상공을 4인승 세스나 단발기로 날고 있는 작가 이진우, 그는 왜 지금 눈 덮인 킬리만자로 정상을 굽어보고 있는가. 대체 그는 무엇을 찾아 헤매고 있는가. 이 물음에 대답을 제시한 것은 다름 아닌 작가 헤밍웨이다. 그는 「킬리만자로」(1936) 첫줄에서 이렇게 썼다.

킬리만자로는 높이 1만 9천7백10피트, 눈에 뒤덮인 산으로 아프리카 대륙의 최고봉이라 한다. 서쪽 봉우리는 마사이어로 '누가예 누가이', 즉 신의 집이라고 불려지고 있다. 이 서쪽 봉우리 가까이엔 얼어붙은 한 마리의 표범의 시체가 있다. 도대체 그 높은 곳에서 표범은 무엇을 찾고 있었던가? 아무도 설명해주는 사람은 없었다.(이종구 역)

주인공인 소설가 해리는 그만이 쓸 수 있는 묘사(작품)를 쓰지 않고 재능을 낭비했다. 그 대가가 그에게 닥쳐온 '죽음'이었다. 죽음을 물리칠 수 있는 것이란, 그만이 할 수 있는 '묘사'다. 표범(헤겔주의자)만이 할 수 있는 의지의 소산이며 인간의 고귀성(기품)에 다름 아니었다.

여기까지 이르면 작가 홍씨의 창작의 스승이 헤밍웨이였음을 쉽사리 짐작할 수 있다. 모래를 씹는 듯한 문체, 승부를 노리는 강력한 대화체, 형용사에 대한 거부 등등 작가 홍씨의 소설적 운용방식도 혹시 헤밍웨이에게서 영향받은 것인지도 모른다. 샤머니즘적 문체와 분위기로 이루어진 이 나라 소설의 주류에서 비추어볼 때, 홍씨의 작품이 매우 동떨어져 있음도 이와 무관하지 않을 터다. 헤밍웨이 역시 근원적으로는 일종의 지방성이겠지만, 좌우간 스승 헤밍웨이를 따라 작가 이진우, 그는 지금 어디로 가고 있는가. 모 신문사 의뢰로 아프리카 오지에서 슈바이처처럼 봉사하고 있는 의사 모씨를 취재하러 가고 있단 말인가.

천만에. 이진우, 그는 실상 '능바우(능암리)'로 가고 있었던 것. 능바우로서의 아프리카, 그의 글쓰기의 기원인 그곳. 그곳을 떠나서는 어떤 글쓰기도 근원적으로 불가능했던 곳. 지방성(센티멘털리즘)의 시발점이자 초극이 가능한 곳. 인간의 고귀성, 그것이 가능한 지점을 향해 그는 날고 있었다. 그리고 그 끝엔 '죽음'이 가로놓여 있었다.

인생의 무늬

1. 전쟁

"빨리 내려. 5분 안에 다 해치워야 돼."

기적을 울리며 천안역으로 들어서는 기차의 승강구에 선 남자가 옆에 있는 여자에게 말했다. 여자가 미소 속에 짐짓 긴장하는 태도를 취했다. 그런 여자의 얼굴이 기관차의 연통에서 나는 연기에 살짝 가려졌다.

"자, 내려."

기차가 서자마자 남자가 뛰어내렸고 뒤따라 여자가 뛰어내렸다. 남자가 선로 옆에 있는 국숫집 창 앞으로 뛰어갔다.

"가락국수 두 그릇이요."

남자가 지폐 두 장을 내놓으면서 외쳤다. 주인아주머니가 국자로 큰 냄비에서 국물을 떠 그릇에 담긴 국수 위에 부었다. 남자가 그릇 두 개를 집어들고 창가 옆으로 비껴서서 선반 위에 놓았다. 옆에 서 있는 여자 앞으로 한 그릇을 밀어놓으며 남자는 젓가락으로 국수를 건져 입에 넣고는 국물을 후루룩 마셨다.

"앗, 뜨거워!"

남자가 비명을 질렀다. 여자가 그런 그를 보고 손으로 입을 가리며 웃었다. 웃는 자신의 모습을 떠올리며 여자는 그를 사랑한다는 것을 느꼈다. 그것은 그녀에게 첫 번째 사랑이었고, 또한 마지막 사랑이기를 바랐다.

"빨리 해치워."

남자가 여자에게 재촉하며 국수를 먹고 있었다. 삐익, 하고 기적이 울렸다. 두 남녀가 승강장을 둘러보았다. 텅 비어 있었다. 붉은색과 초록색 깃발을 든 역무원이 그들에게 빨리 타라고 손짓을 했다. 여자가 먹고 있던 국수 그릇을 밀어놓고 승강구 쪽으로 뛰어갔다. 남자가 주머니에서 얼른 돈을 꺼내 국숫집 주인 앞으로 던지고는 여자가 먹다 남긴 국수 그릇을 들었다. 그는 여자의 뒤를 따라 기차에 올라탔다. 기차가 천천히 움직였다. 승강구 입구에 선 여자가 국수 그릇을 들고 있는 그를 보고 놀란 표정을 지었다.

"걱정 마. 그릇 값은 주었어."

남자가 여자 앞으로 국수 그릇을 내밀며 말했다. 여자

가 국수 그릇을 받아들고 남자에게 미소를 지어 보였다.

　반세기가 흐르는 물처럼 지나갔다. 병석에서 상체를 일으키려는 70대의 노파를 딸이 부축했다. 노파가 마른 입술을 혀로 축인 후 힘들게 입을 열었다.

　"저기 있는 감나무 이층장 밑에 보면 사기그릇이 있을 게다. 좀 가지고 오너라."

　노파가 마루를 가리켰다. 노파의 딸이 마루로 나가 이 층장을 뒤졌다. 한참 만에 오래된 사기그릇을 가지고 왔다. 노파가 그릇을 두 손으로 받아 가슴으로 꼭 껴안았다.

　"웬 그릇이에요?"

　노파의 딸이 물었다. 노파는 대답 대신 딸의 손을 꼭 쥐어주었다. 그 순간 노파는 그 국수 그릇만 남기고 다음해 전쟁터에서 이슬로 사라진 남자를 생각하고 있었다.

　"잘 간직해라. 네가 한 번도 보지 못한 아버지가 남긴 그릇이다."

　노파가 국수 그릇을 딸에게 건네주며 말했다.

2. 사랑

점심시간을 알리는 종이 울렸다. 초등학교 2학년인 아이들이 아침에 등교하자마자부터 기다렸다는 듯 서둘러 도시락을 꺼내어 책상 위에 놓기 시작했다.

그때 창가 자리에 앉아 있던 미숙이라는 아이가 주위 친구들 눈치를 보며 살그머니 일어나 교실 유리문을 열고 밖으로 나갔다. 미숙이 바로 뒤에 앉은 정혜만이 그런 미숙이를 눈여겨보고 있었다. 미숙이는 일주일 전에 전학 온 아이였는데 일주일째 똑같은 일이 반복되고 있었기 때문이었다. 미숙이가 왜 그러는지 마음속으로 궁금해하며 정혜는 어머니가 정성스레 싸준 도시락을 먹기 시작했다.

그러다 문득 창밖을 바라보던 정혜의 시선이 텅 빈 운동장 한 곳, 담장 옆 철봉대 뒤 여러 개의 수도꼭지가 달린 식수대에 멈췄다. 그 식수대 중간에서 허리를 구부려서 거의 하늘로 얼굴을 향하게 하고 식수대 수도꼭지에 입을 대고 있는 미숙이의 모습이 보였다.

점심시간이 끝나기 직전에 교실로 들어온 미숙이에게 정혜가 물었다.

"미숙아, 니 점심시간에 운동장 식수대에서 뭐 했노?"

"물 묵었다."

"와? 밥은 안 묵고?"

"물이 더 묵고 싶어서 물 묵었다."

"와? 물이 그래 맛있나?"

"그라만. 나는 물이 참 맛있데이, 니도 한번 묵어봐
라."

다음날 점심시간에도 정혜는 창밖에 시선을 보내고 있
었다. 텅 빈 운동장을 지나 식수대로 가는 미숙이의 모
습을 정혜의 시선이 한순간도 놓치지 않고 따라갔다. 그
리고 미숙이가 전날과 마찬가지로 거의 하늘을 향해 얼
굴을 돌리고 물을 마시고 있을 때 정혜의 목울대도 미숙
이와 같이 물을 꿀꺽꿀꺽 마시듯 움직였다. 실제로 물을
마시지 않았으나 어찌나 맛있게 느껴지던지 침이 저절로
넘어갔다. 정혜는 도시락을 꺼냈으나 어머니가 정성스레
만들어준 계란말이 몇 개만 끼적대다가 더 이상 먹기가
싫어졌다.

수업이 끝나자마자 정혜는 쏜살같이 교실을 빠져나가
운동장을 가로질러 식수대로 갔다. 미숙이가 했듯이 정
혜도 허리를 구부리고 얼굴을 하늘로 향한 후 수도꼭지
를 틀고 물을 마시기 시작했다. 한참을 그렇게 한 후 허

리를 세우고 배를 조심스럽게 쓸어내렸다. 기대했던 만큼 물은 맛이 없었고, 배만 터질 듯 부풀어올랐다.

그날 오후 정혜가 집에 돌아와 마루에 책가방을 내려놓았다. 정혜 어머니가 책가방에서 도시락을 꺼내 뚜껑을 열어본 후 말했다.

"정혜야, 와 도시락 안 묵었노? 배 아프나?"

"예, 좀 아팠심더."

"지금은?"

"괜찮심더."

"언제부터 아팠노?"

"운동장 식수대에서 물을 묵고 난 후부터임더."

"와 그 물을 묵었노?"

"맛있다고 그래서예."

"누가?"

"일주일 전에 전학 온 미숙이라고 내 앞에 앉는 아가 그라데예."

"갸가 그 물이 맛있다 카드나?"

"예, 미숙이는 그 물이 맛있어서 점심때에는 밥도 안 묵고 식수대에서 물만 먹심니더."

"언제 그랬노?"

"일주일 내내 그랬심더."

"갸는 일주일 동안 점심때 밥도 안 묵었나?"

"안 묵었심더."

"그래 니가 묵어보니 물이 맛있더나?"

"언제예. 하나도 맛이 없어예."

"그래, 그 물은 묵지 말고 교실에서 끓여주는 물 마시거래이."

"알겠심더. 근데예. 어무이! 미숙이는 와 그 물이 밥보다 맛있다 카지예?"

"나도 모르겠다……."

다음날 아침 정혜가 집을 나서기 전 조그마한 보자기에 싼 것과 흰 봉투를 주면서 어머니가 말했다.

"이 봉투와 보재기에 싼 것, 학교에 가자마자 선생님한테 드리거래이."

"알겠심더. 보재기에 싼 게 뭡니꺼? 맛있는 냄새가 나네예."

"선생님께 드리는 도시락이다. 봉투에 있는 편지에 자세히 써 있으니까 선생님한테 주기만 하면 된다."

"알겠심더. 그리하겠심더."

그날 점심시간, 놀랍게도 미숙이가 물 마시러 교실 밖

으로 나가지 않았다. 미숙이는 도시락을 꺼내 앞에다 펼쳐놓고 맛있게 먹기 시작했다. 정혜는 기분이 좋아졌다. 다른 반찬을 먹고 싶어 도시락을 들고 미숙이에게로 갔다. 그런데 놀랍게도 미숙이의 도시락 반찬은 정혜 것과 너무나 비슷했다. 비슷하다기보다 거의 똑같았다. 정혜가 말했다.

"울 어무이와 니 어무이가 맘씨가 똑같은가 보데이?"

"와 그카노?"

"도시락 반찬 봐라, 비슷하잖나?"

"울 어무이는 없데이."

"우째 어무이가 없노?"

"죽었다 카드라."

"그라만 아부지는?"

"아부지도 없데이."

"어데 갔노?"

"나도 모른데이. 멀리 갔다 카드라."

"그럼 아무도 없나?"

"동생이 하나 있데이."

"몇 살이고?"

"나보다 다섯 살 작데이."

"니는 좋겠다."

"와?"

"동생이 있어서."

"니는 없나?"

정혜는 고개를 끄덕였다.

며칠이 흘렀다. 정혜가 하교 후 도시락을 책가방에서 꺼내 어머니에게 주며 말했다.

"오늘 또 미숙이가 물을 묵었심더."

"뭐라꼬? 도시락은 안 묵고?"

"예, 그 전처럼 운동장 식수대에서 물만 묵었심더."

"오늘 아침 내가 선생님 드리라고 싸준 도시락 드렸나?"

"예, 드렸심더."

"그래, 미숙이는 도시락보다 물이 더 맛있다고 카드나?"

"예, 그랬심더."

"니가 물어봤나?"

"예."

"뭐라고 물어봤나?"

"와 도시락 안 묵고 물을 묵냐고 물었심더."

"그랬더니?"

"오늘은 물이 더 묵고 싶다고 했심더."

그날 오후 정혜 어머니가 학교에 가 정혜 담임선생님을 만났다. 미숙이는 전쟁으로 고아가 되어 고아원에 있는 아이인데 그곳에 어린 동생도 있다고 했다. 그 동생에게 주려고 미숙이가 도시락을 안 먹는다는 것이었다.

다음날부터 정혜 어머니는 두 개의 도시락을 싸서 학교 수위실에 가져다주며 담임선생님에게 전해주기를 당부했다.

3. 열정

40대 후반의 두 소설가가 태평양 위를 나는 비행기 안에서 우연히 옆자리에 앉게 되었다. 한 소설가는 20대 후반에 한국문학사에 길이 남을 소설이라는 평을 받은 몇 편의 작품을 발표한 이후 소설에서 손을 뗀 사람이고, 또 다른 소설가는 인정받는 소설을 쓰려고 평생 동안 노력하였으나 실패한 사람이다.

실패한 소설가가 성공한 소설가에게 물었다.

"왜 소설쓰기를 중단했습니까?"

"마지막 소설을 쓴 후 사랑에 빠졌기 때문이지요."

"무슨 말인지요?"

"소설은 사랑하기 전이든지 사랑한 후에 쓸 수 있지, 사랑하는 중에는 쓸 수 없는 것이지요."

"사랑하고 있을 때 가장 좋은 소설을 쓸 수 있다고 세상사람들은 주장하지 않나요?"

"유부녀하고 사랑할 때는 그렇지 않아요."

"왜 하필이면 유부녀와……."

"나도 모르겠어요. 남편이 당뇨병 환자라 부부생활을 하지 않는다고 했어요."

"둘 사이의 관계를 그녀 남편도 알게 되었나요?"

"그래요."

"어떻게요?"

"'어느 젊은 소설가 때문에 자기 인생이 망가졌다'고 그 남편이 술에 취해 울부짖었다는 얘기를 전해들었어요."

"그런데도 계속해서 그녀를 사랑했나요?"

"그땐 어떤 짓을 하든 그녀를 보지 않고는 숨쉬기조차 어려웠어요."

"섹스 때문이 아니었던가요?"

"당신은 진정한 사랑이 무엇인지 모르는군요."

"그럼, 플라토닉한 사랑이었단 말인가요?"

"너무나 사랑하니까 나중에는 섹스 생각이 나지 않았어요."

"그녀도 그랬을까요?"

"그녀는 그렇지 않았던 모양이에요. 어느 날 우리가 섹스 없이 그냥 헤어지려고 할 때 그녀가 뭐라고 했는지 아세요?"

"뭐라고 했는데요?"

"실속도 없이 왜 만나자고 했어요, 라고 하더군요."

둘 사이에 잠시 침묵이 흘렀다.

"지금 웃고 있는 겁니까?"

성공한 소설가의 표정을 보고 실패한 소설가가 물었다.

"그래요."

"왜 웃고 있는 겁니까?"

"그 말을 할 때의 그녀의 순진한 표정이 생각났기 때문이에요."

"순진한 게 아니에요. 그게 바로 그 여자의 참모습이에요."

실패한 소설가가 말했다.

잠시 두 소설가는 생각에 잠겼다.

"그러는 당신은 울고 있는 건가요?"

성공한 소설가가 실패한 소설가의 표정을 보고 물었다.

"그렇습니다."

"왜 울고 있는 겁니까?"

"당신의 명예가 부럽기 때문이에요."

잠시 침묵이 흐른 후 실패한 소설가가 말문을 열었다.

"결국 그녀와 헤어졌나요?"

"그래요. 얼마 후 우리는 헤어졌어요."

"그녀와 헤어진 후에는 왜 소설을 쓰지 않았나요?"

"다시 사랑을 찾았기 때문이지요."

"이번에는 어떤 상대였는지요?"

"하나님. 그녀와 헤어진 후부터 하나님께 모든 걸 바쳤지요. 그래서 살아남았고요."

"그럼, 유부녀와 하나님 때문에 결국 소설을 쓰지 못했단 말인가요?"

"더 이상 얘기하기 싫습니다."

성공한 소설가는 말문을 닫았다.

두 소설가는 똑같이 비행기 창밖으로 시선을 보냈다. 뭉게구름이 바다를 이룬 사이로 붉은 햇살이 스며들기 시작했다.

"지금 울고 있는 거예요?"

안색이 변한 성공한 소설가를 보며 실패한 소설가가 물었다.

"그럼, 웃고 있는 것 같나요?"

"왜 울고 있는 겁니까?"

"20년이 넘게 한 기도를 하나님이 들어주시지 않기 때문이에요."

"무슨 기도요?"

"하나님이 내 잘못에 응당한 벌을 내려주시길 빌었어요."

"하나님이 들어주실 것 같아요?"

"꼭 들어주실 거예요."

실패한 소설가가 터지려는 웃음을 참고 있었다.

"당신은 지금 웃고 있는 거지요?"

성공한 소설가가 물었다.

"그렇습니다."

"왜 웃고 있지요?"

"성급한 명예는 목을 조이는 멍에라는 것을 깨달았기 때문이지요."

"무슨 의미인가요?"

"당신 말을 믿지 않겠다는 말입니다."

"당신과는 얘기하지 않겠어요."

성공한 소설가가 굳은 표정을 지으며 대화를 끊었다.

두 소설가는 동시에 허리를 뻗어 자리에 비스듬히 누우며 눈을 감았다.

잠시 후 '쾅' 하는 소리에 두 사람은 비행기 창밖으로 시선을 보냈다. 불꽃이 창문을 덮치는 순간, 기체가 심하게 흔들렸다. 두 소설가는 몸이 앞으로 확 쏠린다고 느끼면서 '악' 하는 승객들의 비명소리를 똑같이 들었다.

그 순간 실패한 소설가의 눈에 성공한 소설가의 미소 짓는 모습이 비쳤다.

"빌어먹을! 하나님도 저 자식 편이구나."

실패한 소설가가 억울한 듯 중얼거렸다.

"나는 해냈다. 드디어 해냈다. 하나님 고맙습니다……이제 내 명예는 영원할 것이다!"

성공한 소설가는 미소 지으며 중얼거렸다.

곧이어 '펑' 하는 소리와 함께 기체는 두 동강이 났다. 성공한 소설가의 몸뚱이는 불꽃 속으로 빨려들어갔고, 실패한 소설가의 몸뚱이는 퉁겨져나와 뭉게구름 위로 떨어졌다.

뭉게구름 속으로 낙하하면서 실패한 소설가는 회심의 미소를 지었다. 드디어 그가 속속들이 아는 소설의 소재

를 찾았기 때문이었다. 그 소재는 '구름'이었다. 땅 위에
서 구름을 쳐다보았고, 비행기 위에서 구름을 내려다보
았으며, 이제는 구름 속에서 온몸으로 느끼기까지 해봤
다. 이 세상 그 누구보다 자신이 구름에 대해 잘 쓸 수
있다는 자신감이 그를 행복하게 만들었다.

4. 욕정

"한쪽 드시겠습니까?"

달리는 기차 안에서 중년의 김 교수가 옆자리에 앉은,
짙은 화장을 한 매력적인 젊은 여자에게 버터를 바른 토
스트 한 조각을 내밀며 말했다. 그녀가 차창 밖으로 보
내던 시선을 거두고 미소 지으며 그것을 받았다.

"정말 맛있네요. 외국에 사시는 교포세요?"

그녀는 두 다리를 포개놓으며 말했다. 순간 김 교수의
시선이 구릿빛으로 선탠된 그녀의 허벅지와 매력적인 무
릎, 그리고 그 밑으로 쭉 뻗은 두 다리에 머물렀다.

"아닙니다. 공부는 프랑스에서 했지만 여기서 살아
요."

"교수신가요?"

"네, 대학에서 프랑스 문학을 가르치고 있지요."

김 교수가 가방에서 와인 병과 스크루와 종이컵을 꺼냈다. 그는 스크루로 코르크를 딴 후 코르크 병마개를 코에 가져가 냄새를 맡았다.

"처음 사봤는데 좋은 와인 같군요."

김 교수가 말했다.

그녀는 김 교수가 내미는 잔을 받았다.

"무슨 일로 여행하세요?"

김 교수가 와인을 종이컵에 따라 건네주며 물었다.

"지방에서 CF 촬영이 있어서요."

"그럼, 영화배우이신가요?"

"현재는 영화배우 지망생이에요."

그녀가 특별할 것 없는, 환한 미소를 지었다. 오랜 기간 동안 훈련된 미소였으나 김 교수의 눈에는 유독 매력적으로 보였다.

"기차여행을 좋아하세요?"

그녀가 잔을 비우고 김 교수에게 건네주었다.

"현대사회에 아직도 낭만이 남아 있다면 기차여행밖에 없을 겁니다. 기차여행을 즐기기 위해 지방대학에서 일주일에 하루 강의를 맡고 있지요."

"어떤 점이 그렇게 좋으세요?"

"이렇게 달리는 기차에 앉아 창밖으로 펼쳐지는 정경을 보는 것을 좋아해요. 조용히 독서할 수도 있고, 이렇게 와인도 마시고, 모르는 사람과 이야기할 기회도 있고……."

"모르는 여자에게 자주 말을 거세요?"

"아니오. 이렇게 낯선 여성과 대화하기는 처음입니다."

"또 다른 좋은 점이 있다면요?"

"식당칸에서 여유를 갖고 시원한 맥주 한잔을 마시는 기분도 좋지요."

"좋아요. 우리 식당칸으로 가요. 맥주는 제가 살게요."

그녀가 자리에서 일어나며 말했다.

그들은 식당칸으로 가 창가 테이블에 자리를 잡았다. 그녀가 맥주를 시켰다. 김 교수가 맥주를 잔에 따랐고, 둘은 건배를 했다.

"다시 계속 얘기해줘요, 여기가 특별히 좋은 점을."

그녀가 말했다.

"식당칸에서의 흔들림, 차창으로 펼쳐지는 경치, 그리고 이 시원한 맥주."

김 교수가 대답했다.

"아, 또 다른 좋은 점이 있어요."

그녀가 말했다.

"뭔데요?"

"담배를 피울 수 있다는 점이에요."

그녀가 식탁 위에 놓인 재떨이를 눈으로 가리키며 말했다. 그녀가 담배를 꺼내 들었다. 김 교수가 주머니를 더듬자 그녀가 라이터를 그에게 건네주며 담배를 입에 물었다.

김 교수는 라이터로 불을 붙여주면서, 그녀의 입술, 긴 속눈썹, 탄력 있는 얼굴과 매력적인 손에 시선을 주었다.

아! 다시 젊어질 수 있다면! 김 교수는 탄식을 내뱉었다.

그렇게 시작한 그들의 사랑은, 대부분의 사랑이 그러하듯이, 우여곡절을 겪었다. 김 교수의 헌신적인 사랑을 받으면서 그녀는 배우 지망생에서 정식 배우로, 거기에서 다시 대중의 인기를 한몸에 받는 스타로 탄탄대로를 걸어갔다. 동시에 그들 두 사람의 관계도 묘하게 변해갔다. 처음에는 그녀의 애인이었던 김 교수의 위치가, 시간이 흘러가면서 그리고 김 교수의 사랑이 점점 깊어지면서, 그녀의 무보수 매니저로, 그다음 운전기사로, 마지막에는 그녀의 천덕꾸러기 식객으로 전락했다.

그사이 김 교수는 아내와 가족을 버렸고, 친구들을 잃었으며, 교수직마저 헌신짝처럼 내던져버렸다. 그러나 김 교수는 상관치 않았다. 오히려 행복했다. 그가 그녀를 사랑하는 것은 어떤 의술로도 고칠 수 없는 불치병이라고 믿었기 때문이었다. 그 기차의 식당칸 안에서, 그녀가 입에 문 담배에 불을 붙여주면서 그녀의 도톰한 입술과 긴 속눈썹을 보는 순간, 자신은 불치병에 걸렸다고 확신했다. 그냥 그대로 몸속에 지닌 채 저항하거나 불평하지 않고 한평생 안고 살아야 할, 하늘이 내린 병이라고 확신했다.

김 교수는 그것이 그런 고귀한 사랑이었지, 단순한 욕정일지도 모른다고 생각한 적은 한순간도 없었다.

5. 기적

이른바 '30-50 클럽'(국민소득이 3만 달러 이상이고 인구가 5천만 명 이상인 국가)에 한국이 가입되었던 해에 팔십 대로 막 들어선 한 노인이 있었다.

지난 수년간 한국을 '헬조선'으로 비하하는 일부 젊은이들의 목소리에 불만을 품고 있었던 터라 그 노인은

'30-50 클럽'이라는 제목의 대화체 소설을 썼다. 열 살 소년 때 경험한 동족상잔의 전쟁을 시작으로 온갖 시련을 겪은 바 있는 그 노인은 자기 세대가 '헬조선'을 만들지는 않았다고 주장하고 싶었기 때문이었다.

그 노인은 그 소설을 다음의 '에필로그'로 끝을 맺었다.

이 책의 제목에서 드러나듯이, 한국의 '30-50 클럽' 가입이 이 글을 쓰게 된 동기를 제공했다고 볼 수 있다.

물론 2018년 말 '30-50 클럽'에 한국이 세계에서 일곱 번째 국가로 가입되었다고 해서 그것이 영원 불변한 것은 아니다. 스페인이 그러했듯이 언제라도 탈락할 수도 있고, 또 시대가 바뀌면서 '40-50 클럽'에 가입해야지만 현재의 '30-50 클럽'의 위상을 누릴 수 있을 것이다.

그리고 기존 멤버인 미국 · 독일 · 일본 · 영국 · 프랑스 · 이탈리아 중에서(피식민지로서 혹독한 착취를 당했던 한국과는 달리, 기존 멤버인 여섯 국가는 원주민이나 식민지를 착취해 자본을 쌓은 제국주의 국가였다), 끝의 네 나라는 앞으로 10~20년 사이에 한국이 충분히 추월할 수 있는 가시권에 이미 들어와 있다.

한국은 현재 여러 분야에서 세계 정상을 달리고 있다. 출입국 절차를 포함한 공항시설, 지하철 시설로 대표되는 대중교통제도, 의료보험제도, 일선 행정기관의 대민 행정 서비스 분야, 그리고 최첨단 인터넷 통신망이 그런 분야이다. 거기다가 '김영란법'이 제대로 안착하기만 하면 한국은 공직사회의 청렴도에서도 단연 정상을 차지할 것이다.

1961년 지구상에서 가장 가난했던 나라 중의 하나였던 대한민국, 그런 나라가 57년 만에 세계 정상급의 국가로 급성장할 수 있었던 요인을 콕 집어내기란 쉬운 일이 아니다.

내 개인적인 느낌을 말한다면, 평등사상에 근거한 가혹할 정도로 엄격한 입시제도, 공정한 군복무 제도, 유교를 바탕으로 한 기독교와 불교의 신앙심, 치열한 경쟁심, 그리고 가장 중요한 요소로 '일하는 윤리'를 들고 싶다. 거기다가 '일류 선호병'도 특히 하이테크 분야에서 큰 몫을 했을 것이다.

앞으로 한국이 나아가야 할 항로는 특별하거나 새로운 길이 아니다. 지금까지 했던 것처럼 변화에 능동적으로 슬기롭게 대처하고 위기를 극복하면서 자신감을 잃지 않으면 되는 것이다. 세계의 거의 모든 나라는 물론이고, 하물며 '지지 않는 해'를 가졌다는 영국까지도 EU 탈퇴를 감행하면서, 최첨단 기술 확보와 더불어 여러 국가와 FTA를 맺고 있는 한국의

'성공 비결'을 배우려고 한다. 이러한 성공 비결을 창조적으로 확대 · 발전 · 계승시키지 못한다면, 그것이야말로 최악의 범죄행위이다.

그리고 노인은 동료작가들에게 그 책을 보냈다. 우리 후세의 젊은이들이 꼭 읽어야 할 글을 남긴 한 작가는 다음의 엽서를 보내왔다.

보내주신 책 『30-50 클럽』을 아침 7시까지 꼬박 다 읽고 멍하니 여명을 바라봅니다.
국가를 위해 나는 무얼 했나? 자책하며 용기를 가져야겠다고 다집니다.
우리 겨레 공동체에 자부심을 갖는 아침입니다.

2019. 3. 2.

능바우 가는 길

아프리카의 아침 햇살이 해발 6천 미터 상공을 나는 4인승 단발 세스나 경비행기의 날개에 머물고 있었다. 국제협력단의 아프리카 지역 파견 의사들에 대한 취재기사를 일간지에 연재하기로 한 것은 아주 잘한 결정이었다.

　그때 나는 이제껏 쓴 소설과는 달리 선하게 살아가는 사람들의 진한 땀냄새와 거친 숨소리가 깃들어 있는 이야기를 쓰고 싶다는 생각으로 신문사의 제의를 수락했었다. 사실 신문사로부터 연락을 받았을 당시, 지난 20여 년 동안의 전업작가 생활에 무척 지쳐 있었다. 신세기를 3년 앞둔 현 시점에서 나처럼 50대 후반에 들어선 작가의 작품을 읽고 받아들여주는 독자들도 많지 않았고, 그 무엇보다 나 자신이 지금까지 쓴 작품보다 더 좋은 작품을 쓸 자신이 없었다. 한마디로 나 자신의 창작활동은 막바지에 다다른 느낌이었다. 그것은 절망 그 자체였다. 그러한 절망은 잦은 폭음과 과도한 흡연과 무절제한 생활로 이어졌다. 마치 미움받는 사생아처럼 그 절망은 자신과 자신의 주위 사람과 세상 전체에 대한 이유 없는 분노로 표출되기 십상이었고, 방치하여 허물어져 내리는 육체로 구체화되었다.

그러한 절망적인 상태에서 탈출하려고 나름대로 노력하지 않은 것은 아니었다. 나는 그 탈출로를 사랑과 성경에서 찾으려 했다. 하지만 진정한 사랑은 결국 더 깊은 사랑을 원하므로 더 큰 고통만 남긴다는 진실을 외면할 수 없었고, 그런 고통을 스스로 감당할 능력도 없었다. 게다가 나 자신에게 더 이상의 버거운 고통을 주고 싶지도 않았다. 남녀간의 사랑의 본질은 젊음과 성욕과 위선의 전유물이라는 것을 잘 알고 있었고, 현재 내가 가진 것은 그중 아무것도 없었다. 성경을 탐독하는 것도 별다른 도움이 되지 못했다. 「구약」은 단순히 역사 속 지혜의 말로 다가왔고, 「신약」은 너무나 빈번하게 행해지는 기적으로 말미암아 오히려 그 본질로의 몰입을 방해하는 결과를 가져왔다.

경비행기는 기체를 비스듬히 기울이며 회전을 시작했다. 나는 거대한 평원에 우뚝 솟은 킬리만자로의 정상에 시선을 주었다.

"킬리만자로 정상을 옆에서 본 느낌이 어떻습니까?"

경비행기를 조종하고 있는 40대 중반의 영국인 조종사의 말이 귀에 꽂힌 리시버를 통해 들려왔다. 나의 느낌을 어떻게 정리하여 표현할 수 있을까 생각하는 사이 조종사의 말이 다시 들려왔다.

"지상에서 올려다보고 기대했던 것보다 실망스럽지요? 지상에서 볼 때는 눈으로 보이는데 실제는 얼음덩어리로 덮여 있지요."

실망한 것은 사실이었다. 지상에서 올려다본 눈 덮인 킬리만자로의 정상이 실제로는 얼음덩어리이기 때문만이 아니었다. 가까이서 본 그곳의 얼음덩어리는 마치 금방 녹아 없어질 듯 푸석푸석한 표면을 드러내고 있었다.

"얼음덩어리가 실제로 점점 녹고 있나요?"

나는 산 정상을 바라보면서 마우스 스피커를 통해 물었다.

"매년 얼음덩어리 면적이 줄어들고 있습니다. 안타까운 일이지요."

"헤밍웨이가 「킬리만자로의 눈」이라는 불후의 작품을 썼던 60여 년 전에는 킬리만자로의 정상이 얼음덩어리가 아니고 실제로 눈에 덮여 있었을까요?"

"아니었을 거예요. 그때도 산 정상을 뒤덮은 얼음덩어리가 햇빛에 반사되어 마치 눈이 덮여 있는 것처럼 보였겠지요. 헤밍웨이가 우리처럼 가까이에서 보지 못한 것이 오히려 다행이었을지 몰라요. 어쨌든 헤밍웨이는 행운의 사나이지요. 부와 명예와 아름다운 여자를 모두 가져봤으니까요."

조종사가 정상을 돌며 기울어지는 기체와 몸의 각도를 균형 있게 유지하면서 말했다.

"아니지요, 헤밍웨이는 아주 불행한 사나이였어요. 그가 뭐랬는 줄 알아요? 소설쓰기가 자신을 죽이고 있는 줄 알고 있으나 그럼에도 소설을 쓰지 않고서는 살 수가 없다고 했어요."

"왜 그는 장총의 총구를 입에 넣고 방아쇠를 당겨 자살을 했을까요?"

"……소설 쓰는 일에도 직업병이 있는 것 같아요. 단순한 만족, 세속적인 행복을 느끼고 즐길 수 있는 능력을 점차 상실하게 되는……."

조종사가 이해할 수 없다는 듯 고개를 저었다.

그 순간 내 머릿속에는 한반도 서해안 한 곳에서 내가 나타나기를 기다리고 있는, 한쪽으로는 수평선이 보이는 바다와 일 킬로미터가 넘는 모래사장이 내려다보이는 별장이 떠올랐다. 아버지가 남겨준 그 별장에서는 세 마리의 진돗개만이 나를 기다리고 있을 것이었다.

20여 년 전 전업작가의 길을 걷게 되면서부터 그곳은 창작활동에 반드시 필요한 고독, 외부 세계와 차단된 철저한 고독을 가져다주는 창작의 산실이었다. 그곳에서 나는 자신에게 어느 정도 명예를 안겨준 소설을 썼다. 그리고 무엇보다 그곳은 내가 세속의 욕망에서 벗어날 수 있게끔 피난처가 되어주었다.

세월이 흐름에 따라, 가슴속에서 일어난 우연한 울림이 처절한 고통 속에 활자화되어 정리되었을 때, 그리고 그러한 글의 양이 많아짐에 따라 나는 세속으로부터의 피난처가 필요했다. 일상생활의 규칙이 무겁게 가슴을 짓누르고, 사회의 규범과 혈연으로 맺어진 인간관계가 때로는 자유과 고독을 향하는 숨구멍을 조이기 시작하면서부터, 이러한 모든 억압과 구속에서 떨어져나와 나 자신만의 세계를 차분하게 관조할 수 있는 공간이 필요했다.

한밤중에 외로움을 견디지 못해 잔디밭으로 나가 개를 껴안고 뒹굴었던 그 공간, 폭풍우 치던 밤에 깨어나 대지를 집어삼킬 듯 비바람 휘몰아치는 밖을 내다보면서 자연의 무서움과 경이로움에 찬탄하곤 했던 공간, 그리고 한밤중 잠에서 깨어났을 때 내가 혼자가 아님을 알려주는 진돗개 짖는 소리에서 잔잔한 위안을 얻던 공간······.

그러한 공간에 갇혀 지내는 시간이 많아지면서 나는 가족에게서 점점 멀어져갔다. 내가 사는 창작 속의 세계는, 창작 심도가 깊어짐에 따라 가족이 몸담고 사는 현실세계와 점점 멀어졌다. 나는 그 창작세계에 가족을 끌어들여서는 안 된다고 다짐했다. 남은 생애를 다 바쳐 얻고자 하는 문학적 성과가 나타나기까지, 그 과정에서 내가 겪어야 할 산고가 어떤 것인지 가족들은 눈치채지 못하게 하려고 했다. 동시에 나는 세속적인 현실세계에서 사는 사람들을 부러워하며 자신은 결코 그들과 같이 일상생활 속의 단순한 만족, 순진한 행복, 그리고 세속적인 성취에 만족을 얻을 수 없는 저주를 받았음을 알고 있었다.

저주받은 인생이 나에게 보상할 수 있는 것은 아무것도 없었다. 사후 명예? 가슴속에 은밀히 감춰져 있는 이러한 명예욕은 내가 겪는 산고를 견디게 하는 데는 도움이 되었다. 그러나 그것은 창작의 세계를 빠져나와 어쩔 수 없이 현실세계에 돌아오면 성공 가능성이 희박한 무모한 것이 되고 말았다. 그렇다고 포기할 성질의 것은 결코 아니었다. 창작의 순간적인 희열을 맛본 이상, 인생에서 그 어느 것도 가치 있다고 생각되지 않았다. 어느 것에도 마음을 줄 수가 없었다. 저주받은 창작의 인생이고, 비록 무지개를 잡으려는 무모한 도전의 연속일지도 모르지만 그 길에는 한 가닥 희망이 있었다. 그러나 일상적인 삶의 길에는 무의미함과 무용함과 허무함 외에는 아무것도 없었다.

창작활동이 계속됨에 따라, 외부세계와의 고립된 상태가 길어짐에 따라, 언제부턴가 그 떨어져 홀로 있음이 오히려 마음의 평정을 가져다주는 유일한 방법으로 자리잡게 되었다. 그러다 보니 다른 사람들의 인간성에서 경멸스러운 부분이 눈에 띄기 시작하여 마음이 불편해져갔다. 처음에는 친분 없는 정치가 등속의 인물들에게서, 그 다음에는 조금 먼 주위 사람들에게서, 그리고 차츰 그 불편함이 자신의 주변으로 더 다가오면서 어느 순간부터는 친한 친구와 친척들에게까지…… 가까운 사람들일수록 오히려 더 잘 알기 때문인지 그들에게서 느껴지는 불편함과 그들을 경멸하는 마음은 점점 더 심해져갔다. 그러한 인식은 결국 더욱 깊은 고립감을 불러일으켰다. 그러한 고립감이 장기화되고 심화됨에 따라, 결국 경멸은 가장 강한 힘으로—아, 이 얼마나 잔인한 일인가!—그 누구에게도 아닌 나 자신에게 다가왔다.

나 자신을 향한 경멸스러움은 다른 사람을 향한 경멸

스러움과는 결이 달랐다. 그것은 경멸의 대상을 피하거나 망각함으로써 삼시나마 회피할 수 있는 성질의 것이 아니었다. 나 자신이 과거에 한 생각, 과거에 저지른 일들이 경멸스러워지기 시작했다. 실망스러운 자신을 이끌고 살아야 하는 고통은 나로 하여금 완전히 자신감을 잃게 했다. 결국 잃어버린 자신감을 다시 찾는 방법을 강구하지 않으면 안 되었으나, 다행히도 마침내 찾을 수 있었다.

그것은 창작에 집중하는 순간과 술의 도움을 얻을 때였다. 아! 그러나 자신감을 찾아줄 만큼 창작에 몰입되는 순간은 짧디짧았고, 앞으로 살아야 할 시간은 무한정 펼쳐져 있었다. 반면 술은 진정 가치 있는 도움을 주었다. 술에 취한 순간 잃어버렸던 자신감이 취기와 함께 넌지시 찾아와 내일, 그리고 끊임없이 이어지는 모든 내일을 견디게 해주며, 그 사이사이 할 수 있는 일을 알려주는 듯했다. 그러나 그것은 술이 가져다준 짧은 환각에 지나지 않았다. 술에서 깨어나면 자신감의 상실과 더불어 허무함까지 찾아왔다.

한밤중 혼자서 술에 취해 비몽사몽 헤매다 겨우 잠들었다가 아침에 후회하며 괴롭게 일어나는 생활이 반복되었다. 깨어 있을 때는 죄의식, 수치스러움, 비굴함이 가

습속으로 시도 때도 없이 찾아오곤 했다.

젊은 시절 한 여자와 헤어질 때 그녀가 지었던 순진하고 애처로운 표정이 눈앞에 문득 나타나 나의 죄의식을 일깨워주었다. 별것 아닌 일에 우월감을 느끼며 은연중에 남을 깔보고 했던 나의 행동이 수치스럽게 느껴졌다. 그리고 몇 년 전 어느 문인 모임에서 나 자신이 표출했던 비굴함이 뚜렷하게 떠올라 괴로웠다. 무엇보다 나를 끊임없이 괴롭힌 것은 결코 가릴 수 없는 부끄러운 글이었다.

어느 문단 선배는 나쁜 글은 자연히 잊히니 걱정하지 말라고 했다. 그러나 내 생각은 달랐다. 내가 가장 사랑하거나 존경하는 사람들에게서 그러한 부끄러운 글로 나자신이 판단된다는 불안감을 떨쳐버릴 수 없었다.

그런 고독 속에서 생겨나는 죄의식, 수치스러움, 비굴함이 끊임없이 찾아올 때면 자신도 모르게 혼자 중얼거리고 소리지르는 버릇이 생겼다. 마치 소리지름만이 그러한 죄의식이나 수치스러움이나 비굴함을 떨쳐버릴 수 있기라도 하듯이……. 그런 중얼거리는 버릇이 몸에 배면서 어느 시점부터 나는 또 다른 공포에 휩싸이기 시작했다. 나 자신이 미쳐가는 중인지도 모른다는…….

경비행기는 갑자기 불어닥친 약한 돌풍을 맞아 불규칙적인 엔진소리를 내었다. 조종사가 날개의 균형을 유지하려 안간힘을 썼다. 잠시 후 돌풍이 지나가자 경비행기는 다시 안정을 되찾았다.

"이 비행기는 얼마나 되었지요?"

"20년이 넘었지만 엔진은 1년 전에 새것으로 갈았습니다. 걱정할 필요 없어요. 비행기값이야 현재 시세로 4만 달러 정도밖에 안 되겠지만 성능은 새것보다 낫습니다."

조종사가 자신만만한 표정을 지으며 말했다.

"한번 조종해보시겠어요?"

"……."

뜻밖의 제안에 놀라 선뜻 답변을 못한 나는 조종사의 말이 진담인지 확인하려고 그를 바라보았다.

"헤밍웨이도 비행기는 조종해보지 못했어요."

조종사가 다시 말했다.

"정말 내가 조종해볼 수 있겠어요?"

"그럼요. 앞에 있는 운전대를 두 손으로 잡고 발을 페달 위에 살짝 올려놓으세요."

나는 조종사 앞에 있는 것과 똑같은 운전대를 잡고 페달 위에 발을 살짝 올려놓았다.

"운전대를 빼면 올라가고, 운전대를 집어넣으면 반대

로 내려가요. 이렇게요."

조종사가 운전대를 뺐다가 다시 밀어넣으며 시범을 보였다.

"그리고 발 밑에 있는 페달 중 오른쪽 페달을 밟으면 오른쪽으로 기울고, 왼쪽 페달을 밟으면 왼쪽으로 기울지요. 창밖 뒤쪽 날개를 보세요."

경비행기의 날개에 시선을 보냈다. 내가 밟는 페달에 따라 뒤쪽 날개의 방향타가 움직였다.

"자동차 운전보다 더 쉽지요? 자 그럼, 그쪽 운전대로 컨트롤을 옮기겠습니다."

조종사가 스위치를 넣은 후 자기 앞의 운전대에서 두 손을 놓았다. 순간 운전대를 잡은 내 팔에 힘이 들어갔고, 페달 위에 놓인 발이 뻣뻣해졌다. 그러나 경비행기는 요동 없이 날아가고 있었다. 속도계를 보았다. 162마일을 나타내고 있었다.

"속도를 내려면 어떻게 해야 합니까?"

속도조절 장치가 궁금해 조종사에게 물었다.

"앞에 있는 초크를 조금씩 빼십시오."

초크를 뺄수록 엔진소리가 커졌고, 속도계는 190마일을 가리켰다.

"엔진이 멈추면 어떻게 하지요?"

"이곳 아프리카에는 지상에 장애물이 많지 않습니다. 글라이더처럼 바람에 날려 착륙할 수 있어요. 엔진이 정지할 확률은 고작 20년에 한 번 정도지요. 고속도로를 달리는 것보다 훨씬 안전합니다. 여기서는 이것이 가장 안전한 교통수단이지요."

나는 운전대를 뺐다 밀어넣었다 하며 고도의 변화를 느꼈고, 왼쪽과 오른쪽 페달을 밟으며 방향 전환을 시험했다. 물론 조종사가 언제라도 조종 컨트롤을 이어받을 수 있기는 하지만 경비행기의 조종이 자신에게 맡겨져 있다는 사실에 긴장감을 떨쳐버릴 수는 없었다.

잠시 후 조종사가 자기 쪽으로 컨트롤을 옮긴 후 나에게는 마치 내 쪽에서 조종하듯 핸들 조종을 계속하라고 했다. 나는 잠시간의 긴장감으로 이마에 고인 땀을 한 손으로 닦으며, 고개를 옆으로 돌려 아래를 내려다보았다. 얼룩말 수십 마리가 평원을 가로지르며 달리고 있었다.

"지브라가 아주 많군요."

"지브라는 아주 우둔한 동물입니다. 세렌게티에 있다가 길을 잃어버린 모양입니다. 세렌게티 외에서는 보호를 받지 못하니까 길을 잃고 여기저기 헤매다가 마사이족이나 밀렵꾼들에게 도살당하기 일쑤이지요."

그때 돌풍이 불어왔다. 기체가 흔들리면서 고도가 오르락내리락했다.

"고도를 2천 미터에 유지하도록 노력하세요. 이렇게요. 돌풍과 싸운다고 생각하시고요."

나는 조종사의 조종을 흉내내 운전대를 뺐다 밀어넣었다 하며 내가 고도를 유지하려는 것처럼 했다.

"돌풍과 싸우는 그 묘미가 경비행기를 조종하는 재미입니다. 스포츠카를 운전하는 재미와 같지요. 기어를 바꾸면서 윙윙거리는 엔진소리를 귀로 즐기는 재미 말입니다."

"지브라는 우둔하다고 했지요? 그럼 어떤 동물이 교활하죠?"

세렌게티에 사는 동물들에 대해 더 알고 싶어 조종사에게 물었다.

"교활하다기보다 추잡하고 비열한 동물은 하이에나예요. 성격이 추악한 외모와 비슷하지요."

"왜 그러지요?"

"하이에나는 떼를 지어 다른 동물을 사냥할 때 희생물을 죽이지 않아요. 산 채로 뜯어먹습니다. 그리고 초원의 청소부답게 다른 동물이 먹다 남긴 사체를 그 강한 이빨로 다 먹어치우지요."

"사자는 어때요?"

"수사자는 초원의 왕자답게 위엄이 있습니다. 사냥은 암사자에게 시키고 자기는 사냥해온 먹이를 먼저 배부르게 먹어요. 자기 영역을 다른 사자의 침입으로부터 보호하는 것 이외에 하는 일이라곤 없어요. 낮잠 자거나 가끔 포효하거나 교미하는 일을 제외한다면요."

"세상에서 가장 큰 복을 타고난 동물이군요."

"반드시 그렇지만은 않아요. 나이가 들어 쇠약해지면 영역을 침범한 젊은 수사자에게 쫓겨 정처 없이 떠나지요. 결국 굶어 죽게 되는 경우가 많고요."

"그러면 암사자는 새로운 수사자를 받아들이나요?"

"아니지요. 새끼가 있는 이상 절대 받아들이지 않아요. 발정이 되지 않으니 수사자가 교미할 수 없지요."

"대단한 동물이군요."

"그래서 새 수사자는 암사자의 새끼들을 하나하나 물어 죽이지요. 그 다음에야 암사자는 발정하게 되고, 그때부터 수사자를 받아들이지요."

조종사의 말에 가슴이 서늘해져옴을 느꼈다. 자기의 새끼가 물려 죽는데도 아무 짓도 못하는 암사자의 비통함과 새끼가 다 물려 죽고 난 다음에야 새끼를 죽인 수사자를 향해 발정하는 암사자의 교활함이 동시에 가슴에 와닿았기 때문이었다.

"저 아래쪽을 보십시오."

조종사가 망원경을 건네주며 초원 한쪽을 가리켰다.
나는 망원경으로 그쪽을 보았다. 사자 한 마리가 어슬렁
어슬렁 초원을 걸어가고 있었다.

"수놈 맞지요?"

조종사가 확신에 찬 목소리로 물었다.

"갈기가 있군요."

나는 시선을 사자에게 둔 채 말했다.

"보통 수사자는 낮에 혼자 다니지는 않지요. 아마도
젊은 사자에게 쫓겨난 늙은 사자일 겁니다. 머지않아 생
의 종말을 맞이하겠지요."

그 순간 나는 죽어가는 늙은 사자와 나 자신이 같은 처
지에 있음을 알았다. 젊은 작가들에게 밀려 문단에서 나
의 존재는 잊혀지고, 내 소설은 이제 아무도 읽지 않기
때문이었다. 괴로운 마음을 떨쳐버리려고 망원경을 옆에
내려놓고 시선을 킬리만자로 정상에 둔 채 잠시 생각에
잠겼다.

그동안 나는 "소설가의 임무는 삶의 진실을 포착하는
데 있다"고 믿고 있었고, 그러한 진실을 새로운 시각에
서 한 번도 표현되지 않은 방법으로 독자에게 알려주려

고 노력해왔다고 자부할 수 있다. 그렇기 때문에 문체미학이라는 미명 아래 문장만을 요리조리 요리하는 작가들을 단순한 기능공에 지나지 않는다고 무시할 수 있었다.

그리고 무시해도 될 만한 자들이 또 있었다. 책상 앞에 앉아 머릿속이나 가슴속에 든 별것 아닌 유치한 느낌과 감상을 중노동하듯이 짜내는 자들. 이들은 '창의의 파장'의 뜻을 모르는 작가들이었다.

나는 '창의의 파장'이 가장 어색한 장소에서 가장 이상한 시간에 찾아옴을 알고 있었다. 그러한 순간이 오면 그 순간을 놓치지 않으려고 노력했다. 고속도로를 달리다가 '창의의 파장'을 느끼는 순간 도로 옆에 차를 세우고 메모를 하였다. 뒤에서 오는 트럭이 내 차를 집어삼킬 듯이 경적을 울려도 그 순간만큼은 목숨을 잃는 것도 개의치 않을 정도였다. 또한 외국여행 중 야외식당에서 근사한 아침을 먹는 도중에 찾아온 '창의의 파장'을 놓치지 않으려고 식사는 젖혀둔 채 그 아래 깔린 종이 냅킨에 메모를 하기도 하였다.

문득 방 한구석에 있는 금고가 떠올랐다. 그 금고 속에 들어 있는 수많은 봉투 겉장과 냅킨 등 잡다한 종이를 떠올리자, 정식 메모지에는 메모가 되지 않는 까닭이 아마 '창의의 파장'의 심술이라는 생각이 스치고 지나갔다.

기대하는 장소나 시간이나 사람에게는 절대로 찾아오지 않는 것이 '창의의 파장'이기 때문이었다. 그 금고 속에 간직한 메모가 언제 작품으로 완성될지는 모르나, 고독이라는 자신만의 세계 속에서 가식의 개입 가능성이 가장 적은 첫 번째 시도에서 글로 완성되어야 한다는 것을 알고 있었다. 그런 세계는 주로 건전하지 못한 나쁜 생활방식의 끝에서 찾아오는 절망과 허무 속에서 이루어진다는 것 또한 알고 있었다.

무엇보다 나를 괴롭히는 것은 내가 업신여기고 경멸하는 자들이 명성을 향유하고 있다는 사실에 대한 분노였다. 하지만 얼마 전부터 나는 그들 모두를 용서했다. 명예를 추구하는 욕망은 무한정한 것이고, 끝을 모르는 명예 추구자들은 내가 맛본 괴로움보다 몇십 배 더한 고통을 당할 것이기 때문이었다.

한때 나는 명예 대신 부를 추구하는 길을 생각해보았었다. 하지만 부의 추구란, 일단 성공하면 불신과 의혹과 계량화만 존재하는 불모의 땅에 갇히게 되고, 그것들이 영혼을 좀먹게 할 것이 불을 보듯 뻔했다. 그 가운데 무엇보다 견딜 수 없는 것은 계량화였다. 그 세계에서는 모든 사람이 계량화될 뿐 아니라, 사랑을 포함한 모든 인간행위도 계량화된다. 나 자신이 남을 계량화하고, 나는 다른 사람에 의해 계량화되는 세계…….

킬리만자로의 정상이 세스나 경비행기의 뒤쪽으로 점점 멀어져갔다. 나는 그곳에 주고 있던 시선을 거두어들이고 앞을 바라보았다.

"내가 지금 무슨 생각을 하고 있는지 알아요? 킬리만자로의 정상은 지상에서 보면 눈 덮인 산정으로 보이지만 산과 멀어질수록 점점 더 아름다워진다는 거예요. 자연은 그 속으로 들어가서 직접 느껴야 진면목을 볼 수 있지만, 반대로 오히려 일정한 거리를 두고 보아야 더 아름다울 수도 있다는 거지요."

시야에서 멀어질수록 더 아름다워지는 킬리만자로를 느끼며 내가 말했다.

"여자는 자연과 같다는 말이 실감나는군요. 여자도 모든 것을 버리고 자신의 품속에 완전히 들어오는 남자, 또는 멀리서 자신을 흠모하는 남자에게만 자신의 아름다움을 드러내 보여주지요."

조종사가 덧붙여 말했다.

나는 옆에 있는 망원경을 들어 아래를 내려다보았다. 원형으로 이루어진 마사이족 마을이 대평원 군데군데 눈에 띄었고, 초원을 가로지르는 소떼들의 모습이 보였다.

그리고 띄엄띄엄 서 있는 가시나무 사이로 소떼를 몰고 가는 마사이족 소년들의 모습도 눈에 들어왔다.

마사이족. 진정한, 미개한, 무엇보다 자유스러운 아프리카와 거의 동격의 의미를 갖는 마사이족. 아프리카 대륙에서 그들은 인간으로서는 유일하게 맹수를 포함한 여러 동물과 함께 끝없는 황야를 평화스럽게 공유하며 살아가고 있다.

"고도를 더 낮추어도 될까요? 소떼를 모는 소년들의 모습을 보고 싶군요."

망원경을 내려놓으며 내가 말했다.

"그럼, 1천5백 미터까지 천천히 낮추지요."

경비행기는 소떼 위로 저공 비행을 하기 시작했다. 소떼를 모는 마사이족 소년들이 두 손을 흔들며 무어라고 소리를 지르고 있었다. 그들은 몹시 행복해 보였다.

경비행기는 열두 채의 움막이 원형을 이룬 마사이족 부락 위를 날고 있었다.

마사이족 주민들이 원형 중앙으로 뛰어나와 우리를 향해 손을 흔들고 있었다.

"저들이 몹시 행복해 보이지 않나요?"

내가 아래를 내려다보며 말했다.

"행복할 수밖에 없어요. 그들은 소만 몇 마리 키우면

모든 게 다 해결되니까요. 우리처럼 욕심을 부릴 필요가 없지요."

조종사의 말에 내가 의아해하는 표정을 지어 보였다. 조종사가 말을 이어갔다.

"죽은 소의 뿔은 그들의 식기가 됩니다. 살아 있는 소의 피부에 화살총을 살짝 쏘아 뽑아낸 피와 우유를 소뿔에 담아가지고 다니면서 식사를 하지요. 그리고 소똥으로만 집을 짓고요. 그래야만 냄새 때문에 맹수가 피해가고, 해충이 서식하지 못하지요. 초지가 고갈되면 소떼를 몰고 다시 새로운 초지를 찾아 옮기는 겁니다."

"정말 그러네요. 마사이족이 사는 집에 들어가보고 싶군요."

마사이족이 사는 모습을 직접 눈으로 확인하고 싶어진 내가 말했다.

"그러세요? 잠깐만 기다려보세요. 진짜 마사이족의 생활방식을 보기란 쉽지 않습니다. 활주로가 저기쯤 있을 거예요. 언젠가 내린 기억이 있어요."

조종사가 왼쪽을 가리키며 말했다. 세스나 경비행기의 기체가 비스듬히 기울면서 기체의 그림자는 대초원 위에 원을 그리고 있었다.

"저기 활주로가 보이는군요."

대평원 한 곳을 가리키며 조종사가 말했다. 활주로라 해봐야 나무나 초목을 베어내 흙바닥을 드러낸 2백 미터 길이의 일직선 도로에 불과했다.

"왼쪽에서 접근해야 하니 기체를 이렇게 왼쪽 활주로 와 일직선이 되도록 하는 거예요. 그 다음 고도를 1천 미 터로 낮추고요."

기체가 고도를 계속 낮추자 활주로가 눈앞에 다가왔 다. 곧이어 덜커덕 하고 기체가 활주로에 내려앉으며 흙 바닥 위를 달렸다. 잠시 후 기체가 정지했다.

경비행기에서 내려서는 우리를 작열하는 아프리카의 아침 햇살이 맞이했다. 잠시 서서 고개를 드니 햇살이 얼굴로 쏟아져 내렸다. 나는 기분이 좋았다. 아프리카의 오염되지 않은 햇살이 온몸으로 퍼져나가 몸속의 피를 깨끗하게 하고 육신의 병균을 퇴치하는 것 같았다.

문득 아프리카에 온 이후로 한 번도 거울을 보지 않았 다는 사실이 떠올랐다. 거울에 비친 나 자신이 싫어 무 의식적으로 거울을 피했는지, 아니면 나 자신이 하는 일 에 빠져들어 외모에 신경 쓸 여유가 없었는지 구분하기 가 어려웠다. 아마 아프리카에 온 직후에는 자신이 싫어 서였을 것이고, 그 다음에는 자신이 하는 일에 심취되었 기 때문일 것이라고 나름대로 결론을 내렸다.

그러자 문득 거울은 폭군이라는 생각이 들었고, 우리 모두는 우리 자신도 모르는 사이에 폭군 밑에서 살아왔다는 느낌이 찾아왔다. 그 폭군은 인간을 현실로, 추악한 현실로 돌아오게 하여 인간에게서 자유를 빼앗는 존재였다. 하지만 지금은 아프리카의 광활한 초원이, 작열하는 태양이, 해가 지면서 대평원을 가로지르는 대륙의 바람이 나에게 자유를 다시 찾아주는 느낌이 들기 시작했다.

나는 조종사 뒤를 따라 멀지 않은 곳에 있는 마사이족 부락으로 향했다.

"쇠똥으로 만든 집에 살면 냄새가 많이 날 텐데 몸은 자주 씻는 편인가요?"

쇠똥 집이 과연 괜찮을까 하는 의구심 속에 내가 물었다.

"그들은 해가 지면서 부는 대륙의 서늘한 바람으로 매일 샤워를 합니다. 물로 몸을 씻으면 피부가 약해져 해충을 막을 수 없거든요. 아프리카의 바람으로 샤워를 해 보셨습니까?"

내가 고개를 저었다.

"해가 진 다음 대평원에 서서 아프리카의 바람을 온몸으로 받아보십시오. 몸이 깨끗해질 뿐만 아니라 하루 동

안 머릿속에 쌓여 있던 근심 걱정이 말끔히 씻겨나가지
요."

"마사이족 사이에 기독교가 광범위하게 포교되지는 않
았나요?"

"아무리 신앙이 독실하다 하더라도 쇠똥 속에서 살며
소의 피와 썩힌 우유를 먹을 수 있는 선교사는 그리 많
지 않지요. 그래서 마사이족들은 문명의 침입을 면할 수
있었던 겁니다. 그들은 수천 년 전, 아니 수만 년 전 그
들의 조상이 살던 방식 그대로 여전히 자연과 더불어 살
아오고 있죠."

"현재 마사이족 생존자는 얼마나 되나요?"

"약 15만 명 정도인데 케냐 남쪽과 탄자니아 북쪽 지
방에 흩어져 살고 있습니다."

마사이족 부락 입구에 도착했다. 화려한 장신구를 몸
에 걸친 것으로 보아 그곳의 추장인 듯한 사람과 조종사
가 마사이 말로 대화를 시작했다. 뭔가 상대방을 설득하
려고 애쓰는 두 사람의 표정으로 보아 부락의 내부를 둘
러보는 것이 쉽지 않은 듯했다.

나는 원형의 담장을 이룬 나무줄기와 쇠똥으로 만든
둥근 집들의 주위를 돌아보기 시작했다. 집들 사이로 부
락의 중앙에 쇠똥무더기가 짚가리처럼 쌓여 있는 곳에

서 있는 아이들과 여인들의 모습이 보였다. 순간 전쟁중 초등학교 시절 1년 반을 보냈던, 외갓집이 있는 마을이 떠올랐다.

내가 마음의 고향으로 생각하는 그곳은 경북 상주에서 20리 북쪽에 위치한 능바우라는 곳이다. 백여 호가 모여 집성촌을 이루고 있는 곳으로, 원래 마을 이름은 능암리 인데 그곳 사람들은 능바우라 불렀다. 나는 그곳 능바우 를 초등학교 시절 떠난 이후 대학입학 때까지 겨울방학 이면 빠짐없이 찾아갔었다. 그리고 사회 생활을 시작한 이후에도 완전히 잊고 지낸 것은 아니었다. 그러나 소설 속으로 빠져들면서, 별장에서의 고독한 생활에 길들여지 면서, 점점 나만의 세계로 침잠하면서, 능바우 사람들의 과분한 관심이 부담스러워지면서부터 어느 순간 능바우 는 나에게서 멀어져 있었다.

때때로 능바우에 대한 기억이 다시 살아날 때가 있었 다. 술에 취해 울적할 때 '향수'를 즐겨 불렀고, 그 노래 를 부르는 동안 머릿속에서는 능바우의 풍경과 능바우 사람들의 모습을 그려보곤 했다. 능바우의 분위기는 정 지용의 시 「향수」가 가장 잘 대변해주고 있는 듯했다. 정 지용의 고향처럼 능바우도 찢어지게 가난했다. 마을 앞 을 휘돌아나간 개울에서 멱을 감았고, 봄이 오면 소년들은 양지바른 재실 뒤 조상 묘가 있는 곳에서 화살을 함부로 쏘아댔으며, 화살을 찾으러 덤불숲을 휘적댔었다. 그때 소년들의 얼굴이 하나씩 떠올랐다.

그리고 인고의 세월이 느껴지는 마사이족 여인들의 얼굴을 바라보는 시선 속으로 능바우 여인들의 모습이 겹쳐졌다. 따가운 햇살을 등에 지고 맨발로 이삭을 줍는 능바우 여인들의 모습…… 이데올로기나 도시 여인의 품속을 찾아 떠나버려 생이별을 한 남편, 전쟁 중 먼저 세상을 등진 남편을 한편으로는 그리워하고 또 한편으로는 야속해하면서 먼산을 바라보던 모습…….

나는 의용군으로 참전한 남편과 생이별을 해야만 했던 외숙모를 소재로 쓴 단편을 떠올렸다. 몇 해 전 집안 행사로 오랜만에 외숙모를 만나 "이산가족 면담 신청을 해보시지요"라는 제의를 한 적이 있었다. 그러자 "나보고 노인동무라고 부르면 우짤 끼요. 죽었으면 할 수 없꼬 살아 있으면 아들딸 낳고 잘살고 있겠지요"라고 미소지으며 말하는 소설 속의 외숙모가 떠올랐다.

그러나 도시 여인에게 남편을 빼앗긴 능바우 어느 여인이 15년 만에 자신의 육체를 탐하는 남편을 강간범 다루듯 밀쳐버리고 한밤중에 집을 뛰쳐나온 이야기는 아직 소설화하지 못했다. 그녀는 그때 미쳐버려 뭇사람들의 놀림 속에 한많은 인생을 보내다가 몇 해 전 세상을 떠났다. 아마도 그녀의 한맺힌 응어리는 남편을 밀쳐버리는 그 순간 영원히 풀어졌을 것이다.

능바우는 또한 가장 존경스러웠던 아버지의 흔적이 남아 있는 곳이기도 했다. 민청연맹 위원장을 지낸 동네 일가 청년이 수복 후 법정에 섰을 때 아버지가 그 청년의 변호를 맡았었다. 판사가 그 청년에게 김일성 노래를 불러보라고 하자 변호를 맡은 아버지가 자리에서 일어나 대신 부르겠다고 자청했다. 아버지는 김일성 노래를 띄엄띄엄 마지막 소절까지 불렀다. 그런 아버지의 모습을 지켜볼 수 있었기에 나 자신이 세상에서 가장 행복한 소년이라는 자긍심이 한껏 들어찼었다.

그 소년은 능바우에서 자연이 주는 즐거움을 만끽하며 성장했다. 여름이면 냇가에서 투망을 던졌고 홍수가 지난 후 논에서 미꾸라지를 잡았으며, 겨울에는 개울에서 돌을 두드려 돌 밑에 있는 놀란 가재를 건져냈다. 그때가 견딜 수 없이 그리워졌다. 비록 능바우를 떠났지만 능바우는 나의 가슴속에 늘 건재하고 있었다.

조종사가 다가오는 바람에 나는 회상에서 깨어났다.

"집 안을 보여줄 수가 없다고 합니다."

조종사가 말했다. 나는 고개를 끄덕였다. 마사이족 촌

장도 능바우의 노인들처럼 누구에게도 굽히지 않는 자존심을 가진 사람일 것이라는 믿음이 들었다.

"괜찮습니다. 그냥 가지요."

내가 앞장서고 조종사가 뒤따라 활주로 쪽으로 걸어갔다.

경비행기에 올라탄 우리는 서쪽으로 향했다. 오늘 인터뷰하기로 한 유종수 씨를 만나기 위해서였다. 유종수 씨는 일요일마다 내륙 외진 곳에서 마사이족을 진료하고 있다고 했다. 마사이족을 위하여 온몸을 바쳐 의술을 베푸는 서른다섯 살 된 한국의 젊은이를 만날 수 있다는 생각에 가슴이 뿌듯해왔다. 30분쯤 지나 경비행기는 또다시 흙바닥으로 된 허름한 활주로에 착륙했다. 두 사람은 경비행기에서 내렸다.

"그럼, 다녀오세요."

조종사가 말했다.

"그 동안 저기 나무 그늘에서 쉬고 계세요."

나는 그곳에서 얼마 떨어지지 않은 곳에 있는 가시나무를 가리켰다. 가시나무는 조금이라도 더 넓은 그늘을 만들어주기 위해서인지 윗부분이 수평으로 퍼져 있었다. 그곳에는 붉은색 천을 어깨에 걸친 채 멀리서 보아도 양쪽 귀의 귓불을 한껏 늘어뜨린 마사이족 노인들이 막대기를 들고 앉아서 잔인하게 내리쬐는 햇살을 피하고 있었다. 맹수들에게 겁을 주기 위해 붉은색 천을 걸친다는 그들의 사고와 귓불을 늘어뜨릴수록 아름답다는 그들의 미적 감각에 대해서는 상관할 바가 아니었다. 소떼몰이를 하는 어린 자식을 멀리서 바라보며 따가운 햇볕을 피해 가시나무 그늘에서 한낮의 여유를 즐기는 그들은 세상의 어느 누구보다도 평화로워 보였다.

나는 유종수 씨가 일하고 있는 양철집을 향해 발걸음을 옮겼다. 마사이족 부락이 눈에 띄지 않는 대평원 위에 홀로 서 있는 양철집. 끝없이 펼쳐진 평원을 가로지르며 마사이족 아이들이 한가롭게 소떼를 몰아가고 있다. 어디서부터 걷기 시작했는지 모를 마사이족들이 사방에서 모습을 드러내며 양철집으로 걸어오고 있었다.

양철집은 문 위에 있는 엉성한 나무 십자가가 아니라면 창고로 여겨질 만큼 허름했다. 양철집의 문을 열고 들어섰다. 양철집 안에는 한국 시골학교의 성인 교육반을 연상시키는 긴 나무의자에 한결같이 붉은색 천을 두른, 귓불이 축 늘어진 노인들과 뚜렷한 눈망울에 장난기 어린 미소를 머금은 마사이족 아이들이 자기 차례를 기다리며 앉아 있었다.

나는 안쪽으로 걸어 들어갔다. 작은 나무책상을 앞에

두고 유종수 씨로 보이는, 흰 가운을 입은 의사가 오른쪽 옆에 앉은 마사이족 노인의 입 안을 손전등으로 비추며 살피고 있었다. 나는 의사가 앉아 있는 뒤쪽의 약품이 쌓여 있는 곳으로 가 빈 의자에 앉아 진료 과정을 지켜보았다.

"얼마 동안 목구멍이 아팠는지 물어봐요."

의사가 책상 건너편에 앉아 있는 통역관으로 보이는 흑인에게 영어로 말했다. 통역관이 마사이어로 물은 후 '한 달 됐대요'라고 영어로 말했다.

"내가 주는 약을 먹고 일주일 후 다시 오라고 하세요. 반드시 다시 와야 한다고 하세요."

의사가 말했다. 의사는 처방전을 써서 왼쪽에 있는 동양 여인에게 건네주었다. 여인이 처방전을 보며 그곳에 수북이 쌓인 약병 중에서 무언가 골라냈다.

그 다음에는 여덟 살 정도 되어 보이는 소녀가 흰색 원피스를 들어올리며 발을 뻗어 보였다. 의사가 소녀의 종아리를 왼손으로 잡고 오른손으로 안경을 만지작거리며 잠시 살폈다. 핀셋으로 솜을 집어 약에 담가낸 후 종아리의 상처 부위를 소독했다. 소녀는 상을 찡그리며 두 손을 꽉 잡고 아픔을 참고 있었다.

"좀 아프더라도 참으라고 하세요."

의사는 일회용 위생장갑을 끼면서 통역관에게 영어로 말했다. 의사가 핀셋으로 상처를 조심스럽게 헤집은 후 무언가를 계속 집어내기 시작했다. 소녀는 두 손으로 입을 막았다. 찡그린 얼굴은 눈물 범벅이었다. 진료를 마친 후 의사는 위생장갑을 벗어 쓰레기통에 버렸다. 그리고 처방전을 쓰며 앞에 있는 통역관에게 말했다.

"물을 그냥 마시지 말고 꼭 끓여서 마시라고 하세요."

"무슨 병입니까?"

통역관이 물었다.

"기니아 웜(Guinea worm)이에요. 불결한 식수 안에 있던 기생충 알이 몸속으로 들어가 부화되어 피부 밖으로 헤집고 나오는 병이에요."

의사가 말했다.

"약을 먹으면 괜찮을까요?"

통역관이 물었다.

"최선을 다해봐야지요."

의사가 담담하게 답했다.

눈물로 뒤범벅된 소녀의 얼굴이 겨우 펴지며 해맑은 미소가 살아났다. 소녀는 동양 여인이 건네는 약병을 받아들고 자리에서 일어났다.

그 다음으로 짧은 바지만 입고 상체를 드러낸 비쩍 마

른 마사이 청년이 환자 자리에 앉았다. 의사는 청년의 눈을 손전등으로 비쳐보고 혀를 내밀어보라고 했다. 청년이 혀를 내밀자 혓바닥을 나무막대기로 눌러 목구멍을 살펴보았다. 그리고 위생장갑을 다시 끼고 청년의 피부를 만지며 무언가 골똘히 생각하는 듯했다. 그 순간만큼은 수많은 의학서적에서 습득한 지식을, 오랫동안 몸에 익혀온 집중력을, 그리고 그가 가슴속 깊이 간직한 인간애를 총동원해 진료에 쏟아붓고 있는 듯했다. 나는 순간 유종수 씨가 어떤 마음으로 문명으로부터 버림받은 마사이족을 위해, 아니 문명을 철저히 거부하고 바람과 해와 달만이 그들의 운명을 결정한다고 믿는 마사이족을 위해 헌신하고 있는지 궁금해졌다.

"아무래도 면역성 결핍(Immune Deficiency) 같아요. 제가 일하는 나이로비 병원으로 데려가야겠어요."

의사가 영어로 통역관에게 말하며 환자가 알아듣지 못하게 AIDS의 'I'자와 'D'자의 원어를 인용했다.

"한 15분만 쉬었다 하지요."

의사가 말하며 자리에서 일어났다. 내가 그에게 다가가 자기소개를 하며 손을 내밀었다. 유종수 씨가 손을 잡으며 반갑게 맞았다.

"대사관에서 연락을 받았습니다. 이곳을 찾는 데 힘들

지는 않으셨는지요? 너무 외진 데라……."

"경비행기를 대절해 멋진 구경을 하며 왔어요. 잠깐 밖으로 나가실까요?"

내 말에 유종수 씨는 흰 가운을 벗고 앞장서 양철집 문을 나섰다. 문 앞에 드리워진 그늘에 서서 우리는 대화를 나누었다. 유종수 씨는 오늘 현재 시간까지 몇 명이나 진료했느냐는 나의 구체적인 물음에 편하게 말문을 열었다.

"글쎄요, 한 30명쯤 될 겁니다."

"어떤 병이 가장 흔하죠?"

"아이들의 경우는 대개가 풍토병인 말라리아나 결핵 등인데 영양 결핍 때문에 생기는 병입니다."

나는 유종수 씨가 이곳에 오게 된 동기라든지, 또 이곳에서의 생활 및 하는 일, 앞으로의 계획 등 취재에 필요한 몇 가지 질문을 던졌고, 유종수 씨는 그때마다 성의껏 답해주었다. 나는 취재 도중 유종수 씨의 자기 삶에 대한 확고한 신념에 거듭 감탄했다.

대화가 한창 무르익을 무렵, 안에서 환자에게 약을 주던 동양 여인이 콜라 두 병을 들고 나왔다.

"제 아내입니다."

유종수 씨가 그 여인을 바라보며 말했다. 나는 인사를

나눈 후 그녀가 건네준 콜라로 목을 축였다.

"이곳에서 유 박사와 같이 일했던 박형준 박사를 서울에서 만나봤지요. 유 박사는 이곳에서 두 번이나 혹독한 시련을 겪었다고요?"

나는 유종수 씨가 어려운 난관을 어떻게 극복해냈는지 궁금해 질문을 던졌다.

"별것 아닙니다. 누구나 당하는 어려움이지요."

유종수 씨는 처음에는 말하기 꺼려했으나 나의 집요함에 말문을 열기 시작했다.

"1993년 여름이었습니다. 이곳에 온 지 채 일 년이 되지 않은 어느 날이었지요. 에이즈 환자의 조직검사를 하던 중 바늘에 손이 찔렸습니다. 장갑을 끼고 있었으나 장갑 속에 피가 흥건히 고일 정도로 깊게 찔렸으니 제가 받은 충격은 컸지요."

유종수 씨는 콜라로 목을 축인 후 잠시 사이를 두었다가 이야기를 계속했다.

"찔린 순간 손가락을 잘라버릴까 하는 생각을 했었습니다. 사실 그 당시 제가 받은 충격은 대단했지요. 그럴 경우, 의학적으로는 에이즈에 걸릴 확률이 삼백 분의 일밖에 되지 않습니다. 그래도 걱정은 되었습니다. 부부관계도 멀리해야 했고, 아무래도 제가 계속해서 우울해하고 있으니까 아내가 불안해하더군요. 아내에게 걱정을 끼치지 않으려고 했지만 할 수 없이 사실을 털어놓았습니다."

유종수 씨가 그때를 회상하듯 옆에 서 있는 아내에게 시선을 주었다. 그러자 유종수 씨를 바라보며 그의 아내가 말을 이어갔다.

"처음에는 확률이 삼백 분의 일밖에 안 된다니 괜찮으리라고 생각했어요. 그러나 시간이 흐르면서 '이게 보통 문제가 아니구나' 하는 생각이 들더군요. 애아빠가 바늘에 찔린 후 검사 결과가 나오기까지 5개월을 기다려야 했는데, 지금 생각하니 그 5개월이 저에게는 아주 긴 시간이었어요."

이어 유종수 씨가 아내의 말을 받았다.

"처음 한 달 정도는 매우 우울했습니다. 그런 후 신앙이 있어서인지 긍정적인 방향으로 생각하게 되더군요. 설령 감염되었다 하더라도 이 일을 통해서 다르게 일할 수 있는 기회도 되겠고요. 의사로서 얘기한다면, 에이즈에 걸린 환자들을 더 잘 이해할 수 있고 그들을 마음으로부터 치료할 수 있는 기회가 되리라 생각했지요. 또한 감염되더라도 잠복기간이 보통 8년은 되거든요. 이곳의 경우 잠복기간이 미국이나 유럽보다는 짧아도 금방 죽는

게 아니니까 적어도 5~6년은 살 수 있을 테니 그동안 할 일도 많을 거고……. 그러나 5개월 후에 막상 결과를 보러 갈 때는 가슴이 뛰더군요. ……검사결과는 아무 이상이 없었습니다."

유종수 씨 부부가 똑같이 미소를 지어 보였다.

"그것 외에도 혹독한 시련이 또 있었지요?"

나는 또 다른 사건에 대해 질문을 던졌다. 잠시 머뭇거리다가 유종수 씨가 말문을 열었다.

"1996년 겨울이었습니다. 큰딸 주은이가 아프리카에서는 아주 드물게 발생하는 뇌염에 걸렸습니다. 여기 살게 되면 한국에서 살았던 때와는 달리 아이들을 자주 껴안게 됩니다."

잠시 사이를 두었다가 그가 말을 이어갔다.

"어느 날인가 주은이가 제 품에 안겨 머리가 아프다고 하더군요. 약을 먹이고 괜찮으려니 했는데 며칠이 지나도 호전되지 않았어요. 피검사를 해보니 분명히 말라리아 증상은 아닌데 말라리아라는 결과가 나왔어요. 치료를 위해 투약하다 보니 구토까지 하며 더 심해지더군요. 그 당시 이 나라에 뇌염이 있다는 말은 들어보지 못했지만, 뇌염 같았습니다. 그래서 함께 근무하는 독일 의사와 의논했지요. 그가 제 의견에 동의하더군요."

그는 잠시 말을 멈춘 후 아내에게 시선을 보냈다.

"그때 아내가 많이 울었습니다. 바이러스성 뇌염이 아니면 뇌염에는 특별한 치료방법이 없거든요."

옆에서 듣고 있던 그의 아내가 말을 이어갔다.

"주은이가 심하게 아픈데도 의사인 아빠가 링거 주사를 놓는 것 외에는 달리 취할 방법이 없는 거예요. 저는 의학에 대해서는 잘 모르니까 무척 답답했습니다. 그래서 무기력하게 앉아서 혼자 울 수밖에 없었습니다."

그의 아내가 웃음을 띠면서 말을 끝맺자, 유종수 씨가 말을 이었다.

"증상이 심할 때 제가 주은이와 며칠을 같이 잤습니다. 뇌의 호흡중추가 상해서인지 숨을 가쁘게 몰아쉬더군요. 호흡이 언제 멎을지 몰랐습니다……. 그때 주은이를 보며 중얼거렸지요."

잠시 사이를 두었다가 울먹이는 목소리로 말을 이어갔다.

"'아버지를 잘못 만나서……'라고요."

나는 얼른 유종수 씨의 충혈된 눈을 피해 시선을 부인 쪽으로 옮겼다. 부인의 눈시울이 붉어져갔다. 유종수 씨에게 얼른 시선을 옮겼다.

"주은이가 이제는 완쾌되었지요?"

"예, 이제는 아주 건강하게 잘 뛰어놀고 있습니다."

유종수 씨는 양철집 안으로 시선을 보냈다. 그곳에는 그를 기다리고 있는 마사이족 환자들이 가득했다.

"다시 일을 하셔야지요. 저는 그만 가보겠습니다."

그들 부부와 작별인사를 하고 나는 자리에서 일어났다.

경비행기가 있는 곳으로 걸어오면서, 유종수 씨 부부가 얘기를 끝맺으면서 똑같이 지어 보였던 해맑은 미소를 떠올렸다. 세상에는 아름다운 것이 많다. 눈 덮인 산이 그렇고, 햇볕에 그을린 사막이 그렇고, 낙조에 물든 바다가 그렇지만 역경을 이겨낸 사람들이 보여주는 해맑은 미소만큼 아름다운 것은 없는 듯했다.

잠시 후 우리가 탄 경비행기는 동쪽으로 방향을 잡았다.

"내륙을 통해 다르에스살람 공항으로 가실까요?"

조종사의 말에 나는 잠시 생각에 잠긴 채 고개만 끄덕였다.

"가는 도중 우물이 있는 아름다운 계곡을 볼 수 있을 겁니다. 인터뷰는 어떠셨어요?"

조종사의 질문에 나는 잠시 생각을 정리했다.

"내가 무슨 결론을 내린 줄 알아요? ……요즘 젊은이들이 우리 기성세대보다 훨씬 이기적이지는 않다는 거예요. ……아마도 경제적 풍요로움 속에서 자란 젊은 세대의 가슴에는 우리 기성세대의 가슴속에 터 잡고 있는 가난이란 응어리가 없기 때문인 것 같아요."

"가난이 응어리를 만들어주나요?"

조종사가 시선을 앞에 둔 채 마우스 스피커를 통해 물었다.

"가난은, 남자의 가슴에 깊은 상처를 남기는 요부와 같은 것인가봐요. 요부의 배신을 잊지 못해 어떤 여자도 사랑할 수 없게 된 남자처럼 가난에서 벗어난 후에도 우리 기성세대는 가난을 잊지 못하는 것 같아요. ……풍요로움이 당연히 가져다주었어야 하는 솔직함과 관대함을 우리는 결코 가질 수 없는 듯해요. ……가난의 기억은 경제적인 풍요로움을 과시하려는 욕망만을 부추기나 봅니다. 그런 의미에서 기성세대는 모두가 탐욕의 희생자입니다."

그 말을 끝낸 순간 '바로 그런 사람이 나 자신이다'라고 나도 모르게 속으로 되뇌었다. 누구의 강요에 의해서도 아니고 나 자신이 스스로 선택한 문학의 길인데, 탐욕이 없었다면 스스로가 만족하지 못할 이유가 없었다. 문학의 길은 험하디험한 가시밭길이라는 사실을 모르고 시작한 것이 아니었다. 또한 문학의 길은 극심한 고통과 고독, 분노, 절망, 회의로 이루어진다는 것도 잘 알고 있었다. 그 길을 상처투성이가 되어 넘는 자에게만 그 대가로 박수가 보내지는 것이다. 나 자신은 아직 그 가시밭길의 중간 지점에도 도달하지 못한 것이다. 나는 유종수 씨에 대해 고마움을 느꼈다.

"이곳에 다시 와 인터뷰한 사람들의 이야기를 소설로 써보는 게 어때요?"

조종사가 말했다.

"아닙니다. 어린 시절을 보낸 고향으로 돌아가겠습니다. 그곳에서 고향 사람들의 사는 이야기, 고향의 아름다운 자연을 글로 담아보고 싶습니다."

나는 외가가 있는 능바우를 고향처럼 생각하며 자신 있게 말했다.

능바우는 겸손이 세월의 흐름을 이겨낸 곳이고, 순수함이 아직도 남아 있는 곳이며, 행복했던 유년 시절의 기억이 깃들어 있는 곳이다. 그것들이 좋은 글의 바탕이 될 것이다.

그리고 지하에 계신 아버지에게는 미안한 일이지만 서해안 별장을 처분하기로 했다. 돈 때문이 아니었다. 한밤중 개를 껴안고 뒹굴었던, 그 고독했던 기억을 뇌리에서 영원히 지워버리고 싶어서였다.

잠시 침묵이 흘렀다. 경비행기는 아프리카의 광활하고

황량한 초원 위에 그림자를 드리우며 날고 있었다. 나의 시선이 그림자를 따라갔다. 달리는 한 무리의 기린 위를 경비행기의 그림자가 급히 지나갔다. 둥근 모형의 마사이족 부락을 지날 때는 손을 흔들어대는 마사이 소녀들의 모습이 보였다. 대초원에 듬성듬성 서 있는 가시나무 위를 경비행기의 그림자가 뒤덮자 수평으로 뻗은 나뭇가지 아래서 붉은 천을 두른 노인들이 나와 막대기를 흔들어댔다.

나의 시선은 대초원에 머물러 있었지만, 마음은 이미 능바우에 가 있었다. 능바우의 아름다운 계곡이 머릿속에 자리잡았다. 나는 창을 열어 아프리카의 바람을 얼굴로 맞았다.

아프리카의 초원에서는 보기 드문 계곡의 모습이 그 자태를 드러내기 시작했다. 계곡 옆으로는 우물이 있었고, 그 우물을 향해 가거나 그곳을 빠져나오는 수많은 소떼들의 모습이 보였다. 문득 나 자신이 심해를 유영하고 있다는 환각이 들었다. 아프리카의 바람은 바닷물처럼 경비행기 안으로 스며들어와 나의 몸을 푸근히 감싸주었다. 심해의 바닥을 좀 더 가까이 보고 싶었다.

내가 계곡을 가리키자 조종사는 기체를 그쪽으로 돌려 하강하기 시작했다. 순간 푸덕푸덕 하는 소리와 함께 프로펠러의 회전이 불규칙해졌다. 나의 시선이 조종사의 파랗게 질린 얼굴에 머물렀다가 앞쪽을 향했다. 소떼들의 모습이 확대되어 오면서 깊은 계곡이 모습을 드러냈다. 그 순간, 엔진이 정지되어도 글라이더처럼 바람에 날려 착륙할 수 있다던 조종사의 말이 사실이 아닐지도 모른다는 생각이 스쳐지나갔다.

독수리 발톱이 남긴 자국

세계 초강국의 수도인 워싱턴 시 변두리, 스페인계 남미인 이민자들이 살고 있는 지역에 위치한 슈퍼마켓 사무실에서 최형민은 바쁘게 움직이고 있었다. 그 시간이면 금전등록기가 설치된 세 개의 레인이 모두 작동되므로 수시로 금전등록기에 쌓이는 현금을 수거하여 백 달러 단위로 묶어 금고에 보관해야 했다.

　금전등록기를 조작하는 스페인계 남미인 직원들의 나쁜 손버릇 때문만이 아니었다. 금전등록기의 시스템이 제대로 작동되면 그렇게 신경을 쓸 필요가 없으련만, 설치비를 줄이려고 중고품 시장에서 사온 탓에 시스템이 제 역할을 하지 못했다. 뿐만 아니라 숫자에 약한 스페인계 남미인 특유의 성향 때문에 지금까지 한 번도 제대로 셈이 맞은 적이 없을 정도였다.

　아내가 슈퍼마켓 문을 열고 들어와 사무실 쪽으로 다가왔다.

"저녁은 먹었어?"

최형민이 아내에게 물었다.

"네, 미선이도 잘 먹었어요."

선천성 아토피 피부병으로 고생하는 바람에 식욕이 떨어져 여위어가는 딸에 대해 아내는 묻지도 않은 말을 했다.

"여기 앉아서 모니터 좀 잘 지켜봐줘. 이 시간이면 손버릇 나쁜 친구들이 많아서 말이야."

최형민이 돈을 세면서 상자 위에 놓인 모니터를 턱으로 가리키며 말했다.

"그리고 말이야, 이 돈도 백 달러씩 묶어줘."

아내는 남편이 시키는 대로 거의 무릎을 맞대고 상자 위에 앉아 선반 위 모니터를 힐끔힐끔 쳐다보면서 돈 뭉치에 손을 가져갔다.

"소식 들었어요? 한국에서 IMF 사태가 터졌다는데……."

아내가 물었다.

"방금 전 뉴스에서 봤어."

"괜찮을까요?"

"아마 혼쭐이 날 거야. 뭐 돈이라도 많이 벌어서 잘사는 줄 알았더니 빌린 돈으로 흥청망청했더구먼."

최형민이 쓴웃음을 지으며 말했다.

"곗돈 받으러 왔어?"

최형민이 미소 지으며 물었다.

"네, 오늘이 곗날이에요. 돈이 돼요?"

"곗돈 만 달러는 이틀 전에 준비해놨어."

최형민이 금고를 열고 그 안에서 만 달러 뭉치를 꺼냈다.

"이제는 이익이 좀 나는 것 같아요?"

만 달러 묶음을 받으며 아내가 물었다.

"그런대로 자리를 잡아가고 있어."

최형민이 고개를 끄덕이며 답했다. 그러면서 5년 전, 그러니까 30대 후반에 이곳에 이민 온 후 맨 처음에는 손대는 사업마다 제법 자리를 잡아간다고 믿었다는 사실을 상기했다. 그러나 결국 세 번의 실패만 경험했을 뿐이었다.

그들은 말없이 일을 계속했다. 최형민이 침묵을 깼다.

"계산상으로는 이익이 남아. 하루 4천 달러 정도 매상에 마진이 20퍼센트니까 8백 달러는 떨어지고, 8백 달러 중 4백 달러 정도면 임금과 집세 등 운영비가 충당되니까 4백 달러는 남게 되어 있어. 한데 말이야, 문제는 가끔 생각지도 않은 목돈이 들어가는 데 있단 말이야. 지난번 시에서 위생감독관이 나왔을 때 선반 구석에

서 바퀴벌레가 발견되는 바람에 그만 망쳤지. 그때 2주
간 영업정지를 먹지만 않았더라도 형편이 괜찮았을 텐
데⋯⋯."

"위생감독관이 예고 없이 또 나올 텐데 바퀴벌레가 다
시 발견되면 어떡하지요?"

아내가 불안한 표정을 지었다.

"선반 위를 깨끗이 청소하고 바퀴벌레 약을 구석마다
쳤으니 괜찮을 거야."

"그래도 불안해요. 다시 걸리면 3개월 동안 영업정지
를 당할 텐데⋯⋯."

"이젠 걸릴 리 없어. 왜 곗돈 못 갚을까봐?"

"아니에요. 그냥 불안해서요."

최형민이 묶은 돈 뭉치를 가리켰다.

"이 돈 전부 얼마지?"

"3천8백25달러예요."

아내가 말했다.

"내일 아침 은행에 입금할 물품대금에는 좀 모자라지
만 오후에 입금한다면 은행에서 봐줄 거야."

최형민이 계산기를 두드리며 말했다.

계산을 다 마친 최형민은 한쪽 구석에 놓인 금고를 열
고 현금 뭉치를 집어넣었다.

"당신, 슈퍼마켓을 계속할 거예요?"

아내가 물었다.

"해볼 만해. 작업환경도 좋고. 진우가 하는 리쿼스토어와 비교해봐. 진우는 좁은 방탄 플라스틱 벽 안에 하루종일 갇혀 있잖아. 나는 그래도 이렇게 열린 공간에서 일하고. 그리고 팔리지 않거나 신선도가 떨어진 야채를 집에 가지고 가니 식비도 많이 줄일 수 있잖아."

"진우 씨 리쿼스토어 잘된다지요?

워싱턴 시 반대쪽, 흑인 밀집지역에서 리쿼스토어를 하는 동갑내기 죽마지우인 박진우에 대해 아내가 물었다.

"진우는 이제 완전히 자립했어. 서울에 생활비 넉넉히 부쳐주고도 충분히 저축할 수 있을 거야."

"다행이에요. 그동안 그렇게 고생했으니……."

바로 그 시각, 박진우는 흑인 직원인 톰에게 리쿼스토어를 맡기고 문을 나서려는 참이었다. 그는 리쿼스토어 문을 나서기 전 문밖으로 목을 내밀고 좌우를 살펴보는 것을 잊지 않았다. 강도짓을 할 만한 흑인은 눈에 띄지 않았다.

그는 항상 그랬듯이 주차장에 세워둔 자신의 자동차 위치를 확인한 후 빠른 걸음으로 걸어가 차 문을 열었다. 운전석에 앉자마자 차 문을 얼른 닫고 잠금 버튼을 눌렀다. 문이 잠기는 소리가 난 뒤에야 마음이 놓였다.

벌써 3년째 하고 있는 일이지만 매일 저녁 리쿼스토어를 나서면서 강도를 당할지도 모른다는 공포는 여전히 줄어들지 않았다.

흑인가를 지나면서 차창 밖으로 시선을 보냈다. 깨진 가로등 사이로 몇몇 남은 가로등이 거리를 희미하게 비추어주고 있었다. 청년들이 군데군데 모여 서성거렸다. 마치 해가 떠 있는 동안 햇볕에 노곤한 몸을 쉴 겸 늘어지게 자다가 달이 뜨면 먹이를 찾아 어슬렁거리는 아프리카 정글의 맹수들 같아 보였다.

이곳은 낮 동안은 백인의 간계로 만들어진 법이 지배하지만, 밤이 되면 약육강식이 철저히 지배하는 정글로 변해갔다. 실향(失鄕)과 인종 차별과 자본주의가 그들을 정글의 맹수로 변모시켰다는 생각이 들었다.

순간 차도 옆으로 한국인 교회임을 알리는 사인등이 시야에 들어왔다. 박진우는 자신도 모르게 차를 우회전해 교회 건물 쪽으로 몰았다. 주차장에 주차를 한 후 운전대에 머리를 기댄 그는 서너 번 심호흡을 했다. 40여 년의 인생 동안 여러 번 크고 작은 위기는 있었지만 이번처럼 목숨을 담보로 한 시련이 닥쳐오리라고는 꿈에도 상상하지 못했다. 가족과 떨어져 혼자 있기 때문만은 아니고, 실제로 생명이 위태로운 지경에 처하게 된 것이다.

그는 텅 빈 교회 건물 안으로 들어가 앞쪽 한 곳에 자리를 잡았다. 고개를 들고 십자가에 못 박힌 예수의 모습에 시선을 보냈다. 박진우는 자신의 심정을 솔직하게 털어놓고 싶어졌다.

박진우는 십자가를 향해 마음속으로 독백을 시작했다.

전지전능하신 예수님께 묻고 싶습니다. 어찌하여 하느님이 창조하신 이 세상이 이토록 살기가 어렵습니까? 어찌하여 세 사람의 가족조차 돌보기 힘들단 말입니까? 이것이 한낱 저같이 약한 자의 넋두리에 불과할까요? 그렇다면 저같이 약한 자를 위한 세상은 어디에 있습니까? 무능하기 때문에 돌아오는 당연한 인과응보라고 저를 책망하시겠습니까?

무능한 건 사실입니다. 지난 제 인생을 돌이켜보면 저의 무능함을 솔직히 인정하지 않을 수 없습니다. 30대 후반 직장을 그만두고 제 사업을 시작한 것은 솔직히 만용이었습니다. 열심히 최선을 다하면 될 줄 알았지요. 그러나 그것은 그릇된 판단이었습니다. 한국에서 소기업을 하는 사람은 시간이 문제지 언젠가는 다 망하게 되어 있습니다. 가식과 위선의 탈을 뒤집어쓰고 부패의 소용돌이 속에 깊숙이 들어가 갖은 아첨을 떠는 자들만이 살아남을 수 있었습니다. 도덕과 윤리는 어디에도 설 자리가 없었습니다. 결국 회사는 부도가 나 망하고, 저는 부정수표 단속법의 범법자가 되어 미국으로 도망 와 가족들과 헤어져 살고 있습니다.

이곳 미국에서 최선을 다해 일했습니다. 일한 만큼 보수가 돌아온다는 믿음과 제 자신의 힘으로 가족을 부양하고 있다는 자부심으로 행복하게 일했습니다. 그런 행복은 한국사회에서는 향유할 수 없었습니다. 한국사회는 죄를 지으며 살아남든지, 아니면 당장 생계유지에 급급한 생활을 하든지 둘 중의 하나를 강요했습니다. 저는 죄를 지었습니다. 누구나 그러했으니까요.

사회의 지도층을 이루는 관료와 사업가, 그리고 정치인들…… 그 누구나 죄를 지으며 살고 있습니다. 그리고 놀랍게도 자신이 죄를 짓고 있다고 생각하지 않는 자만이 살아남을 수 있습니다. 이 얼마나 무서운 사회입니까? 그렇습니다. 겉으로 보기에 그들은 인간미를 따지고, 예의를 중히 여기고, 관대함을 미덕으로 여기는 듯하지요. 그렇지만 따지고 보면 인간미와 예의란 부정부패를 조장하고 은폐하는 도구에 지나지 않고, 관대함이란 지배층에 있는 사람들 사이에서만 적용되는 자기 보호막에 불과합니다. 저는 제 동포지만 지배계급에 속하는 그들을 혐오합니다.

그들의 지배에서 벗어난 이곳 미국생활에서 저는 드디어 인간다운 삶을 살 수 있다고 확신했습니다. 단 한 번뿐인 인생이라면, 죄를 짓지 않고 다른 사람에게 피해를 주지 않으며, 일한 만큼 보수를 받아 가족을 부양하는 것이 바로 보통 남자들이 갈구하는 삶 아니겠습니까? 아! 그러나 저의 작은 소망은 벽에 부딪쳤습니다.

내일 아침 9시까지 15만 달러를 구하지 못하면 저의 생명은 위태로워집니다. 저에게 그런 큰돈을 구할 방법이 있을 리 없습니다. 하느님, 도와주십시오. 저의 안위는 안중에 없습니다. 제가 없으면 이 험한 세상에 버려질 세 여자, 고국에 있는 아내와 두 딸만을 위해서 부탁드리는 겁니다.

박진우는 예수를 향해 빌던 마음속의 독백을 멈추고 고개를 숙였다. 그 순간 그는 직원인 톰의 보수라도 벌어보겠다며 복권 발매기를 리쿼스토어에 설치한 일을 후회했다.

리쿼스토어에 복권 발매기가 설치된 후 그 지역에서

마약 밀매의 총책으로서 악명이 자자한 '자바'라는 자가 며칠에 한 번씩 가게에 들렀었다. 그는 주머니에서 손에 잡히는 대로 몇백 달러씩 꺼내 숫자를 적은 종이와 함께 박진우에게 건네주면서 복권은 받지도 않고 술만 사들고 는 사라지곤 했었다. 지난 1년여 동안 박진우는 그가 내민 숫자의 복권을 발매해서 가지고 있었는데, 승률이 만분의 일도 안 되었으므로 이때까지 한 번도 당첨된 적이 없었다.

닷새 전 그가 저녁 늦게 2백 달러와 숫자를 적은 종이를 내놓고 사라졌을 때는, 마침 동네 축제 전야라 가게에 술을 사려는 흑인들이 몰려오는 통에 복권 찍는 것을 깜빡 잊어버렸다. 그런데 불행하게도 자바가 내놓은 숫자 중에서 5만 달러짜리 세 장이 무더기로 당첨되었던 것이다. 그가 오늘 아침 가게에 와 당첨된 복권을 달라고 한 것은 당연한 일이었다. 그제서야 당첨 사실을 안 박진우로서는 더듬거리며 자초지종을 설명할 수밖에 없었다. 자바의 반응은 내일 아침 9시까지 목숨을 내놓든지, 자기 돈 15만 달러를 내놓으라는 것이었다. 박진우는 고개를 숙인 채 마음속으로 다시 독백을 시작했다.

하느님! 이번 일만 도와주시면 저 자신을 위해서는 아

무엇도 바라지 않겠습니다. 이곳에서 남은 인생을 두 딸과 아내만을 위해 살아갈 것을 맹세합니다. 그렇다고 저 자신이 불행한 인생을 살겠다는 것은 결코 아닙니다. 세상 누구보다도 행복할 자신이 있습니다. 왜냐고요? 제 두 손으로 땀흘려 일해 가족을 부양하고 웃음짓는 아내 얼굴을 대하며 사랑과 관심과 대화 속에서 성장해가는 두 딸을 보는 기쁨이 있지 않습니까? 두 딸이 연인을 만나 행복한 가정을 이루는 것을 지켜보는 가슴 뿌듯함이 기다리고 있지 않습니까? 또한 그 애들이 자식을 갖는 경이로움을 지켜볼 수 있지 않습니까?

그것뿐만이 아닙니다. 차림새와 소유한 자동차의 크기에 따라 사람 차별을 하지 않는 이곳에서, 사계절의 변화에 따라 때로는 조용히 낚시를 즐기거나 공원에서 한가로운 시간을 보낼 그 수많은 휴일이 기다리고 있지 않습니까?

그리고 저는 한국에서 으스대고 뻐기며 사는 사람들을 조금도 부러워하지 않으렵니다. 어쩔 수 없이 범죄를 저지르고 가슴을 졸이며 사는 그들을 불쌍히 여길 겁니다. 저와 같이 해외에서 하루 벌어 하루 먹고 사는 사람들을 업신여기는 그들을 경멸하렵니다. 언젠가 때가 되면 그들도 알게 되겠지요. 인간이 마지막 순간까지 꼭 지켜내야 하는 것이 자존심이라는 것을. 그리고 언젠가 그들은 깨닫게 되겠지요. 인생의 가치는 겉모양으로 결정되는 것이 아니라는 것을…….

교회에서 나온 박진우는 차를 몰면서 내일 아침에 자바를 만나 할 말을 머릿속에서 정리하고 있었다. 자신의 형편을 사실대로 털어놓을 작정이었다. 그가 어떤 반응을 보일지 짐작하기 힘들었으나 놀랍게도 교회에 들어서기 전 그를 짓누르고 있었던 두려움이 이제는 느껴지지 않았다.

이해할 수 있을지 모르겠지만 복권을 발행하지 않은 것은 순전히 나의 실수였다. 고의로 한 일은 결코 아니었다.

보상할 수 있는 나의 재산목록은 다음과 같다.

첫째, 리쿼스토어의 원주인에게서 재고품 보증금으로 맡긴 2만5천 달러를 찾았다. 리쿼스토어 경영을 포기한 것이다. 둘째, 은행 예금액이 5천 달러 정도 된다. 이 돈도 찾았다. 셋째, 미국에 친구가 있으나 그도 어려운 처지라 구할 수 있는 돈은 얼마 되지 않는다. 넷째, 앞으로 내 총수입액의 30퍼센트를 매달 지급하겠다. 내가 살아 있는 동안 원금을 다 갚을 때까지 계속하겠다. 서울에 있는 가족을 부양해야 하므로 그 이상은 할 수 없다.

여기까지 정리했을 때, 박진우는 최형민에게서 얼마나 빌릴 수 있을지 염려되었다. 기껏해야 몇 천 달러에 지나지 않을 것 같았다. 최형민 아내의 친구들끼리 모여 하는 곗돈으로 슈퍼마켓을 인수했으므로 슈퍼마켓 수입으로는 곗돈 붓기에도 빠듯하리라고 짐작했다. 열 명이 한 달에 5천 달러씩 5만 달러짜리 곗돈, 그런 곗돈을 두 군데서 빌렸으니 10만 달러, 계산해보니 최형민은 한 달에 만 달러씩 곗돈을 부어야 하는 처지에 놓여 있었다. 게다가 아토피 피부병으로 고생하는 딸 미선의 병원비도 적은 금액이 아닐 것이다.

박진우는 최형민의 슈퍼마켓이 있는 주차장으로 들어섰다. 슈퍼마켓 앞에는 주차할 자리가 없어 좀 떨어진 곳에 차를 세웠다. 이미 문이 닫힌 가게들을 지나치다 환하게 불켜진 세탁소의 유리문 안을 들여다보았다. 40대 중반으로 보이는 동양인 여자가 열심히 재봉틀을 돌리고 있었고, 카운터 뒤에서는 남편으로 보이는 남자가 다리미질에 열중하고 있었다. 그는 손목시계를 보았다. 9시 30분을 가리키고 있었다. '기회의 나라'로 이민 온 한국인 부부의 전형적 모습이었다. 사는 게 힘들겠지만 몹시 행복해 보였다.

박진우는 최형민의 슈퍼마켓에 들어섰다. 왠지 직원들의 분위기가 경직되어 있는 것 같았다. 다소 어리둥절해 서 있는 그에게 한 직원이 다가와 시 위생국에서 위생감독관이 나와 지금 안쪽을 둘러보고 있다고 알려주었다.

얼마 전 선반 위에서 바퀴벌레가 발견되어 영업정지 처분을 받았었다는 사실을 알고 있었으므로 박진우는 불안한 마음을 떨쳐버릴 수 없었다. 그곳에 또 한 사람의 동양인이 있어봐야 이로울 게 없을 것 같아 그는 밖으로 나왔다. 유리벽을 끼고 슈퍼마켓 주위를 돌면서 안을 살펴보았다. 위생감독관으로 보이는 백인 뒤를 최형민 부부가 따라가는 모습이 보였다.

위생감독관이 박진우가 서 있는 매대 쪽으로 가까이 오면서 선반 위를 살펴보고 있었다. 최형민의 아내가 위생감독관보다 몇 발자국 앞질러 박진우가 서 있는 바로 안쪽 선반 위의 과자통을 치우고 살피기 시작했다.

그때 과자 부스러기가 떨어진 곳에 바퀴벌레인 듯한 것이 움직이고 있었다. 순간 최형민의 아내가 과자 부스러기와 그것을 집었다. 움켜쥔 손을 등뒤로 가져간 그녀에게 감독관이 무어라고 말하는 듯했다. 최형민의 아내가 손에 든 것을 입에 털어넣었다. 감독관이 보기에 떨어진 과자 부스러기를 먹는 듯이 보였을 것이다. 감독관 뒤를 따라오던 최형민은 아무것도 눈치채지 못한 듯했다. 박진우는 그곳에서 도망치듯 빠져나왔다.

잠시 후 박진우는 슈퍼마켓 뒤쪽에 위치한 스페인계 남미인의 이민자들이 밀집해 있는 거리를 걷고 있었다. 지금은 스페인계 남미인들이 모여 사는 하류층 주거지로 전락했으나 한때는 중류층 백인들의 주거지였음을 증명이라도 하듯이, 아파트 앞에는 잘 다듬어지지는 않았으나 널찍한 잔디밭이 있었다. 박진우는 잔디밭에 털썩 주저앉았다. 방금 전 최형민 아내가 취한 행동이 떠오르자 다시 구토가 느껴졌다.

그는 잔디밭에 드러누웠다. 밤하늘의 별들이 시야에 들어왔다. 20여 년 전 어느 여름날 밤 최형민과 함께 바라보았던 밤하늘이 떠올랐다. 그들은 여름휴가 중 바닷가 모래사장 위에 누워 밤하늘을 바라봤었다.

"정혜 씨와는 결혼할 거지?"

박진우가 별에다 시선을 둔 채 던진 질문이었다.

"금년 말쯤……. 그런데 말이야, 워낙 시골 선비집 딸로 곱게만 자라서 나 같은 신문기자로서는 행복하게 해줄 자신이 없어."

"신문기자가 어때서?"

"박봉에다가…… 적어도 나는 현실과 타협하는 기자는 되지 않을 거니까 말이야."

그것은 사실이었다. 최형민은 결코 현실과 타협하지 않았다. 군사정권을 향해 날카로운 비판의 필봉을 휘두르다가 해직기자 신세가 되었다. 그 후 한국상품 해외판매 시장에 뛰어들어 새로운 인생을 개척해보겠다며 미국으로 이민 온 그에게는 실패의 연속뿐이었다. 그가 혼신의 힘을 다하여 단신으로 개척한 시장은 안정화 단계에 들어갈 때쯤이면 언제나 글로벌 회사의 물량과 가격 공세로 인해 물거품이 되어버렸다.

그날 밤 모래사장에 누워서, "너는 소영 씨와 언제 결혼할 거야?" 하고 물었던 최형민의 말이 떠올랐다.

"내년 초쯤…… 올해 직장을 얻고 난 다음에……. 소영 씨 부모님은 안정된 직장을 원해. 이른바 재벌회사를 의미하지. 나는 소규모라도 내 사업을 하고 싶은데……. 재벌회사는 나한테 맞지 않아."

그건 사실이었다. 나는 재벌회사에서의 다람쥐 쳇바퀴 돌듯 하는 생활에 환멸을 느꼈다. 결국 과감하게 결단을 내려 그곳에서 뛰쳐나왔다. 그러나 그가 창업한 소규모 제조업체는 재벌기업의 하청업무를 하면서 끊임없는 뇌물과 부정을 강요당했고, 거기다가 노조가 결성되면서 무리한 임금 인상을 감당할 수 없게 되었다. 결국 부도를 낸 그는 지금 미국에서 도피생활을 하고 있었다.

그리고 내일 아침에는 자신에게 어떤 일이 일어날지 예측할 수 없었다. 그렇다고 어려운 입장에 처한 친구에게 도움을 청할 순 없었다. 최형민의 아내가 한 행동이 그의 뇌리에서 되살아났다. 그 순간 박진우는 잔디밭에서 벌떡 일어났다. 최형민을 만나지 않기로 작정했다. 내일 아침 우선 있는 돈을 가지고 자바와 부닥쳐보기로 했다.

술의 도움을 얻지 않고는 그날 밤을 보낼 자신이 없어서 박진우는 허름한 바에 들어갔다. 바 스탠드 앞에 앉았다. 멕시코인으로 보이는 바텐더가 옆에 앉은 스페인계 남미인에게 가져다주는 술에 시선이 갔다. 맥주병과 위스키가 든 잔을 쌍으로 놓고 갔다. 바텐더에게 똑같은 술을 달라고 했다. 그는 옆 사람들과 마찬가지로 맥주를 따라 들이켠 후 위스키를 입 안에 들이부었다. 그렇게 석 잔째 비웠을 때 정신이 몽롱해지면서 몸이 나른해져 왔다.

"무슨 비즈니스를 하시오?"

바텐더가 호기심 어린 눈빛으로 물었다

"한번 맞춰보시오."

박진우가 취기를 느끼며 말했다.

"세탁소?"

"세탁소는 양탄자에 박힌 개털을 뽑느라 힘들어서 할 만한 비즈니스가 못 되오."

세탁업을 하는 친구가 양탄자에서 개털을 뽑다가 손가락이 상했다는 말을 들은 적이 있었다.

"그럼, 건물 청소회사?"

"한밤중에만 일해야 하니 그것도 사람이 할 일이 아니오."

"그럼 슈퍼마켓?"

"슈퍼마켓은 직원들이 도둑질을 많이 해 손해보게 되어 있소."

"그럼 리쿼스토어?"

"맞았소."

"강도들이 무섭지 않소?"

박진우가 고개를 저었다.

"맥주와 위스키를 좋아하시오?"

바텐더가 박진우 앞에 놓인 맥주병과 위스키잔을 가리키며 물었다.

"싸게 취할 수 있는 좋은 방법이오. 이곳 사람들은 현명한 것 같소."

그 순간 그는 똑같은 식으로 술을 마시면서 현명하지 않은 지구촌 반대쪽에 살고 있는 사람들을 떠올렸다. 폭탄주로 명명된 술을, 그것도 최고급 위스키와 섞어서 만든 폭탄주를 잘 마셔야만 행세할 수 있는 사회, 그것이 한국의 권력 핵심부였다.

"어느 나라에서 왔소? 중국?"

바텐더가 다시 물었다.

"한국이오."

"한국은 뭘로 유명하오?"

글쎄, 뭐가 유명하다고 할 수 있을까? 박진우는 얼른 답이 떠오르지 않았다.

"별로 유명한 것이 없는 것 같소. 구태여 찾는다면 한국 여성의 마음씨요. 역사적으로 어려운 환경 속에서도 가족을 이끌어온 것은 억척같은 한국 여성의 힘이오."

그 순간 그는 할머니, 어머니, 아내, 그리고 최형민의 아내와 같은 수많은 한국의 여인들을 머릿속에 그렸다.

잠시 후 박진우는 취기에 흐느적거리며 차 있는 곳으로 갔다. 술이 깰 때까지 차 안에서 잘 작정이었다. 가능하면 자바를 만날 아침까지 잠에서 깨어나지 않기를 바라는 마음이었다. 차 문을 열려다 와이퍼에 끼워져 있는 메모지를 발견했다.

박진우는 얼른 메모지를 펼쳤다.

"진우야, 가게에서 톰이 급한 일로 연락해왔어. 저녁 먹으러 갔나 하고 너를 찾다가 네 차를 발견하고 메모를 남기는 거야. 슈퍼마켓으로 와. 기다릴게. 꼭 나를 보고 가. 할 말이 있어."

박진우는 슈퍼마켓으로 가며 톰이 무슨 급한 일로 연락을 했는지 궁금해졌다. 슈퍼마켓에 들어서며 최형민의 아내가 없기를 바랐다. 그녀의 얼굴을 대하기가 왠지 부담스러웠기 때문이었다. 하지만 불행하게도 그가 첫 번째로 마주친 사람은 잡지대에서 잡지를 정리하던 그녀였다.

"별일 없으셨어요?"

박진우가 그녀의 시선을 피하며 인사했다.

"어디 가셨더랬어요? 애아빠가 얼마나 찾았는데요."

그녀가 미소를 지으며 말했다. 그러나 그 미소는 여느 날과 달라 보였다. 전에 볼 수 없었던 서글픔이 배어 있었다.

"진우야, 이쪽으로 와."

박진우는 최형민이 있는 곳으로 갔다.

"톰이 전화했어. ……자바라는 자가 리쿼스토어로 찾아와 내일 아침 9시까지 자기 변호사를 만나라고 했대.

변호사 이름과 주소는 저기에 적어놓았어."

박진우가 고개를 끄덕이며 자바와의 사이에 일어난 복권 문제에 대해서는 톰이 떠벌리지 않았기만을 바랐다.

"톰에게서 복권 이야기 다 들었어."

최형민이 말했다.

그는 책상 밑에 놓인 금고 문을 열더니 현금 뭉치들을 꺼내 박진우 앞에 놓았다. 박진우는 최형민의 뜻밖의 행동에 어리둥절했다.

"이틀 동안 입금하지 않은 가게 매상고야. 한 7천 달러쯤 돼. 큰 도움이 되진 않겠지만 두말 말고 보태. 방금 전 애엄마하고도 의논했어."

박진우는 순간 솟아오르는 분노를 참느라 가쁜 숨을 내쉬었다. 한 시간 반쯤 전 자신의 아내가 슈퍼마켓을 살리기 위해, 아니 가족의 생계수단을 잃지 않으려고 어떤 일을 했는지도 모르고 친구에게 선심을 쓰는 그가 순진하다 못해 어리석어 보였다.

박진우는 긴 한숨을 내쉬었다. 당장 현금 뭉치를 집어 최형민의 얼굴에 던져버리고, "이 미친놈아! 네가 지금 네 아내에게 무슨 짓을 하고 있는 줄이나 알아?" 하고 소리치고 싶은 심정이었다.

"이 돈 필요 없어. 돈은 이미 마련했어."

"그런 거짓말 하지 마. 내일 아침 자바의 변호사에게 나하고 같이 가는 거야."

"이건 내 문제야. 내가 해결할 수 있어. 빌린 곗돈 붓기에도 힘든 네가 나한테 무슨 허세를 부려?"

박진우가 나무라듯 말했다.

그때 최형민의 아내가 사무실로 들어섰다. 그녀의 시선이 박진우 앞에 놓인 현금 뭉치에 잠시 머물렀다.

"직원은 다 퇴근시켰어요. 저 먼저 들어가 저녁 준비할게요. 진우 씨 모시고 와요."

그녀가 나직이 말했다.

"그래, 먼저 들어가. 진우와 곧 갈게."

"진우 씨, 꼭 와야 돼요."

최형민의 아내가 그 말을 남기고 사무실을 나갔다.

최형민의 아내는 저녁 준비를 끝낸 후 거실에서 다리미질을 하고 있었다. 남편의 낡은 와이셔츠에 자꾸 눈물이 떨어져 눈물 자국 위로 다리미질을 하고 또 해도 얼룩이 질 것 같아 안타까웠다. 그녀는 눈물을 흘리는 자신을 이해할 수 없었다. 아토피 피부병으로 고생하는 딸 때문이 아니었다. 매월 곗돈 붓기가 힘에 겨운 경제사정 때문도 아니었다. 이민생활이 고달퍼서 그런 것은 더더욱 아니었다.

그녀는 갑자기 일어나 화장실로 갔다. 변기에 고개를 숙이고 손가락을 목구멍 깊숙이 넣었다. 우윽, 하며 토하기 시작했다. 다시 손가락을 넣어 토해냈다. 또다시 손가락을 넣었을 때는 토할 것이 없는지 온몸에 경련이 일었다. 그녀는 몸을 일으켜 세면기에서 여러 번 손으로 물을 받아 입안을 헹궈냈다. 고개를 든 순간 거울에 비친 자신의 얼굴에 시선이 갔다. 충혈된 눈은 슬픔을 품고 있었다. 그 슬픔을 떨쳐버리고 싶었다.

그 순간 내일 아침 일이 잘못되면 자신의 슬픔과는 비교도 할 수 없는 슬픔을 당해야 할 지구 반대편에 있는 한 여인의 모습이 떠올랐다. 그녀는 도망이라도 치듯 화장실을 나와 응접실로 갔다. 전화기를 집어들고 버튼을 눌렀다. 전화벨 소리가 몇 번 울리지도 않아 "여보세요" 하는 박진우 아내의 목소리가 들려왔다.

"저예요, 미선이 엄마…… 이곳은 초저녁인데 자는 데 깨우지나 않았는지 모르겠어요."

"괜찮아요. 일어난 지 오래되었어요……. 혹시 무슨 일 있어요? 애아빠에게……."

"아니에요. 오늘 저녁식사 하러 진우 씨가 우리 집에 오기로 되어 있는데, 문득 소영 씨 생각이 나서 목소리라도 들으려고 전화한 거예요."

"애아빠가 하는 리쿼스토어는 괜찮은지 모르겠어요. 어제 이곳 신문에는 LA의 어떤 리쿼스토어에서 벌어진 총격사건 기사가 났었어요."

"진우 씨가 하는 리쿼스토어는 안전한 데 있어 괜찮을 거예요."

"그래도 이제는 애아빠가 리쿼스토어는 그만두었으면 좋겠어요. 정혜 씨가 잘 설득해보세요. 특히 요즘 이상한 꿈을 자주 꾸어요."

"얘기는 해볼게요. 매사에 무리하지 않는 분이니까 위험하면 계속하지는 않을 거예요."

"한국에 보내는 이곳 생활비 때문이라면 걱정하지 말라고 하세요. 저 지난주에 취직을 했어요."

"아주 잘됐네요. 무슨 일인데요?"

"중앙병원에서 간병인 일을 하기로 했어요. 주로 장기 입원, 말기암 환자들이라 그들을 돌봐주는 기쁨도 있어요."

잠시 사이를 두었다가 소영이 말을 이었다.

"애아빠한테는 간병인 얘기는 하지 마세요. 병실에서 밤을 새우는 어려운 일이라고 공연히 걱정할 것 같아서요. 대신 편지로 유치원 보모 일자리를 구했다고 할 거예요."

"좋은 생각이에요. 빨리 가족이 합쳐야 할 텐데……
머지않아 좋은 소식이 있을 거예요. 그리고 진우 씨 걱
정은 하지 마세요. 건강도 좋고 리쿼스토어도 잘되는 것
같아요."

"정혜 씨에게 어떻게 은혜를 갚아야 할지 모르겠어요.
애아빠를 그렇게 보살펴주고 있으니……."

"보살피는 게 뭐가 있다고…… 우리 애아빠 친구 해주
는 데 제가 고마워해야지요. 남자에게는 무엇보다 친구
가 필요한 것 같아요."

몇 마디 인사말을 주고받은 뒤 최형민의 아내는 전화
를 끊었다. 그런 다음 그녀는 잠시 생각에 잠겼다가 전
화번호 수첩을 서랍에서 꺼냈다. 어느 한 곳을 펼친 후
전화기를 들고 버튼을 누르기 시작했다.

"형님, 저 미선이 엄마예요."

"미선이 엄마? 왜 오늘 곗날인데 못 나올 것 같아? 꼭
나와야지. 내가 탈 차례인데."

"아니, 저도 나가요. 근데 긴히 부탁드릴 일이 있어
요."

"뭔데?"

"오늘 형님이 탈 곗돈 5만 달러를 저한테 빌려주셨으

면 해서요. 애아빠가 사업에 꼭 필요하다고 해서요."

"10만 달러를 벌써 쓰고 있잖아?"

"그 돈은 그로서리 인수 자금으로 썼고요. 그 중 5만 달러는 내달이면 곗돈을 다 부어요."

"글쎄…… 동생이 꼭 필요하다면야……."

"꼭 필요해서 그래요. 형님 은혜는 잊지 않을게요."

"그럼, 좋을 대로…… 이따가 봐."

최형민의 아내는 상대방 마음이 바뀔까봐 두려워서인 지 얼른 전화기를 내려놓았다. 그녀는 안도의 한숨을 내 쉬었다. 나중에 돈이야 어떻게 갚든 진우 씨의 목숨을 살려내는 게 급선무였기 때문이었다.

그날 저녁 계모임에 다녀온 후 최형민의 아내는 남편 을 설득하는 데 큰 어려움이 없었다. 다만 진우 씨에게 는 사전에 알리지 않은 채 돈 5만 달러가 없다는 가정하 에 남편이 진우 씨와 함께 일단 자바의 변호사를 만나기 로 했다. 그 만남에서 사정의 급박함에 따라 그 돈을 줄 작정을 했다. 그래서 남편은 돈 5만 달러를 2만5천 달러 씩 봉투 두 개에 나누어 넣었다. 그리고 그 봉투 두 개를 앞뒤 바지 주머니에 각각 따로 넣었다. 자바 변호사의 태도에 따라 봉투를 내놓겠지만 봉투 두 개를 다 내어준 다고 해도 후회할 것 같지는 않았다. 돈 5만 달러 때문에 남편 친구의 생명을 위태롭게 할 수는 없기 때문이었다. 그러나 적은 돈으로 해결할 수 있도록 최선을 다하기로 했다.

다음날 아침 9시 10분 전쯤 박진우와 최형민은 자바의 변호사 사무실 건물의 엘리베이터 안에 있었다. 두 사람의 얼굴은 긴장감 때문에 굳어 있었다.

엘리베이터가 서고 문이 열리자 두 사람은 복도로 걸어나갔다. 박진우는 안주머니에 있는 봉투의 무게를 온몸으로 느꼈다. 그 봉투 안에는 자신이 최선을 다해 마련한 3만 달러와 최형민이 준 7천 달러를 합해 3만7천 달러의 현금이 들어 있었다. 자바가 요구하는 금액인 15만 달러에 턱없이 모자라는 금액이지만 일하면서 갚아나가겠다고 통사정을 하는 수밖에 없었다. 비록 자바가 받아들인다 해도 앞으로 서울 가족에게 보낼 생활비를 마련할 일이 까마득했다. 리쿼스토어 위탁경영에서 나오는 한 달 수입이 4천 달러 정도인데 1천5백 달러 정도를 생활비로 쓰고, 나머지 2천5백 달러 정도를 서울에 송금해 왔지만, 이제는 그럴 여력이 없기 때문이었다.

두 사람은 자바의 변호사 이름이 쓰인 유리문을 두드렸다. "컴인" 하는 소리가 사무실 안에서 들려왔다. 최형민이 문을 열고 먼저 들어가고 박진우가 뒤따라 들어갔다. 텅 빈 사무실 뒤쪽에 뚱뚱한 중년 백인이 테이블 위에 다리를 뻗고 앉아 있는 모습이 열린 문 사이로 보였다. 자바의 연락을 받고 왔다고 박진우가 말했다. 백인 변호사는 여전히 다리를 테이블 위에 올린 채 손으로 테이블 앞에 놓인 의자를 가리켰다. 두 사람은 의자에 앉았다. 박진우가 돈이 든 봉투를 꺼내 테이블 위에 조심스럽게 놓았다.

"3만7천 달러요. 나머지는 일하면서 갚아나가겠소. 이것이 내가 구할 수 있는 돈의 전부요."

박진우가 말하고 나자 최형민이 거들기 시작했다.

"그 중 7천 달러는 가장 친한 친구인 내가 보탠 거요. 슈퍼마켓을 하면서 어렵게 번 돈이오……. 아내가 겉으로는 동의했지만 내가 죽도록 미울 거요……. 우리는 어려운 이민생활을 하고 있는 사람들이오. 그리고 내 친구는 서울에 아내와 딸이 있소. 그들을 부양할 사람은 이 친구밖에 없소……."

백인 변호사는 그들을 물끄러미 보고 있었다. 그러더니 돈이 든 봉투를 집어 박진우 앞으로 슬쩍 던졌다. 돈봉투가 박진우의 가랑이 사이에 놓였다. 돈이 적어 받을 수 없다는 뜻으로 받아들인 박진우가 무슨 말을 하려 할 때, 백인 변호사가 제지하는 뜻으로 한 손을 들어올렸다.

"그건 당신 돈이오. 그냥 가지고 가시오."

백인 변호사가 말했다.

"무슨 뜻이오? 돈이 적어 받을 수 없다면, 더 낼 수 있소."

최형민이 다급하게 말하며 손을 주머니로 가져갔다. 돈이 든 다른 봉투를 꺼낼 순간이었다.

"그건 자바 돈이 아니고 당신 돈이오. 당신은 행운아요. 이젠 자바에게 돈을 줄 필요가 없소."

백인 변호사의 말에 두 사람은 어리둥절했다. 백인 변호사가 덧붙였다.

"자바는 오늘 새벽 시카고에서 총상으로 숨을 거뒀소. 당신은 행운아요."

그렇게 말한 후 백인 변호사는 어떤 서류를 보느라 고개를 숙인 채 손으로 문 쪽을 가리켰다. 그리고 그들이 자리에서 일어나자 '바이 바이' 하는 시늉으로 손을 흔들었다. 여전히 고개를 숙인 채 서류를 읽으면서, 그리고 두 발을 책상 위에 올려놓은 채로……

박진우와 최형민은 서둘러 자리에서 일어나 사무실 밖으로 나왔다. 그들을 맞이한 건 11월의 아침 햇살이었다.

그 햇살 속으로 박진우가 발을 옮기면서 입을 열었다.

"미국은 그런대로 괜찮은 나라야."

"괜찮은 나라라기보다 재미있는 나라야. 전 세계에서 생산된 마약이 몰려오고, 세계 구석 구석에서 흘러들어온 창녀도 있고……."

최형민이 재미있다는 표정을 지으며 말했다.

"자바 같은 자도 있고, 총격도 있고, 자바 변호사 같은 자도 있고……."

박진우가 이어서 말했다.

"그리고 슈퍼마켓을 하는 전직 동양인 기자도 있고, 리쿼스토어를 하는 동양인 도망자도 있고……."

뒤이어 최형민이 말했다.

"한국이라는 나라는…… 일은 항상 남자가 저질러놓고 그 뒤치다꺼리는 여자가 하는 나라야."

박진우가 혼잣말처럼 중얼거렸다.

"왜? 지금 서울에 있는 와이프를 생각하는 거야?"

최형민의 넘겨짚기식 물음에 박진우는 발을 멈추고 그를 쳐다보았다.

"아니, 여기 워싱턴 시에 있는 네 와이프를 두고 한 말이야."

최형민이 어리둥절한 표정을 짓자 박진우가 말을 이

었다.

"와이프한테 잘해줘. 무슨 일이 있어도 와이프한테만
은 잘해줘. 와이프를 잃으면 모든 걸 다 잃는 거야."

박진우가 그 말을 남기고 걸어갔다. 잠시 그 자리에 서
있던 최형민은 어깨를 으쓱한 후 그의 뒤를 따라갔다.

세월 속에 갇힌 사람들

1

  아파트 현관을 나서는 나를 맞이한 것은 매연이었다. 1994년의 늦여름 어느 날 밤 8시경, 여느 도시나 마찬가지로 서울도 희뿌옇게 내려앉은 매연이 밤공기를 지배하고 있었다.

  그런 밤공기를 들이마신 순간 나는 심하게 기침을 했다. 혹시나 건강이 나빠진 것이 아닌가 하고 걱정이 되었으나, 다음 순간 지난 40여 년 동안 마지못해 인생을 살아온, 이미 1년 전 환갑을 보낸 남자에게는 어쩌면 당연한 것이라는 생각이 들었다. 나에게 딸린 가족이 없고 어머니가 생존해 계시지 않았더라면 벌써 오래전에 삶에 대한 의욕을 잃어버렸을지도 모를 일이었다.

  나는 되도록 숨을 적게 들이내쉬며 주차장에 세워둔 차에 올라탔다.

잠시 후 영동대교를 지나 강북으로 들어섰다. 착 가라앉은 매연 속으로 할딱할딱대는 서울의 고동처럼 보이는 네온사인이 지저분하게 명멸하고 있었고, 그런 거친 숨마저 끊어버리려고 작정이나 한 듯 거리를 메운 자동차의 행렬은 꽁무니에서 심한 그을음과 연기를 내뿜고 있었다. 그 속에서도 불평 한마디 없이 묵묵히 버티고 있는 늙어빠진 가로수가 차창 밖으로 보였다. 그것은 혹독한 전쟁을 이겨낸, 그러나 마침내 곧 시들어버릴 어느 여인의 모습으로 내 시야에 비쳤다.

"야야, 큰고모가 오늘 아침에 고혈압으로 쓰러졌다 칸다. 지금 한양대학교 병원에 있다 카는데 퇴근하면서 들러보거래이."

오늘 오후 어머니가 전화로 나에게 말씀하실 때 안타까워하던 음성이 다시 들려오는 듯했다. 어머니의 말씀을 듣는 순간 나는 40년이 넘도록 나를 괴롭혀온 고뇌에서 드디어 해방될지도 모른다는 희망을 순간적으로 품었다. 동시에 어머니보다 열 살 정도 아래인, 항상 조는 듯한, 언제나 쑥스러워하는 듯한, 그리고 무슨 큰 죄나 지은 사람처럼 어깨를 움츠리곤 하던 큰고모의 모습이 떠올랐다. 그런 큰고모의 모습은 내가 기억하기로는, 지금으로부터 44년 전인 1950년 9월 어느 날 큰고모부와 생이별을 하고부터라고 생각된다. 그리고 왠지 나는 큰고모가 큰고모부와의 생이별을 자신의 잘못 때문이라고 여기고 있다는 느낌을 받았다. 그러나 그건 전혀 사실이 아니다. 큰고모부는 치유할 수 없는 낭만주의자였다. 그리고 지금 와서 생각해보니 큰고모부는 무책임한 이기주의자라고 단정지을 수밖에 없다.

한양대학교 정문으로 들어서 경사진 길을 올라가기 시작했다. 길을 내려오는 대학생들의 모습이 헤드라이트 불빛에 비쳤다. 차를 한쪽으로 비켜 세우고 떼를 지어 오는 학생들이 지나가기를 기다렸다. 심각한 표정을 짓고 있는 학생들은 도서관에서 나오는 길이라든지 늦은 시간의 강의를 끝내고 나오는 모습들이 아니었다. 무슨 집회에라도 참석하였는지 붉은색과 노란색의 플래카드와 꽹과리, 북 등을 어깨에 걸치고 있었다. 순간, 나는 45년 전의 내 모습을 보는 듯한 착각에 빠졌다.

45년 전, 중학교 5학년이었던 나 자신도 그들 젊은이들과 마찬가지로 순박한 열정과 젊은 패기에 가득 차 있었고, 그들과 똑같이 힘 있는 자에 대항하여 소외된 사람들 편에 서고자 행동했었다. 6·25가 나기 전 해 겨울이었다.

그 해 겨울, 나는 어떠한 여인보다 이념을 사랑했고 삶보다 죽음을 흠모했다. 나의 육십 평생을 샅샅이 돌이켜보더라도 그때만큼 행복했던 시절은 없었던 것 같다. 정열·패기·이상·용기를 바탕으로 한 저항…… 젊음과 행복을 등식화시키는 모든 요소를 그때의 우리는 지니고 있었다.

지금 생각해보니 그것은 젊음이 반드시 거쳐가야 하는 허무와 방황의 통과의례였던 것 같다. 젊음에서 저항을 빼놓고 그 무엇을 찾을 수 있겠는가! 젊음이 나뭇가지라면 저항은 나뭇잎과 같은 것. 잎이 없는 나무를 생각할 수 있겠는가?

그러나 저항에는 반드시 희생이 뒤따른다는 것을 체득하기에 당시의 우리는 너무나 젊었다. 특히나 자신의 희생보다 자신이 사랑하는 사람들의 희생이 수반된다는 사실을 우리가 깨닫기에는 세월의 흐름이 더 필요했다.

누군가 꽝 하고 내 차의 후드를 손바닥으로 치는 바람에 나는 깜짝 놀라 사념에서 깨어났다. 나는 앞창 앞에서 싱긋이 장난기 어린 미소를 띠고 서 있는 젊은이를 쳐다보았다. 그는 손에 들고 있던, '12·12 반란자 기소유예 결사반대'라고 쓴 피켓을 펼쳐 보였다. 나는 가슴속에서 울컥 솟아오르는 분노를 참으면서 어쩔 수 없이 지금 내 차 옆을 지나가는 젊은이들과 젊었을 적 나 자신을 비교하지 않을 수 없었다.

젊었을 때 우리들은 지금의 예절을 모르는 건방진 젊은이들과는 달리 겸손했다. 그리고 또 다른 점이 있었다. 우리는 불쌍하고 약한 사람들을 사랑하였기 때문에 희생을 기꺼이 감수하려고 했다. 지금처럼 가진 자를 미워하기 때문에 반항하는 것이 아니었다. 우리 두 세대의 차이는 어쩌면 사랑과 미움에 대한 인식의 차이라 할 수 있을 것 같았다.

잠시 후 나는 주차장에 차를 세웠다. 차에서 내려 병원 건물 안으로 들어섰다. 서성거림 속의 초조함, 초조함 속의 지루함, 지루함 속의 자포자기. 병원 문을 들어섰을 때 그러한 복잡한 감정들이 로비에 있던 사람들의 표정 속에 담겨 있었다.

"중환자 가족 대기실이 어디에 있습니까?"

나는 로비 한 곳에 '안내'라고 써 붙인 부스로 다가가 물었다.

"3층으로 올라가면 별관으로 가는 복도가 있어요. 그곳에 가서 물어보세요."

내가 묻는 말에 안내원이 짜증 섞인 목소리로 대답해 주었다. 계단을 올라가 3층 복도를 따라가다가 간호사에게 두 번이나 묻고 나서야 중환자 가족 대기실로 통하는 문 앞에 다다를 수 있었다.

문을 열고 들어서 나선형으로 된 좁은 철제 계단을 올라갔다. 마루 위에서 담요를 덮고 누워 있거나 쪼그리고 앉아 있는 사람들로 꽉 들어찬 대기실이 나타났다. 내가 실내를 두리번거리자 맞은편 구석 자리에서 얼른 일어나는 청년의 모습이 보였다. 큰고모의 아들인 고종사촌이 허겁지겁 신을 신고 나에게 다가왔다.

"어떻게 아시고……."

나보다 열여섯 살 아래인 사촌동생이 송구스러워하며 말했다.

"어머니한테서 연락받았어. 지금 어떠셔?"

"아직 혼수상태예요."

"언제 쓰러지셨어?"

"오늘 아침에요."

"의사 선생님이 뭐래?"

"아직 예단할 수 없대요."

"곧 회복되시겠지."

내가 마룻바닥에 걸터앉자 사촌동생도 두 손을 모으고 옆에 앉았다.

"고혈압으로 뇌졸중인가?"

"네, 외삼촌과 똑같은 증세예요."

뇌졸중으로 쓰러지신 후 10여 년 동안 식물인간으로 있다가 5년 전 세상을 떠난 내 아버지를 가리키는 말이었다.

"수술은?"

"연로하셔서 하지 않는 게 좋다고 했어요."

잠시 침묵이 흘렀다. 주위를 둘러보았다. 주위 사람들의 지친 표정 속에 가까운 사람, 아주 가까운 사람들의 빠른 죽음을 기대하는 눈빛이 번득이고 있었다. 내가 그런 생각을 가졌기 때문일까? 아무튼 그 순간 나 자신은 큰고모의 빠른 죽음을 기원하고 있었다.

큰고모의 편안한 죽음을 위해서일까? 아니면, 큰고모 가족의 고통을 덜어주기 위해서일까? 아니다, 오래전 큰고모부의 죽음에 내가 직접 관련되어 있기 때문이었다. 그 사실은 지난 40여 년 동안 내 가슴에 남아 나를 괴롭혀왔었다.

"올해 고모님 연세가 어떻게 되지?"

내가 사촌동생에게 물었다.

"일흔 살이에요. 좀 더 사셔야 하는데……."

사촌동생이 말끝을 맺지 못했다.

"느이 큰고모는 시간을 끌지 않고 조만간 죽을 거다. 워낙 착한 사람이라 자식들 고생시킬 사람이 아니다."

어머니가 전화로 큰고모가 쓰러지셨다며 나에게 한 말이 떠올랐다.

"살 만큼 사셨지…… 건강하게……."

내가 침울해 있는 사촌동생을 위로했다.

"너무 고생을 많이 하셔서……."

"그 나이의 여자들은 모두 다 고생을 했지."

나는 천장에 시선을 주며 혼잣말처럼 중얼거렸다.

"그래도 특히나 어머니는……."

그는 고개를 숙이며 말끝을 맺지 못했다.

6·25전쟁 때 남편과 생이별을 한 후 여태껏 생사도 모른 채 혼자 아들을 키우며 살아온 큰고모의 과거를 사촌동생이 마음속에 헤아리고 있음이 짐작되었다.

"그 나이 때의 우리나라 여자들은 거의가 수난의 시대를 겪어왔어."

이 말을 끝으로 우리 두 사람은 침묵에 빠졌다.

별로 더 위로할 말도 없고, 내가 당장 그를 도와줄 일도 없고 하여 자리에서 일어나려고 할 때쯤 실내 스피커에서 안내방송이 들려왔다.

"홍애순씨 보호자 계시면 중환자실 앞으로 와주시기 바랍니다."

순간 우리 두 사람의 시선이 마주쳤다. 사촌동생은 얼

굴이 창백해지며 자리에서 일어나 밖으로 나갔다. 내가 그의 뒤를 따랐다.

중환자실 앞으로 가자 기다리고 있던 간호사가 우리 두 사람을 데리고 안으로 들어갔다. 잠시 기다리면 의사 선생님이 오실 거라는 간호사의 말에 따라 우리는 중환자실 한 곳에 서 있었다. 둘 중 누가 먼저랄 것도 없이 중환자실 한쪽에 놓여 있는 침대에 시선이 갔다. 거리가 좀 떨어져 있어 환자의 신원은 알 수 없었으나, 허파가 움직이듯 부풀어졌다가 꺼졌다 하는 기계에 부착된 고무주머니 옆에 누워 있는 환자가 큰고모라는 직감이 들었다. 곧이어 문 여는 소리에 우리는 시선을 옮겼다. 흰 가운을 걸친 의사가 들어서고 있었다.

"홍애순 씨 보호자 되시지요? 저는 수술 담당의입니다."

의사의 말에 사촌동생이 고개를 숙여 예의를 표했다. 그가 중환자실 한쪽에 있는 간이의자에 앉으며 우리가 앉기를 기다렸다.

"세 시간 전쯤 상태가 갑자기 악화되어 환자의 심장이 박동을 멈추었습니다. 응급조치로 호흡 보조기구를 부착해 지금은 안정된 상태입니다."

의사가 말을 끝내며 중환자실 한쪽에 있는 침대로 시

선을 주었다.

"심장 박동이 다시 회복할 가능성은 있겠지요?"

뇌졸중으로 의식불명이었던 아버지와는 다른 경우였으므로 내가 의사에게 물었다.

"가능성이야 전혀 없다고 할 수 없지만 그건 기적이라고 봐야 합니다. 환자는 뇌졸중으로 인해 뇌신경이 손상을 입었습니다."

"그 신경이 회복되는 방법은 없습니까?"

"네."

"그럼 인공호흡기를 부착하고 있는 한 생명을 유지하는 데는 별 문제가 없겠군요."

"그렇다고 봐야지요. 다른 후유증이 나타나면 몰라도……."

의사와 나 사이의 대화를 듣고 있던 사촌동생이 슬그머니 일어나 큰고모가 누워 있는 침대 쪽으로 갔다. 나도 뒤따라가 곤히 잠든 듯한, 평소처럼 편안한 큰고모의 얼굴에 시선을 주었다. 세월이 지울 수 없는 여자의 아름다움을 그대로 유지하고 있었다.

그러나 식물인간으로 몇 년을 버틴 뒤 허물어질 대로 허물어진 큰고모의 모습이 다음 순간 내 머릿속에 떠올랐다. 큰고모가 사랑하는 가족에게 곱지 않은 마지막 기억을 남길지도 모른다는 생각이 들었다. 세상의 모든 슬픔과 고뇌를 가슴속 깊이 감춘 채 누구보다 착하고 조신한 몸가짐을 한순간도 흐트러뜨리지 않고 살아온 한 여인의 거룩한 일생이 무참하게 허물어지는 느낌이었다.

"선생님!" 하고 사촌동생이 떨리는 목소리로 의사를 부르는 소리에 고개를 돌렸다. 의사의 손을 잡은 채 뒷말을 잇지 못하는 사촌동생의 눈에 고인 눈물이 막 뺨을 타고 내려와 그의 입술을 적시고 있었다. 그 순간, 나는 사촌동생도 나와 똑같은 생각을 하고 있었다는 사실을 직감적으로 알아차렸다. 아마, 내 느낌과는 비교가 되지 않을 정도로 훨씬 더 강렬했겠지만.

"선생님, 제 어머니는 깨끗하게 돌아가시는 것을 평생의 소원으로 아셨던 분입니다. 어머니의 마지막을 욕되게 해드리고 싶지 않습니다."

사촌동생은 고개를 숙인 채 손등으로 눈물을 닦았다.

"저로서도 뭐라 드릴 말씀이⋯⋯."

의사가 말끝을 흐리며 사촌동생의 팔을 잡아 위로의 뜻을 전하는 듯했다.

"어머니는 온갖 고생을 다 하며 혼자 저를 키우셨지만 저는 아들로서 해드린 게 없습니다. 이때까지 고생만 시켜드렸지요."

사촌동생이 고개를 숙인 채 말을 끝맺고 훌쩍거리기 시작했다. 나는 의사에게 고맙다는 말을 한 후 동생을 감싸안고 중환자실을 나왔다.

"왜 의사에게 그런 말을 했어?"

내가 꾸짖듯 말했다.

"형님은 아시잖아요. 어머니 성격을……."

나는 아무 대꾸도 하지 않고 대기실로 왔다. 우리는 조금 전 앉았던 곳에 자리를 잡았다. 나는 사촌동생에게 위로가 될 말을 해주고 싶었다. 그러나 무슨 말을 어떻게 해야 할지 몰라 몹시 난감해져 침묵만 지켰다.

문득, 사촌동생의 아버지, 즉 큰고모부와 나 사이에 있었던 일을 속 시원히 털어놓을까 하는 생각이 순간적으로 떠올랐으나 이내 지워버렸다. 40여 년 동안 아무한테도 이야기하지 않고 혼자 가슴속에만 간직했던 비밀을 지금 와서 털어놓는다고 해서 그동안 내가 짊어지고 다닌 마음의 짐이 더 가벼워질 리도 없을 뿐 아니라, 환갑이 지난 나이에 앞으로 살면 얼마나 더 살겠다고 그러겠느냐 싶어 입을 꾹 다물어버렸다.

"어머니는 너무나 불쌍한 여자예요."

사촌동생이 불쑥 말했다.

"모든 게 운명이야. 운명이 시키는 대로 따를 수밖에

없어."

내가 말했다.

"그렇지 않아요, 형님. 이건 운명이라고 할 수 없어요. 어머니가 이런 운명을 타고났다고 할 순 없어요."

사촌동생이 울부짖듯 말했다. 나는 못 들은 체 아무 대 꾸도 하지 않았다. 죽어가는 어머니를 향한 아들의 애통 함이 불러일으킨 순간적인 감정 폭발이려니 했다.

"형님, 가보세요. 시간이 너무 늦었어요."

잠시 후 격한 감정을 누그러뜨린 듯 다소 침착해진 사 촌동생이 자리에서 일어서며 말했다. 시간도 꽤 늦었을 뿐만 아니라 냉정함을 되찾은 사촌동생이 마음 놓여 나 는 병원을 나왔다.

2

나는 차를 몰아 영동대교로 막 들어섰다. 주차장을 방 불케 하는 영동대교 위에서 내 차는 움직일 줄도 모르고 다른 차처럼 매연만 뿜어댔다. 글쎄, 매연뿐만일까? 그 곳은 땀 흘려 번 달러로 사들인 석유를 경쟁적으로 소비 해버리는, 역사를 망각한 사람들로 가득 차 있는 듯했다.

나는 이런 생각을 떨쳐버리려고 한강에 시선을 보냈다. 왠지 모르지만, 한강은 다른 도시의 강과는 달리 낭만보다 비극의 냄새를 물씬 풍기고 있는 것 같았다.

영동대교를 넘어서자 어느 한 여인의 슬픔이 나의 가슴에 파고들었다. 혼수상태에 빠져 죽음에 직면하고 있는 여인의 슬픔이 아니라 그 여인의 일생을 옆에서 지켜본 또 다른 여인이 느끼고 있을 슬픔, 인생을 끝맺음하려는 여인이 아닌 또 다른 여인이 느끼는 더 큰 슬픔이었다. 어머니가 바로 그 여인이었다.

어쩌면 여인의 고통은 여인들끼리 이어주고 이어받는 게 아닐까 하는 생각이 들었다. 한 여인은 죽음의 운명을 받아들이며 인생의 고통을 마무리짓고, 또 다른 여인은 그 여인이 끝맺음한 고통을 이어받게 되어 있는 것이 아닐까? 그것은 한반도 여인들, 특히 격동기를 살아온 한반도 여인들만의 숙명처럼 보였다.

그 순간 나는 가던 길에서 갑자기 시내 쪽으로 방향을 바꾸었다. 지금쯤 큰고모의 불행에 가슴 아파하고 계실 어머니와 같이 있지 않을 수가 없었다.

남산 터널을 빠져나와 아직도 잠들 줄 모르는 서울의 중심부로 들어서자 미도파백화점이 차창을 통해 보였다. 전쟁의 흔적을 지워버리려고 몸부림치는 서울에서 그래도 전쟁 때 있었던 몇 개 남지 않은 건물 중의 하나인 미도파는, 상처를 숨기려고 짙은 화장을 하였음에도 불구하고 내 눈에는 전쟁에서 살아남아 상처투성이가 된 여인의 모습으로 비쳤다.

효자동에 있는 어머니 댁에 도착하기 전 그런 여인의 모습을 두 번 더 만났다. 쭈글쭈글하고 축 늘어진 가슴을 드러낸 듯한 시청과 중앙청이었다.

어머니 댁 문 앞에 서서 초인종을 눌렀다. 별로 바쁜 일도 없었는데 지난 2주일 동안 찾아뵙지 못한 나 자신을 탓했다. 아버지가 돌아가신 지 5년이 지났음에도 불구하고 편리한 아파트를 마다하고 아버지가 생전에 생활하던 덩그런 집을 여든이 가까운 나이에 환갑이 지난 가정부와 같이 지키고 있는 어머니의 고집스러움이 안타까웠다.

여인의 마음이란, 특히나 혼자가 된 늙은 여인의 마음이란 용서와 이해로 채워져 있는지……. 젊은 시절에는 여자 문제로, 그리고 돌아가시기 전 10여 년 동안은 식물인간으로 살아 계시면서 평생 동안 속을 썩인 남편과의 추억에서 어머니는 아직까지 헤어나지 못하고 있는 듯했다.

현관으로 들어서자 마중 나오시는 어머니와 마주쳤다. 슬픈 표정을 짓고 있는 어머니는 나의 두 손을 마주 잡

150

으며, "그래 큰고모 봤나?"라고 물었다.

"못 봤어요. 중환자실에 계셔서요."

나는 어머니 얼굴에서 슬픔을 걷어내기 위해 거짓말을 했다. 어머니의 손을 잡고 응접실로 가 소파에 마주 보고 앉았다.

"회복 여부는 1주일 후에야 알 수 있다고 하던데요."

나는 또다시 거짓말을 했다.

"회복은 뭐. 회복이 되겠나! 우짜면 그리도 험한 팔자를 타고났는지. 이제 자식도 자립해 좀 편안히 지낼라카니까 저레 돼버리네……. 워낙 마음씨가 착해서 오래 끌지 않고 죽을 끼다. 계절도 괜찮고……. 아버지처럼 오래 끌지 않고……."

어머니는 눈물을 글썽이며 말을 잇지 못했다.

"어머니, 큰고모 나이 또래의 여자들은 거의 다 불행했어요. 광복 전후 혼란과 6·25전쟁을 겪으면서 부모와 남편, 자식을 잃은 여자가 어디 큰고모뿐이겠어요?"

"부처님 같은 마음씨를 가졌는데 우째 그리 험한 팔자를 타고났을꼬……. 마음씨가 너무 고와서 그런갑다."

어머니가 한숨을 길게 내쉬며 말했다.

"그래도 사촌동생이 얼마나 큰고모를 위했는데요."

"아이 마음씨는 착하지만, 그리 위한 게 뭐 있노? 부부가 맞벌이한다고 할매가 손주들 봐주느라 을매나 고생을 했는데…….”

어머니는 사촌동생을 원망하는 투로 말했다.

“상화에게는 연락하셨어요?”

나와 일곱 살 터울이 지는 동생이 큰고모 일을 알고 있는지 궁금해서 물었다.

“글 쓰러 시골 갔는데 이틀 후 올라온다 카더라. 오는 대로 큰고모한테 들리라 캤다.”

소설가인 동생은 소설을 쓸 때면 시골에 있는 별장에 가 있곤 했다. 나 자신이 45년 전의 과거에 붙들려 있는 동안 동생은 나름대로 소설가로서 자기 영역을 구축하고 있는 듯했다. 그러한 동생이 어머니에게 다소 위안이 되는 듯해 나로서는 정말 다행스럽게 생각하고 있었다.

“참 그런데, 큰고모가 어쩌다가 쓰러지셨대요?”

아까 경황이 없어 사촌동생에게 미처 묻지 못했던 궁금한 점을 어머니에게 물어보았다.

“요구르트 아줌마가 요구르트를 가지고 왔다가 보니 집안에서 작은 아가 정신없이 할매를 부르며 큰소리로 우는 소리가 문밖으로 들리더란다. 그래 심상치 않아 초인종을 눌렀더니 작은 아가 문을 열어주지 않았겠나. 들어가 보니께 큰고모가 쓰러져 있는데 아무래도 정상이 아닌 것 같아 경비실에 연락해 병원으로 옮겼다 카대.
워낙 마음씨가 착해 큰고모가 평소에도 요구르트 아줌마
한테 을매나 자상하게 대해주었겠나?"

"평소에 혈압이 높았나요?"

"뭐 크게 걱정할 정도는 아인데 높기는 좀 높았제. 네
큰고모가 아프다고 누구한테 털어놓는 성격이냐?"

큰고모에 대한 대화에 머무르는 것이 어머니의 슬픔만
더하리라는 생각이 들었다. 분위기를 바꿀 궁리를 하던
참인데, 다행히 일하는 아주머니가 과일을 내왔다.

나는 때를 놓칠세라 얼른 일어나 텔레비전을 켰다. 주
부들을 관중석에 두고 호탕하게 웃고 있는 사회자의 모
습이 화면을 채우자 채널을 바꾸었다. 허벅지를 훤히 드
러내놓은 미니스커트 차림의 여배우를 옆에 앉혀놓고 시
시덕거리는 또 다른 남자 사회자의 빈정대는 웃음이 보
이자 텔레비전을 꺼버렸다.

내가 다시 자리에 앉으며 과일을 집어들자 어머니가
말씀하셨다.

"큰고모부는 죽은 게 확실하제?"

"……."

나는 갑자기 가슴에 통증을 느꼈다.

"살아 있으면 무슨 수를 써서라도 연락하지 않았겠나?"

"……."

"북에서 온 당숙도 북에 간 딴사람 소식은 들었는데 큰고모부 소식은 몬 들었다고 했잖나……. 아마 죽었을 끼다."

어머니는, 6 · 25 때 의용군에 지원해 월북한 후 1960년대 초 간첩으로 넘어와 자수한 당숙 이야기를 꺼냈다. 큰고모부가 죽었으리라 단정하며 어머니는 더 큰 슬픔에 젖어드는 듯했다.

"남한에서도 텔레비전을 통해서나 이산가족을 찾는데, 북한에서야 친척 소식을 쉽게 알 수 있겠어요?"

"그렇기도 하겠데이. 북한 어디에 살아 있을지도 모르겠다."

잠시 침묵이 흘렀다. 견디기 힘들 정도로 무거운 침묵이었다.

"큰고모는 아버지가 중매했나요?"

나는 어머니의 감정 상태를 완전히 바꿀 수는 없더라도 좀 가벼운 쪽으로 화제를 옮기기 위해 다시 말문을 열었다. 일본 와세다 대학교 교복에 사각모를 쓴 미남형의 큰고모부가 신사복을 입은 아버지와 찍은 사진을 오래된 가족 사진첩에서 본 기억을 되살리며 물었다.

"아이다. 대구에 있는 정 변호사가 중매해 와세다 대학교 아버지 후배라 아버지가 만나봤제. 느이 아버지하고 여섯 살 차이니께 지금 살아 있으면 일흔세 살일 게다."

사실, 옛날 완고한 집안 때문이기는 하지만 여고를 안 나온 큰고모가 와세다 대학교 경제과를 다니던 큰고모부와 혼인한 사실에 의아함을 품어온 터였다.

"느이 큰고모가 키도 크고 을매나 이뻤는지, 그때 청혼 들어온 데가 많았지."

어머니의 표정이 많이 밝아져 마음이 한결 가벼워졌다.

"결혼생활은 어땠나요?"

나의 질문에 어머니는 생이별하기 전까지의 큰고모부와 큰고모 사이의 결혼생활에 대해 늘어놓기 시작했다. 특히 사랑하는 사람들의 과거에 연관된 경우, 추억이란 그것이 좋은 것이든 나쁜 것이든 그 당시의 음울한 잿빛에서 벗어나 늘 장밋빛을 띠게 되는 모양이었다. 이런저런 말씀을 하시는 어머니는 방금 전의 슬픔에서 벗어나 있는 듯했고, 어머니 말씀을 듣고 있는 나도 흐뭇한 기분이 되었다.

그 당시 현대식 결혼을 마친 후 신랑은 학업을 계속하기 위해 동경으로 돌아가고, 스무 살 새색시가 대갓집에서 보낸 시집살이에 연관된 에피소드에 대해 어머니는 미소를 지으며 말씀하셨다.

그리고 어머니는 다소 원망하는 투로, 광복 후 귀국하여 남로당 핵심 요원으로 사상활동을 한 큰고모부에 관해 말씀하셨다. 그런 큰고모부의 행동에서 중학교 5학년이었던 나는 그 당시 나의 우상을 찾았던 것이다. 그 후 전쟁 중에, 내가 부르주아 집안 출신이므로 앞으로 출세하려면 투쟁 경력이 있어야 한다는 큰고모부의 말에 따랐다. 나는 그와 함께 빨치산의 일원으로 지원했던 것이다.

그런 후 잠시 사이를 두었다가 어머니는 또다시 전쟁이 나기 6개월 전 부모와 주위의 설득으로 큰고모부가 보도연맹에 가입하고부터 비로소 시작된 부부생활에 대해 말씀하셨다.

"사실상 부부생활을 제대로 한 것은 그때 반년밖에 없었을 끼다."

어머니는 큰고모부를 원망하는 동시에 큰고모를 측은해하는 투로 말했다. 나는 아무 말도 하지 않았다. 내 생각에도 어머니의 말대로, 큰고모부와 큰고모의 진정한 결혼생활은 6개월뿐이었다.

"6·25가 나고 큰고모부가 시청에 나가고 있었는데 거기서 뭐 했노?"

어머니가 물으셨다.

"모르겠어요."

나는 거짓말을 했다. 큰고모부가 인민군 치하에 있던 서울, 지금의 시청 내에 있었던 빨치산 공작본부에서 근무했었다는 사실을 곧이곧대로 알려드리고 싶지 않아서였다.

더구나 9월 초순 낙동강변의 전세가 공산군에게 불리하게 전개되자 가족을 우리 집에 팽개쳐버리고 빨치산에 가입한다고 사라져버린 큰고모부를 어머니가 상기할 것 같아, 나는 더 이상 큰고모부에 대하여 얘기하고 싶지 않았다.

"그때 니가 먼저 의용군에 지원했나, 큰고모부가 먼저 빨치산에 간다고 나가버렸나?"

어머니가 문득 어느 한 시점이 떠오른 듯 나에게 질문을 던졌다. 나는 우물쭈물 잘 모르겠다고 대답했다. 사실인즉 큰고모부가 떠난 후 곧이어 나도 빨치산에 지원해 지리산으로 갔던 것이다.

어머니는 그 당시 내가 취했던 행동이 떠올랐는지 원망의 눈초리를 보냈다. 그때 그 일이 아직도 어머니의 가슴에 응어리로 남아 있음을 모르는 바는 아니었으나, 아직까지도 원망의 눈초리를 보내는 어머니가 야속했다. 물론 그때의 나의 결정이 어머니를 괴롭혔다는 사실을 잘 알고 있었다.

9월 중순 어느 날 내가 부모 몰래 큰고모부의 말에 좇아 빨치산 공작부에 지원해 집을 떠난 후, 집에 친구가 다녀가고 나면 어머니가 소리 죽여 흐느끼며 밤을 지새웠다는 이야기를 큰고모로부터 들은 적이 있었다.

어머니뿐만이 아니었다. 사랑방에 홀로 거처하시는 아버지도 그런 날 밤이면 곯아떨어질 때까지 혼자서 술을 마시며 날밤을 새우셨다는 후일담을 큰고모에게서 여러 번 들었다.

그 후로 세월이 흘러 환갑을 넘긴 지금까지, 전쟁에 얽힌 이야기는 항상 어머니의 심기를 건드렸다. 나 또한 어머니의 원망스러운 눈초리를 고스란히 견디지 않으면 안 되었다. 여든을 바라보는 나이니 앞으로 얼마나 더 사실지 모르지만 돌아가시기 전에 어머니의 가슴에 맺힌 응어리가 스르르 풀어지리라는 기대는 버린 지 이미 오래였다.

"큰고모부가 떠날 때 니한테 아무 말도 안했나?"

어머니가 다시 물었다.

"아니요."

나는 시선을 다른 데 보내며 대답했다. 화제를 빨리 바꿔야겠다고 속으로 생각했다.

내가 어릴 적부터 큰고모부를 잘 따랐다는 사실을 잘

아는 어머니는 나와 큰고모부 사이에 남들에게 털어놓을
수 없는 무슨 비밀스러운 사연이 있다는 의심을 아직도
가지고 계시는 모양이었다. 사실인즉 큰고모부와 나밖에
모르는 큰 비밀을 가슴속 깊숙이 간직하고 있었다.

나는 얼른 일어나 텔레비전을 켰다. 마침 '남북의 창'
이라는 프로그램에서, 얼마 전 있었던 김일성의 죽음을
애도하는 북한 주민들의 장면이 비쳐졌다. 김일성광장을
메운 거대한 군중이 하나가 되어 펼치는 광기(狂氣)! 순
간적이나마 나도 모르게 흥분되는 자신을 발견했다. 나
는 얼른 텔레비전을 껐다. 별로 바쁜 일도 없어 큰고모
의 발병으로 상심해 있는 어머니의 말 상대라도 되어주
려 했으나 어머니에게 위안이 되기보다 오히려 상처만
더 덧나게 하고 있었다.

"어머니, 저 이제 가볼게요."

나는 자리에서 일어나며 말했다.

"오냐, 그러래이."

어머니는 다소 섭섭한 투로 말씀하셨다.

누구의 눈에도 완벽한 여자로 보이는 어머니는, 내가
보기에 한 가지 뚜렷한 약점을 지니고 있었다. 그것은
대화를 유쾌하게 이끌어갈 줄 모른다는 것이었다. 유쾌
함이 무슨 넘보지 못할 사치품이라도 되듯이, 유쾌함이

어떤 죄의식을 불러일으키기라도 하듯이 어머니는 유쾌한 이야기보다는 슬픈 이야기를 더 좋아했다.

"사업하는 데 바쁘더라도 시간 나는 대로 큰고모 병문안을 자주 가보거래이."

현관을 나서기 전 어머니가 말씀하셨다. 나는 신발을 신으면서 '바쁘더라도'라는 어머니의 말에 얼굴이 화끈 달아오름을 느꼈다.

전쟁이 끝난 후 지난 40여 년 동안 나는 제대로 직업을 가진 적이 없었기 때문이다. 아버지 생존시에는 아버지의 도움으로, 아버지가 돌아가신 후에는 아버지가 남겨주신 유산으로 그럭저럭 생활을 꾸려나갔다. 능력이 없어서라기보다 다른 사람처럼 열심히 일해볼 의욕이 나지 않아서였다. 무엇이 나를 그렇게 만들었는지 나 자신은 잘 알고 있었다. 바로 큰고모부의 죽음 때문이었다.

그사이 소낙비가 쏟아졌었는지 검은 아스팔트 차도는 축축히 물기가 어려 있었고, 가로등 불빛이 그 지상의 어둠을 다소곳이 비추고 있었다. 나는 물기 위로 반사된 가로등 불빛을 깨뜨리며 한적해진 서울 거리로 차를 몰았다. 깨뜨려지는 가로등 불빛, 그건 나의 젊음과 같았다.

그 짧았던 젊은 시절, 세계 어느 곳, 역사의 어느 시점에 살았던 여느 젊은이들과 다를 바 없이 우리는 사랑할 대상을 찾고 있었다. 그러나 불행하게도 우리는 그 대상으로 연인이 아닌 이데올로기를 택했다. 그리고 우리 모두는 실연의 쓴맛을 보았다. 순진한 젊은이가 당하는 첫사랑의 실패가 그 남자의 눈에서 영원히 정기를 빼앗아가듯이, 그 후 우리 모두의 눈망울에서는 반짝이는 빛이 사라져버렸는지도 모른다.

그때 길 옆에 있는 술집이 눈에 띄었다. 나는 차를 길에 세우고 술집으로 들어섰다. 어둠침침한 불빛 아래 스무 평밖에 될 것 같지 않은, 조잡한 실내 장식을 한 술집 내부가 희미하게 시야에 들어왔다. 서너 개의 칸막이 중 맨 구석에 자리를 잡았다. 시큼한 냄새에 어울리는, 나이를 분간할 수 없는, 가슴이 불거져나온 비대한 여자가, 굽 높은 구두가 불편한지 기우뚱거리며 다가왔다.

나는 그 여자의 체취에서 편안함을 느꼈다. 주머니에서 돈을 꺼내 그녀 앞에 내밀고, 위스키 한 병 주고 나머지는 가지라고 말했다. 그녀의 눈이 휘둥그레졌다. 나는 그때 무엇보다 취하기를 갈구했다. 그리고 뚱뚱하고 못생긴, 그러나 마음씨 착한 여자의 큰 가슴을 필요로 했다. 잠시 후 우리는 술에 흠뻑 취하기 시작했고, 나는 술의 도움을 얻어 그녀의 블라우스 앞 단추를 풀었다. 그리고 그녀의 가슴 사이에 얼굴을 파묻었다.

그곳은 시큼한 땀냄새를 풍기며 푹 젖어 있었는데 전쟁이 한창 진행 중이던 한겨울 눈 쌓인 지리산 어느 산골짜기를 연상케 했다. 다음 순간 40여 년 전, 내 두 눈으로 본 지옥이 머릿속에 떠올랐다. 그곳에서 나는 두 다리가 동상에 걸려 썩어 문드러진, 이미 인간의 형태가 아닌 짐승을 만났었다.

"평화를 맞이한 기분이 어때?"

내가 그녀의 젖가슴에 파묻은 고개를 들고 말했다.

"네?"

"평화가 전쟁보다 더 견디기 힘든 거야."

내가 다시 말했다.

"네? 뭐라구요?"

"아니야, 아무것도 아니야."

나는 얼버무리며 그녀의 의아해하는 눈빛을 피했다.

술 한 병을 다 비운 후 술집 문을 나서자, 가로등 불빛이 한적한 거리를 드러내주었다. 자동차들이 남기고 간 매캐한 매연이 후각을 짜릿하게 자극했다. 나는 폐부 깊숙이 숨을 들이마셨다. 방금 저지른 작부와의 사랑 유희에 알맞은 더러운 공기가 내겐 한결 어울리는 것 같았다.

12시 10분을 가리키고 있는 시계탑의 초침은 쉴새없이 움직이고 있었다. 시계탑을 스치듯 지나가는 자동차의 차창으로 술에 곯아떨어진 것 같은 승객의 모습이 보였다. 술에 취해야지만 살아갈 수 있는 사람이 나말고도 많으리라는 생각이 들자 마음이 한결 편안해졌다. 그들 모두는 나처럼 잊어버리고 싶으나 잊히지 않는 어떤 과거를 가지고 있는 사람들로 여겨졌다. 그런 과거가 내 기억 속에 도사리고 있는 한 현재와 미래는 무의미하게 느껴졌다. 나는 운전할 상태가 아니어서 지나가는 빈 택시를 향해 손을 흔들었다.

길 양쪽으로 서 있는 가로수가 차창을 통해 비쳤다. 그것은 어떤 비극의 냄새를 풍기며 나의 경솔함을 안타까워하는 나이 든 여자의 모습을 하고 있었다. 그 여자는 머리를 풀어헤친 채 남편의 소식을 기다리며 애태우고 있었다.

"기사 양반, 한양대학교 병원으로 가십시다."

순간 나도 모르는 사이에 운전기사에게 말했다.

병원에 들어서고 나서야 내가 무슨 연유로 의식불명 상태에 빠진 큰고모를 다시 보려고 했는지를 깨달았다. 40여 년 동안 내 가슴속에 간직한 비밀을 털어놓지 않으면 안 될 것 같았기 때문이었다.

나는 당직 간호사의 양해를 얻어 중환자실로 들어갔다. 큰고모가 누워 있는 침대 옆으로 가 끊임없이 부풀었다 줄었다 하는 고무주머니를 잠시 멍하니 보고 있었다. 나는 큰고모의 왼손을 두 손으로 잡았다.

"고모! 고모부는 돌아가셨어요."

내가 무의식중에 말했다.

"어떻게 아느냐고요? 제 눈으로 보았어요. 지리산에서 지독한 동상에 걸려 살이 썩어가는 고모부를 만났어요. 결국 처절한 고통 속에 돌아가시는 걸 옆에서 지켜보았단 말이에요."

나는 큰고모의 얼굴에 시선을 보냈다. 순간 큰고모의 놀라는 표정이 느껴졌다.

나는 고개를 숙여 큰고모의 귀 가까이 내 얼굴을 가져갔다. 무슨 말을 하려다 목이 메어 말문을 열지 못하고 내 뺨을 큰고모의 뺨에 갖다 댔다. 큰고모의 뺨이 촉촉히 젖어 있었다. 나는 고개를 들어 내 뺨을 적신 눈물을 손등으로 닦았다. 그리고 난 후 주머니에서 손수건을 꺼내 큰고모의 뺨을 적신 내 눈물도 조심스럽게 닦기 시작했다.

"이젠 편안히 쉬세요. 고모부의 죽음을 너무 슬퍼하지 마시고요."

나는 다시 고개를 숙여 얼굴을 큰고모 귀 쪽에 바짝 가져다 댔다.

"고모부는 멋대로 사시다가 멋있게 돌아가셨어요. 이데올로기를 위해……."

나는 숨을 깊이 들이쉰 후 힘주어 다시 말하기 시작했다.

"그 빌어먹을 이데올로기 때문이에요. 고모와 저는 그 잘난 이데올로기의 희생자예요. 저는 40여 년 동안 고뇌 속에 살아야 했고, 고모는 슬픈 인생을 보내야 했어요."

나는 고개를 들고 손에 쥐고 있던 손수건으로 큰고모의 얼굴을 다시 정성껏 닦았다. 지루하고 긴 세월이 남긴 잔인한 흔적이 큰고모의 얼굴에 드러났다. 큰고모부를 향한 분노가 가슴속에서 치밀어 올랐다.

"고모부는 낭만주의자예요. 병적인 낭만주의자예요. 살아 계셨으면 여자 문제로 고모를 더 괴롭혔을 거예요."

큰고모의 표정이 복잡하게 얽히더니 점차 편안함으로 바뀌는 듯했다. 지레짐작이라고 단언하기에는 너무나 뚜렷한 표정의 변화였다.

"고모부는 돌아가셨어요. 제가 고모부의 고통을 끝내주었어요."

말을 마치자마자 나는 자리에서 벌떡 일어나 무엇에 쫓기듯이 중환자실을 뛰쳐나왔다.

3

"큰고모님이 돌아가셨다고 방금 전에 연락이 왔어요."

병원에서 막 돌아와 아파트 현관 문을 들어서는 나에게 아내가 말했다.

"너무 취했어. 내일 가보지."

나는 아내 곁을 지나 침실로 들어가 침대에 몸을 던졌다.

얼마 후 눈을 떴을 때 두개골이 부서지는 것 같은 두통과 심한 갈증이 느껴졌다. 나는 옆에서 곤히 잠든 아내를 깨우지 않으려고 살그머니 침대를 빠져나와 주방으로 갔다. 불도 켜지 않은 채 창문으로 들어오는 달빛의 도움을 얻어 아스피린을 찾았다. 두 알을 입에 털어넣고 냉수를 벌컥벌컥 들이켰다. 그러고 난 후 캄캄한 응접실로 나와 소파에 털썩 몸을 던지고 눈을 감았다.

비로소 가슴속이 확 트이는 해방감을 느꼈다. 생존해 있던 큰고모는 나와 지리산 어느 산골짜기에서 있었던 어떤 기억 사이의 질긴 끈으로 묶여 있었다. 그 끈이 풀렸으니 얼마나 남은 인생인지는 몰라도 이제부터 내 인생을 살 수 있고, 또 살아야 한다는 확신이 섰다.

돌이켜보면 지난 40여 년은 과거 속에서, 과거의 기억 속에서 방황하던 세월이었다. 나 자신을 위해서 산 인생이라기보다 마지못해 산 인생이라는 느낌을 버릴 수 없었다. 나는 소파에 누웠다.

얼마나 잤을까? 소파에 누운 채 살그머니 눈을 떴더니 담요가 덮여 있었고, 아내와 대학에 다니는 막내딸이 소곤대는 소리가 또렷이 들려왔다. 나를 깨우지 않으려고 소곤대는 아내와 아버지를 사랑하는 순진한 딸, 그들에게 나 자신은 과거 속에서 헤매는 반쪽짜리 남편과 아버지였음에 틀림없었다. 내가 헤어나지 못하는 과거를 그들이 들여다볼 수 없다는 것은 얼마나 다행스러운 일인가! 나는 소파에서 살그머니 일어나 화장실로 갔다.

아내가 끓여준 북엇국으로 쓰린 속을 달래고 아침 일찍 집을 나섰다. 아파트 단지 내 화단에 활짝 피어 있는 꽃들이 언제 그곳에 있었느냐 싶도록 생소해 보였다. 얼굴에 와 닿는 햇살도 여느 날 아침과는 달리 부드럽게 느껴졌다. 지나가는 택시를 잡아 타고 병원으로 향했다.

한양대학교 정문을 들어서며 어젯밤 이곳에 왔을 때 느꼈던 살벌함과는 전혀 다른 분위기를 느꼈다. 상아탑 안에서만 감지할 수 있는 느긋함과 여유가 길 양편에 서 있는 사철나무에서, 내리쬐는 햇볕 속에서, 그리고 젊은 이들의 걸음걸이와 옷차림 속에서 풍겨나왔다. 내가 그렇게 느낀 것은 어느 여인의 죽음이 나를 과거에서 해방

시켜주었기 때문이리라……. 나는 병원 앞에서 내렸다.

영안실로 발걸음을 옮기면서 모든 인간은 자유롭다는 생각이 들었다. 누구나 궁극적으로 죽음을 맞이하게 되고, 죽음으로써 모든 인생은 그것이 어떤 종류의 인생이었든 간에 그것의 존재를 정당화할 수 있기 때문이었다.

층계를 내려가 영안실로 들어서자 복도 양편으로 두 개의 빈소가 마련되어 있었다. 조화로 꽉 들어찬 오른쪽 빈소가 아니라는 것을 직감적으로 깨닫고 왼쪽 문을 열고 들어섰다. 썰렁한 빈소 한쪽 벽에 큰고모의 영정이 모셔져 있었고, 벽 옆 의자에 앉아 있던 사촌동생이 자리에서 일어나는 모습이 보였다. 재배를 끝내고 상주와 맞절을 했다. 상주의 손을 잡은 채 옆에 앉아 몇 마디 대화를 나눴다.

"몇 시에 운명하셨나?"

"밤 1시경에요."

사촌동생이 고개를 숙인 채 나직이 말했다.

내가 큰고모를 만나고 병원을 나선 바로 직후였다.

"새벽녘에 술에 취해 늦게 귀가해서 일찍 오지 못했네. 미안해."

"무슨 말씀을……."

상주는 의자에 앉아 무릎 위에 놓인 양손을 만지작거

리고 있었고, 나는 큰고모의 영정에 시선을 주었다.

"사실 만큼 사셨고 돌아가실 때도 큰 고생 안 하셨고……."

나는 혼잣말처럼 중얼거렸다.

"사실 만큼 사셨지만, 생전에 너무 고생을 하셔서…… 하지만 돌아가실 때는 편안히 가셨습니다."

"어떻게 돌아가셨는데?"

"의사가 그러는데 그냥 편안히 돌아가셨대요. 의사도 그렇게 쉽게 돌아가신 것이 예상 밖이라네요."

사촌동생은 큰고모가 편안히 생을 끝낸 것이 위안이 되는 듯한 투로 나직이 말했다.

그때 문상객이 들어와 상주가 자리에서 일어나는 바람에 대화는 중단되었다.

곧이어 작은고모가 들어왔다. 빈소에서 밤을 꼬박 새 웠는지 몹시 피곤해 보였다. 나보다 다섯 살 위인, 60대 후반의 작은고모는 내 품에 안기기라도 하려는 듯 내 옆에 바싹 붙어 앉았다. 죽음이라는 건 묘한 힘을 가졌는지 바쁜 현실 속에서 거의 잊어버렸던 가족애를 다시 일깨우게 했다.

순간 큰고모의 죽음으로 작은고모가 느끼고 있는 비통함이 내 가슴속에 와닿았다. 나는 가까운 친척에 무관심했던 나 자신을 탓했고, 동시에 오랜만에 느껴보는 가족애의 훈훈함에 가슴이 뿌듯해왔다.

"돌아가실 때 혼수상태였으니 고통은 느끼지 않았을 테지요."

침묵이 불편해 내가 한 말에 작은고모는 큰고모의 영정에 시선을 보냈다.

"원래 혈압이 높으셨나요?"

내가 작은고모에게 다시 물었다.

"좀 높긴 해도 쓰러질 정도는 아이고……. 뭐 혈압 때문에 쓰러졌나? 워낙 고생을 해서 쓰러졌제. 칠십 노인이 을매나 고생을 했는지……."

갑자기 목소리를 높이며 작은고모가 말을 이어갔다.

"느이 큰고모가 두 손주 보느라꼬 을매나 고생을 했는지……."

작은고모가 사촌동생을 탓하듯 상주에게 원망의 눈초리를 보냈다.

"지금도 느이 큰고모가 누구 앞에서나 부끄러워하는 모습이 눈에 선하다. 느이 큰고모가 글쎄, 느이 작은고모부 앞에서도 부끄럼을 타 말 한마디 제대로 몬하는 사람 아이가."

작은고모의 말이 끝나자 나는 빈소에 놓인 큰고모의

영정으로 시선을 보냈다. 영정 속의 여인은 칠십 노인으로 죽은 것이 아니라 20대 중반의 젊은 여인으로 지난 40여 년을 살다가 세상을 하직했다는 느낌이 들었다. 1950년 9월 큰고모부와 헤어진 후 큰고모에게는 분명히 세월의 흐름이 정지되어 있었다. 돌이켜보면 그 순간부터 큰고모의 몸가짐, 말수가 없는 과묵한 성품, 감사함을 표시하거나 황송함을 표할 때 짓는 조용한 미소, 몸에 밴 부끄러움 등은 40여 년 동안 어떤 변화도 거치지 않았다.

그래도 세월의 흐름이 큰고모에게 가져다준 변화가 있다면, 그것은 외양이었다. 흰머리, 꾸부정한 허리, 주름살, 그리고 10여 년 전부터 시작한 흡연이었다. 나는 큰고모가 담배 피우는 모습을 뚜렷이 기억하고 있었다. 큰고모가 다른 사람 앞에서는 자주 피우지 않으므로 몇 번 목격하지는 않으나 그 모습은 특이한 분위기를 자아냈다. 그것은 모든 불행이, 남편의 생사불명뿐 아니라 전쟁까지도 자신의 잘못이라고 느끼게 하는 분위기였다.

나는 언젠가 어머니로부터 큰고모의 신혼생활에 관해 들은 적이 있었다. 대갓집에 시집간 스무 살 큰고모가 시부모님을 모시고 살면서 결혼 초기의 경험담을 친정 나들이 와서 올케인 어머니에게 들려주었다는 이야기였다. 시아버지가 진지를 드실 동안 며느리가 옆에 서 있어야 했으므로 안쓰러워하던 시아버지가 시집 생활 며칠 후부터는 중간에 수저를 놓았다가 며느리가 방을 나간 후 다시 수저를 들고 진지를 드셨다는 것이었다.

그리고 일본에서 유학생활을 하던 남편이 잠시도 짬을 낼 수 없는 큰고모에게 소설책을 보내주면서 읽으라고 신신당부하던 일이라든지, 방학 때가 되어 돌아온 남편이 저녁 후 손잡고 뒷동산에 산보 가자고 하면 고된 시집 살림에 잠이 모자라 자고 싶은데도 따라나서야 했다는 등의 이야기였다. 큰고모부와 연관된 소설책과 산보 이야기를 나는 충분히 이해할 수 있었다. 큰고모부는 한 마디로 치유할 수 없는 낭만주의자였다.

떠들썩한 웃음소리가 창밖에서 들려왔다. 나는 무의식중에 자리에서 일어났다. 영안실 옆에 쳐진 천막 안이 보였다. 밖이 환한데도 아직도 켜져 있는 전깃불 밑에서 화투판에 푹 빠진 상주의 친구인 듯한 한 무리의 젊은이들, 주위에 널려 있는 소주병과 음식 접시들, 떠들썩한 웃음소리……. 잔칫집에 온 하객으로 착각할 수도 있을 그들의 모습을 대하자 얼른 그곳을 벗어나고 싶어졌다.

문상객이 빈소에 들어서는 소리에 뒤돌아보았다. 오촌 뻘 되는, 큰고모부와 비슷한 연배의 집안 어른들 모습이 보였다. 왠지 모르게 그들의 얼굴 표정에서 뻔뻔스러움이 느껴졌다. 그것은 낭만주의자의 얼굴에서 읽을 수 있는 순진함과는 다른 현실주의자의 얼굴에서만 볼 수 있는 위선이었다. 전쟁과 위선은 서로가 피해가는 모양이었다. 위선을 가장할 수 없는 순박한 사람들 모두는 전쟁이 앗아갔는지, 전쟁이 끝난 후 40여 년 동안 내가 집안 남자 어른들한테서 발견한 것은 변함없는 위선의 모습이었는데 오늘도 예외가 아니었다. 그 위선이 나를 40여 년 동안 숨막히게 했음이 틀림없었다. 나는 그곳에 더 이상 있기가 싫었다.

영안실 문을 나서다가 막 들어서던 어머니와 마주쳤다.

"어데 가나?"

어머니가 물으셨다.

"네, 조금 있다가 다시 올게요."

"그것 봐라, 내가 말했잖나. 큰고모는 마음씨가 착해 오래 끌지 않고 죽을 끼라고."

어머니가 다행스럽다는 듯 말씀하셨다.

"어머니 말이 맞아요. 큰고모가 워낙 마음씨가 착해 고생 없이 편안히 돌아가신 거예요."

내가 어머니의 손을 잡고 말했다. 영안실로 들어서는 어머니와 헤어져 나는 병원 구내의 가로수 밑을 걸어나갔다.

나는 어머니의 생각에 동의할 수 없었다. 큰고모는 큰
고모부가 돌아가셨다는 사실을 나에게서 듣고 더 이상
큰고모부를 기다릴 필요가 없다는 것을 안 후 숨을 거두
었을 것이다. 40여 년 동안 남편이 돌아오기를 기다렸던
큰고모…… 헤어질 때의 마음가짐과 몸가짐에서 한 점의
변화도 없이, 큰고모는 40여 년의 세월을 기다림 속에서
보냈음에 틀림없었다.

그리고 또 한 가지 믿고 싶은 것이 있었다. 큰고모가
숨을 거두기 전, 40여 년 전 지리산 어느 산골짜기에서
내가 한 일을 용서했다는 것이다.

40여 년 전 어느 한겨울날, 내가 큰고모부를 우연히
만났을 때 큰고모부는 동상으로 두 다리가 썩어가는 고
통 속에서 신음하고 있었다. 나를 보고 큰고모부는 자신
의 가슴을 손짓하며 내가 차고 있던 단검을 눈으로 가리
켰다. 어느 순간 지리산 골짜기를 비추던 겨울 햇살과
내 단검이 마주쳐 낸 섬뜩한 빛이 내 눈을 멀게 했다. 나
는 아직까지도 그렇게 강한 빛은 경험하지 못했다.

어머니

1

"인구야, 니 요새도 나팔 부나?"

1년 만에 만난 어머니가 나에게 한 첫마디가 그러했다. 서울 변두리 카바레에서 색소폰을 불며 살아가는 내 생업을 빗대어서 하는 말이었다. 나는 아무 대답도 하지 않고 고개만 끄덕거렸다.

"에미하고 애들도 건강하제?"

나는 마지못해 '예'라고 대답하고 주위를 둘러보았다. 보신탕집에 들어서면 항상 느끼는 거지만, 손님들은 필요 이상으로 바빠하는 것 같고 종업원들은 필요 이상으로 서두르고, 손님·종업원 할 것 없이 모두가 필요 이상으로 큰소리로 외쳐댄다. 서울에서 멀리 떨어진 이곳 강원도 춘천 시내에서 어머니가 운영하는 보신탕집도 예외가 아니었다.

"인구야, 여기 쪼매 앉아 있거라. 내 퍼뜩 주방에 가서 수육 좀 가지고 오마."

어머니는 내 의사도 묻지 않고 자리에서 일어났다. 환갑이 지난 노인답지 않은 몸매에 활달한 걸음걸이로 주방으로 걸어가는 어머니의 뒷모습을 물끄러미 바라보았다. 어머니가 주방으로 사라지자 나는 식당 안을 둘러보았다. 초저녁 나절 붐빌 때 카바레가 여자들의 싸구려 분냄새로 들떠 있듯이, 한참 점심때라 손님들로 꽉 들어찬 식당 안은 사내들의 시큼털털한 땀냄새로 가득 차 있었다. 어머니와 나는 똑같이 그러한 냄새 속에서 살 운명을 타고났는지, 아버지와 헤어진 이후 어머니는 세 남자의 품속을 거치며 사내들의 땀냄새를 맡아왔고(이제는 혼자 사는 처지지만), 나는 스무 살 때부터 현재까지 20년 동안 분냄새를 맡으며 카바레 악단원으로 색소폰을 불어오는 처지다.

내가 세 남자라고 했지만 세 남자가 넘을지도 모른다. 내가 한때나마 아버지라고 불렀던 남자가 세 사람이었다는 말이다. 그리고 좀 이해하기 힘들겠지만, 내 진짜 아버지는 내가 아버지라고 불렀던 세 남자 중 어느 누구도 아니다.

진짜 아버지는 나에게 아버지라고 부를 기회를 주지

않았다. 아버지가 죽었다든지 누군지 몰라서가 아니다. 나는 진짜 아버지가 누구인지 잘 알고 있고, 직접 만나지는 못했지만 엄연히 생존해 계시고, 나를 지극히 사랑하고 있다는 것을 알고 있다.

"고기 좀 묵어라, 인구야. 아주 좋은 것만 골라왔다."

어느새 어머니가 내 앞에 고기 접시를 놓으면서 말했다. 나는 아무 대답도 않고 속주머니에서 편지를 꺼냈다. 거칠고 누런 갱지가 두 장. 아버지가 보낸 편지를 펴 들었다. 벌써 수십 번도 더 읽어서 보지 않아도 훤히 외울 수 있었지만 의젓하게 아버지의 편지를 읽는 아들의 모습을 어머니에게 보여주고 싶어서였다. 나는 힐끗 어머니를 쳐다보았다. 어머니의 의아해하는 표정이 더없이 고소했다. 나는 첫 번째 편지를 펼쳐 눈으로 읽기 시작했다.

그립고 보고 싶은 금자에게.

네가 보낸 편지는 6월 26일에 반갑게 받았다……. 꿈결에도 그립던 인구의 편지! 이 어찌 다만 일장서신으로만 맞이하였으랴! 나의 감상은 꿈이 아닌가 하고도……. 그러나 엄연한 현실 앞에 나의 정신세계는 다시 맑아졌다…….

금자야! 사진도 받았다!

그곳 일가친척들 모두 편안히 지내고 있으리라고 나는 굳게 확신한다. 이곳 우리들도 위대한 수령 김일성 원수님의 따뜻한 품속에서 보람차고 행복한 나날을 보내고 있다…….

금자야! 나는 너희들과 상봉하는 그날을 항상 머릿속에 그리며 동의서를 고대한다. 동의서를 받아가지고도 려권수속하는 기일을 고려해주기 바란다.

금자야! 우리 서로 다시 만나서, 그리고 인구와도 그리운 회포를 나눌 그날을 앞당기기 위하여 힘써나가자…….

1991. 6. 29.

작은아버지 씀

"무슨 편지고?"

내가 편지 속에 파묻혀 있자 어머니가 답답했던지 물어왔다.

"아버지한테서 온 편집니더."

"뭐라고?"

어머니가 깜짝 놀라며 주위를 두리번거렸다.

"방으로 들어가자."

내 손을 잡으며 일어서는 어머니의 표정을 살폈다. 어
머니의 표정은 놀라움이 아니라 두려움으로 차 있었다.
아버지가 북한에 생존해 계시고 편지까지 보냈다는 사실
에 놀란 게 아니라 혹시 내가 북한과 연루되어 무슨 피
해를 볼까 해서 두려워하는 것 같았다.

"괜찮심더. 한번 읽어보이소."

나는 어머니 앞으로 첫 번째 편지를 내밀었다.

"금자가 누고?"

어머니는 편지를 받아 들면서 아버지 편지의 수신자로
된 금자누이에 대해 물었다.

"금자누이는 중국 류허(柳河)에 사셨던 큰아버지의 딸
입니더. 큰아버지하고 아버지 두 분이 중국 류허에 계시
다가 해방되던 해 아버지만 귀국했다 캅니더."

"……."

"큰아버지는 톈진(天津)에서 배를 타기 전 류허에 버리
고 온 땅을 잊지 못해 다시 돌아갔다 캅니더……. 큰아
버지는 원래 농사꾼이고, 아버지는 선비 아입니껴?"

언문을 깨칠 정도의 교육 이외에는 신식 학교를 다녀
보지 못한 어머니에 비해 사범학교를 나와 6·25전쟁이
나기 전까지 보통학교 선생을 한 아버지를 지칭해 나는
어머니가 묻지도 않는 말을 내뱉었다. 어머니는 못마땅

한 표정으로 나를 쓱 한번 훑어보더니 다시 편지를 읽기 시작했다.

"니도 편지했나?"

편지에서 시선을 뗀 후 나에게 물었다.

"예, 아버지한테 했심더."

"금자가 니하고 우째 연락됐노?"

"금자누이가 류허에서 우리 집안 족보를 우연히 보게 되어 '화수회'를 통해 연락됐심더. 아버지하고 금자누이는 서로 서신 왕래가 있었는데, 아버지가 남조선에 아이가 하나 있는데 아들인지 딸인지 모르겠다고 하시며 몹시 걱정하고 계셨다 캅니더."

내가 태어나기 한 달 전인 1950년 9월, 고향인 경상남도 함양에서 교편을 잡으시다가 퇴각하는 인민군을 따라 북으로 간 아버지가 결코 나를 잊지 않으셨다는 사실을 어머니가 분명히 깨닫길 바랐다.

어머니는 다시 편지를 읽기 시작했다.

"이 영감태기, 아직도 못된 버릇을 못 버렸네……. 위대한 수령 김일성 원수님의 따뜻한 품속에서 보람차고 행복한 나날을 보내고 있다고?"

어머니가 '흥' 하고 코웃음을 치며 편지를 내동댕이치듯 내 쪽으로 던졌다. 나는 그런 어머니를 탓하지 않기로 했다. 어머니로서는 어쩌면 당연한 일일지도 몰랐다.
나는 아버지의 두 번째 편지를 어머니 앞에 내밀었다.
나는 편지를 읽는 어머니의 시선을 따라가며 아버지의
글월을 속으로 외우고 있었다.

금자에게.
너의 편지는 8월 10일에 반갑게 받아보았다.
그간 그곳 일가친척들이 모두 무사히 지내는데 영석 아비
가 불행하게도 뇌출혈로 고통을 겪는바, 허베이 성(河北省)
에 간 후 병치료가 잘되고 있는지 궁금하구나…….인구
한테서 또 편지가 왔는지?

"영석 아비가 누고?"
어머니가 편지에 시선을 둔 채 물었다.
"금자누이의 남편입니더."
어머니는 말없이 편지를 읽어 내려갔고, 나는 아버지
의 글월을 속으로 외워갔다.

전번에 인구한테서 7월에 온 편지를 받아보았다…….지
금 인구가 나를 얼마나 그리워하고 있는가 하는 것은 나에
게 보내온 편지 사연이 잘 말해주는구나. 나는 언제나 잠

들기 전에는 인구에 대한 생각이 머리를 떠나지 않는다. 꿈에도 그리운 혈육지정! 서로 얼굴조차 알지 못하고 오랫동안 가슴 아파하는 회포를 나누게 될 날이 반드시 오리라고 나는 확신하고 있다.

"혈육지정은 무슨 노무 혈육지정…… 사상에 미친 빨갱이가 이제 와서 뭐라 카노?"

어머니가 편지를 내려놓고 손수건으로 코를 '헹' 하고 풀며 무심코 지껄여댔다. 기가 막힐 일이었다. 한 사람의 지식인으로 자신의 양심을 좇아, 아내는 물론 뱃속에 있는 혈육까지도 희생시켜야 했던 아픔을 겪은 아버지를 '사상에 미친 빨갱이'라고 매도하는 어머니를 어떻게 받아들여야 할지 막막했다.

어머니는 다시 아버지 편지를 눈으로 읽어 내렸고, 나는 기억으로 읽어갔다.

이곳에서 나도 건강한 몸으로 생활하고 있고, 형구를 비롯한 온 가족이 건강하여 자기 맡은 일에 열중하고 있다. 이곳 사정은 저번에 려권수속을 한 후 12월 초에 승인될 것 같다……. 할 말은 많으나 오늘은 이만 간단히 소식을 알린다.

회답을 기다린다…….

1991. 8. 14.

작은아버지 씀

"형구는 누고?"

"북에 있는 동생입니더. 아버지는 북에 아들만 셋 있십니더."

"그노무 영감, 복도 많다. 하늘이 우예 이리 무심할꼬……."

어머니는 그렇게 말하면서 손수건을 꺼내 없는 코나마 푸는 시늉을 했다. 그런 어머니의 버릇에 나는 꽤 익숙해졌는데, 화가 나지만 내가 참는다, 하는 뭐, 그것 비슷한 의미를 내포하고 있었다.

어머니가 외할아버지를 일찍 여의는 바람에 가정교육을 제대로 못 받아 조신하지 못하다는 할머니의 푸념을 내 어릴 적 여러 번 들었었다. 그런 어머니가 아직도 이 모양이니, 아버지와 살면서는 얼마나 아버지 속을 썩였을지 보지 않아도 뻔했다.

"내일 중국으로 떠납니더."

편지를 내려놓는 어머니에게 내가 말했다.

"와?"

"아버지 만나러 가는 거지 와겠십니꺼?"

"니가 무슨 돈이 있어서……."

"걱정 마이소."

"그노무 영감, 내 신세도 망쳐놓더니 이제는 아들 신세까지 망칠라 카는구나."

"그런 소리 마이소."

"오냐, 니 맘대로 해라. 그래도 아버지라고 자식새끼가 찾아갈라는데 내가 우예 말릴 수 있나? 노자나 마련해줄 테니 아무 말 말고 가지고 가거라."

"필요 없심더."

"고집 부리지 말고……."

어머니가 자리에서 일어나며 말했다.

잠시 후 어머니는 방에 들어갔다가 누런 서류봉투를 들고 나오더니 계산대 위에 있는 손금고를 열고 그곳에서 돈을 꺼냈다. 그 다음에도 나에게는 오지 않고 손님이 앉아 있는 테이블로 가서 선 채로 손님들과 무슨 이야기를 나눴다. 손님들이 주머니에서 돈을 꺼내 어머니에게 주는 것으로 보아 음식 값으로 먼저 받는 듯했다. 그 돈을 손금고에서 꺼낸 돈과 함께 방에서 들고 나온 서류봉투에 넣은 다음 내 앞에 와 앉았다.

"노자에 보태거라."

어머니가 내 앞에 봉투를 내밀었다.

"필요없심더. 노자는 충분히 마련했심더."

"쓸데없이 고집 부리기는……."

어머니는 내 점퍼 주머니에 돈 봉투를 쑤셔넣었다. 내가 봉투를 주머니에서 꺼내려 하자 어머니는 상체를 테이블 위로 내밀며 내 손을 꽉 잡았다. 호리한 체구에 어디서 그런 손힘이 나오는지 이해가 안 될 정도로 힘이 셌다. 나는 어머니에게 돈 봉투를 돌려주지 못했다.

"그럼 가볼랍니더."

자리에서 일어나면서 내가 말했다.

"그래. 잘 갔다 온나."

어머니가 앉은 채 손을 들면서 손님이 있는 쪽으로 시선을 보냈다.

"아버지에게 어머니 얘기는 안 하겠심더."

어머니는 그렇게 말하는 나를 의아한 눈으로 쳐다보았다.

"아버지가 물으면 그냥 재혼했었다고만 하겠심더."

어머니가 더욱더 의아해하는 눈빛을 보냈다.

"그래도 어머니 얘기는 다 안 하겠심니더."

그러고 나서 사이를 두었다가 한마디 덧붙였다.

"걱정 마이소."

어머니 얘기란 어머니를 거쳐간, 내가 아버지라 불렀던 세 남자를 두고 한 말이었다. 어머니가 내 속마음을 알아채지 못할 리가 없었다.

"와?"

어머니가 고개를 바짝 쳐들고 나에게 대들듯이 물었다. 그런 어머니를 상대하고 싶지 않아 나는 시선을 다른 곳으로 보냈다. 어머니가 목청을 높이기 시작했다.

"이 에미가 창피스러봐서? ……와? 이 에미가 더러봐서? ……와? 니 애비가 훌륭해서?"

어릴 때부터 경험해 이제는 익숙해진 어머니의 발작이 지난 1년 동안 더 악화된 듯싶어 나는 아무 말도 하지 않았다.

"그노무 영감태기, 뭐가 그리 잘났다고, 사상운동을 한다고 도망치고 다녀 네 할아버지 속을 얼마나 썩였던지. 아마 그래 일찍 돌아가셨을 끼다. 형사들이 툭하면 집에 찾아와 족치니 견딜 수가 있었겠나?"

횡설수설 지껄이던 어머니는 가쁜 숨을 고르는 듯 잠시 말을 멈추었다가 악에 받쳐 다시 떠들어댔다.

"그래도 보도연맹증을 받고는 두 달쯤 마음잡고 살더니 인민군이 내려오자 그리 설치쌓더니만……"

잠시 머뭇하는 어머니의 두 눈이 놀랍게도 분노로 이글거리고 있었다.

"뱃속에 있는 자식도 팽개치고 나 몰라라 하고 도망친 아버지를 우째 아버지라 칼 수 있노?"

어머니는 자리에서 벌떡 일어나 주방 쪽으로 갔다.

나는 입구 쪽으로 향했다. 어떤 일이 있어도 앞으로 다시는 어머니의 발작을 받아들이지 않겠다고 다짐했다. 누구보다 아버지가 그런 나를 용서할 것 같지 않았다.

2

춘천에서 어머니를 만나고 온 지 3개월이 지난 어느 날 늦은 오후, 나는 중국땅 다롄(大連)의 바닷가에 서서 차갑도록 푸른 바다와 끈질긴 파도와 주책없이 넘실대는 수평선을 마주하고 있었다.

북한에 살고 계신 아버지가 오시리라는 기대 속에 금자누이 집에서 보낸 3개월 동안의 지루한 생활이 주마등처럼 흘러갔다. 결국 아버지는 무슨 이유에서인지 오시지 않았다. 입국비자 만료를 앞두고 다롄을 떠나 내일이면 웨이하이(威海)에서 인천으로 향하는 배에 몸을 실어야 할 내 신세가 한없이 처량하게 느껴졌다.

허사였다. 모든 것이 허사였다. 아버지가 어머니의 뱃속에 나를 두고 훌쩍 떠나버린 것은, 나를 버린 것이 아니라 지식인으로서의 신념 때문이었을 것이라는 나의 확신을 확인하려는 계획도 허사가 되어버렸다. 이렇게 허허한 가슴을 안고 서울로 돌아갈 바에야, 차라리 마음을 독하게 먹고 북한 영사관에 들어가 망명을 요청했더라면, 북한에 가서 아버지를 만나 속 시원히 의문을 풀었을 터인데! 그러나 인천을 떠날 때 마지막으로 본 아내의 근심 어린 표정과 두 딸 진숙와 영숙의 천진난만한 모습이 내가 마음을 독하게 먹는 것을 방해했다.

그동안 살아오면서 나는 숱하게 독한 마음을 품었지만 그것을 실행에 옮길 용기를 갖지 못했다. 항상 때가 지난 후에야 마음을 독하게 먹지 못한 것을 지금처럼 후회하곤 했다.

내가 세 살 때, 시골길을 달리는 군인 지프차에서 어머니가 어느 군인과 시시덕거렸을 때 나는 달리는 지프차에서 뛰어내렸어야 했다.

내가 초등학교에 다닐 때, 대구에서 세 든 집 안채 마루에서 어머니가 어느 남자의 품에 안겨 춤추며 시시덕거리는 걸 보았을 때 방 안에 있던 나는 독한 마음을 먹고 그곳에 있던 과도로 내 가슴을 찔렀어야 했다. 기껏 내가 한 짓이라곤 그 다음부터는 할머니 집에 가 할머니 곁을 떠나지 않는 것이었다. 그때뿐만이 아니다. 어머니가 타지에서 매년 명절날에 보내준 새옷을 자랑스럽게 입기보다 마음을 독하게 먹고 갈기갈기 찢어 태워버렸어야 했다.

아! 거기다가 두 남자도 모자라 다시 얻은 추악한 세 번째 남자…… 아마도 그곳에 주둔했던 군부대가 이동함으로써, 그리고 어느 여자가 어머니가 세 든 방에 찾아와 어머니의 머리채를 잡아 휘두름으로써 끝장을 보았던, 한때 내가 아버지라고 불렀던 두 남자의 경우는 그래도 이 추악한 세 번째 남자와 비교하면 괜찮은 편이었다.

춘천 교외 한곳에서 벌어진 추악함…… 휘발유 장사를 하는 세 번째 새아버지가 집 뒤란의 군용트럭에서 빼내는 불그스레한 휘발유, 새아버지 집 단칸방에서 대낮에 벌어지는 군용트럭 운전자와 (어머니가 그 짓을 하기는 불가능하므로 아마도 새아버지가 알선해준) 여자의 정사가 남긴 비릿한 냄새…… 내가 중학교 다니던 시절, 그래도 어머니가 그리워 찾아간 춘천 새아버지 집엔 항상 이렇게 비릿한 냄새가 감돌았다. 그것이 어머니가 나에게 남긴 영원히 씻을 수 없는 기억이었다. 그 기억에서 벗

190

어나려고 발버둥칠수록 더 깊은 기억의 늪 속으로 빠지는 생활이 반복되었다. 그러는 나에게 아버지 소식은 탈출구가 되어주었다.

아버지의 소식을 들었을 때까지 탈출구가 없었던 것은 아니었다. 색소폰 소리를 좋아했던 수많은 여자, 여자들…… 그들의 몸뚱어리는 나의 또 다른 탈출구였다. 아버지의 소식을 듣고부터 그런 인생에 영원히 종지부를 찍을 수 있다는 나의 기대가 산산이 부서져버린 지금, 내가 바라는 것은 아무것도 없었다. 아버지에게 버림받고 더러운 자궁 안에서 잉태된 한 인간으로서 내가 앞으로 할 일은 색소폰을 불면서, 색소폰 소리를 좋아하는 또 다른 더러운 몸뚱어리에 인생을 흘려버리는 것 외에는.

나는 바닷가를 지나 부두 위로 올라섰다. 겨울 바닷바람을 폐부 깊숙이 마시며 부두 위를 걷기 시작했다. 파도가 부서져내리는 방조제 가장자리로 가 수평선에 시선을 보냈다. 색소폰을 가지고 왔더라면 얼마나 좋았을까! 가슴을 쪼개는 후회가 나를 엄습해왔다.

나를 버리고 재혼한 어머니가 그래도 어머니라고 그리워질 때면 뒷동산 소나무 밑에서 색소폰을 불던 어린 시절, 한 번도 보지 못한 아버지를 머릿속에 그리며 한밤중 남산 중턱 소나무 밑에서 색소폰을 불던 고등학생 시절, 그리고 변두리 카바레를 전전하며 색소폰을 불던 시절……. 중국 류허에서 보낸 지난 3개월을 제외한다면 색소폰을 불 수 있는 나이가 되고부터 그 무거운 색소폰은 내 곁을 떠난 적이 없었다. 그리고 그것으로 〈오 대니 보이〉를 부르는 동안 나는 바다 위를 나는 새와 같이 자유로웠다. 과거로부터, 자학감으로부터, 아버지를 향한 그리움으로부터.

한 번도 보지 못한 아들에게 아버지는 위대한 유산을 남겨주었다. 어떤 아버지가 아들에게 외로움을 없애주고, 자유를 가져다주고, 호구지책을 마련해주는 유산을 남길 수 있겠는가!

나는 바다를 마주 보고 앉았다. 두 손을 색소폰 연주하듯이 하고 마음속으로 〈오 대니 보이〉를 부르기 시작했다. 흰눈에 덮여 침묵 속에 빠져 있는 들판이 머릿속에 그려졌다. 평화스러운 들판이 끝없이 이어졌다. 한 마리의 야생마가 평원 위를 내리치닫고 있었다. 야생마의 모습이 멀어져가며 내가 마음속으로 부르는 음률도 끝나갔다. 다음 순간 그 광활한 평원은 살을 에는 겨울바람이 휘몰아치는 들판 옆 시골길로 변해 있었다. 그곳은 새아버지 집이 있는 춘천 교외의 시골길이었다. 그 시골길이 불그스레한 휘발유색으로 물들기 시작했다. 그리고 정사를 마련해준 대가로 군용트럭 밑에서 휘발유를 빼다가 트럭 밑에 깔린 새아버지 시체에서 나온 피로 붉게 물들어갔다. '아' 하고 나도 모르게 바다를 향해 소리를 질렀다. 내가 지른 소리에 깜짝 놀라 얼른 주위를 둘러보았다. 지나가는 행인의 의아스러워하는 시선이 내 몸에 와 닿았다.

뚜 하는 기적 소리에 정신이 들어 시계를 보았다. 오후 5시 30분. 다롄에서 웨이하이로 가는 배의 승선을 알리고 있었다. 나는 멀리 보이는 선착장으로 발길을 옮기기 시작했다. 발해해협(渤海海峽)을 가로지르는 선상에서 보낼 열 시간의 항해가 몹시 지루하게 느껴졌다. 그러나 아버지를 기다리며 류허의 누이 집에서 보낸 3개월에 비할 수 있으랴? 처음 한 달은 가슴 뿌듯함이었다. 다음 한 달은 짜증스러움이었고, 마지막 한 달은 혐오스러움이었다. 먹을 수 없는 음식, 불편한 잠자리, 숨막히는 빈곤, 시간이 흐름에 따라 강도를 더해가는 몰염치함.

법적 체류기간의 만기가 가까워지자, 금자누이와 그녀의 남편은 아버지와의 만남이 무산될지도 모른다는 절망에 빠져들어가는 내 처지는 조금도 개의치 않고 초청장만 읊어댔다. 잠자리에 들기 전, 들판을 거닐며, 음식을 먹을 때…… 시간과 장소를 가리지 않았다. 나와의 만남을 구세주나 만난 것처럼 설쳐대는 그들 부부의 입에서 나오는 소리는 "동생, 남조선에 돌아가서 초청장만 보내줘. 내 동생한테 신세 안 질 테니. 내 열심히 일해 작은아버지가 이곳에 오시면 잘 대접해드릴게", "처남, 북조선 친척이 오면 경제적으로 힘들고 남조선 친척이 오면 대접하기 힘들다던데, 처남이 많이 불편하겠지. 그러나 어떡하겠나, 형편이 이러니. 초청장만 보내면 처남 신세 안 지고 열심히 살아보겠네. 북조선에 있는 작은아버지에게 동의서 보내 이곳에 자주 오시게 하고 말이야……" 등이었다. 그러한 그들에게 나는 헤어질 때까지 아무런 내색도 비치지 않았다.

때로는 울컥 치미는 분노를 삭이기 힘들었지만 지금 생각해보니 참은 건 잘한 일이었다. 더구나 아버지를 만나면 드리려고 서울에서 빚을 내온 4천 달러 중 쓰고 남은 돈에서 1천 달러를 주고 왔다. 그래서 마지못해 약속한 초청장을 내가 서울에 돌아간 후 해 보내지 않아도 심히 섭섭해하거나 혹시 아버지와 연락이 되어도 나에 대해 그리 나쁘게는 이야기하지 않으리라고 믿었다.

사실 금자누이가 요구하는 초청장은 내게 부담이 되었다. 서울에 누이를 불러들여 내 가족과 같이 지내기가

194

싫어서만이 아니었다. 남산 기슭에 위치한 전셋집에 살며 삼류 카바레에서 색소폰을 불어 세 식구를 먹여살리는 나를, 그들은 국립취주악단의 색소폰 연주자로서 넉넉한 생활을 하고 있는 것으로 믿고 있었기 때문이다.

3

다롄 항 여객선 청사가 시야에 들어오면서 웅성거리는 소리가 들려왔다. 웅성거림은 사람이 모이는 곳이면 항상 존재해 있었고, 그 웅성거림 속에는 가난에 찌든 사람들의 바쁜 움직임이 있었다. 나는 그들 속에 끼이고 싶지 않아 고개를 숙이고 천천히 발길을 옮겼다. 그때 귀에 익은 웅성거림이 점차 커지면서 여자의 고성이 두어 번 연거푸 들려왔다.

나는 무심코 고개를 들어 소리나는 곳에 시선을 주었다. 위아래 국민복을 입고 남자 군화를 신은 작달막한 여인의 모습이 몹시 눈에 익었다. 그 여자가 나를 향해 손짓을 하며 달려오고 있었다. 잠시 어리둥절하여 멍하니 있다가 나는 가슴이 덜컹 내려앉는 실망을 맛보았다. 금자누이가 나를 향해 달려오고 있었다. 나는 그 자리에 우두커니 서서 달려오는 그녀의 모습을 보고 있었다. 초청장의 집요함에 진저리가 났다.

"동생, 작은아버지가 오셨어."

금자누이가 고함을 치며 달려오고 있었다. 작은아버지…… 작은아버지…… 그럼 아버지란 말인가? 그때서야 나는 달려오는 그녀 뒤로 시선을 보냈다. 몸집보다 유별나게 큰 국민복을 걸치고 검은색 레닌모를 쓴 사람이 그녀 뒤에서 뛰는 듯 걷는 듯 나에게 다가오고 있었다.

나는 뛰기 시작했다. 금자누이를 지나칠 때 "작은아버지가 저기 계셔"라는 말을 귀로 스치며 노인 앞으로 뛰어갔다. 그러나 얼굴을 본 순간 나는 멈칫하고 말았다. 노인의 얼굴이 너무나 생소했다.

무슨 말을 해야 할지, 어떤 행동을 취해야 할지 얼른 생각이 떠오르지 않았다. 아버지를 대하고 있을 용기가 나지 않아 시선을 아래로 떨구었다. 마음을 가다듬고 시선을 들었을 때 담배를 입에 무는 아버지의 모습이 보였다. 나는 라이터를 켜 담뱃불을 붙여드리고 싶었으나 몸이 말을 듣지 않았다. 아버지는 바다 쪽을 응시하며 담배연기를 천천히 빨아들인 다음 공중에다 연기를 내뿜고 있었다.

"너도…… 담배 피워라."

바다 쪽을 응시한 채 아버지가 말씀하셨다. 아버지의 말씀이 들린 후 나는 조금 망설이다가 서너 발자국 뒤로 물러섰다. 그리고 아버지 쪽으로 등을 돌리고 담배를 꺼내 불을 붙였다. 담배연기를 깊숙이 빨아들인 그 순간, 나는 어느 때보다 가슴에 평온함을 불어넣어주는 담배 한 개비에 감사했다.

나는 피우던 담배를 땅에 버리고 뒤돌아서 아버지를 보았다. 아버지의 입술은 미소를 짓고 있었으나 눈에는 눈물이 고여 있었고, 감정을 억누르려는 빛이 역력하게 이마에는 깊숙한 주름이 잡혀 있었다. 아버지가 두 팔을 반쯤 벌렸다. 나는 아버지에게 다가가 살그머니 껴안았다.

"고생이 많았지?"

아버지가 혼잣말처럼 내 귀에 속삭였다.

"아니에요."

나는 아버지를 감쌌던 팔을 살며시 풀고 아버지를 다시 바라보았다. 아버지의 머리 위에 얹힌 검은색 레닌모를 벗겼다. 백발이 바닷바람에 휘날렸다. 내 기억 속에 새겨둔 인자하신 아버지의 모습이 엿보였다. 그러나 아직도 아버지의 모습이 어색했다. 우중충한 연푸른색 국민복에 내 시선이 잠시 머물렀다. 내가 머릿속에 그려왔던 아버지의 모습에 목까지 단추가 채워진 국민복은 분명 어울리지 않았다. 내 시선을 따르던 아버지는 다음 순간 국민복 왼쪽 주머니로 두 손을 가져갔다. 그리고 그곳에 꽂혀 있던 김일성 배지를 풀더니 바지 주머니에 넣으셨다.

나는 아버지를 다시 품에 안았다. 아버지의 자그마한 체구에서 풍기는 따스함이 내 몸에 와 닿았다. 한 번도 경험한 적 없지만, 보통 어머니의 품에서만 느낄 수 있는 포근함이 아마 이런 것이리라는 생각이 들었다.

그러나 그런 따스함도 짧은 시간밖에 맛볼 수 없다는 것을 나는 알고 있었다. 내일이 체류허가 기간의 마지막 날이므로 나는 곧 웨이하이로 가는 배를 타야 하고, 바다에서 밤을 새운 후 다음날 웨이하이에서 인천으로 가는 배를 타지 않을 수 없었다. 그러나 하룻밤의 여유는 있었다. 다롄에서 웨이하이로 가는 바다 위에서의 하룻밤이긴 하지만 그 하룻밤은 내가 육지에서 보낸 40년보다 소중한 시간이 될 것임을 나는 알고 있었다.

"동생, 이제 작은아버지 배에 올라 좀 쉬시게 해야지. 동생을 웨이하이에서 만날 줄 알고 웨이하이 가는 배표를 미리 샀어. 작은아버지 모시고 선실로 가자."

금자누이의 말에 나는 아버지와의 포옹을 풀었다. 아버지의 손을 잡은 채 청사로 발길을 옮겼다. 아버지가 기차로 북한땅 구성(龜城)을 떠나 중국 지안(集安)을 거쳐 통화(通化)역에 내려 버스를 타고 류허로 오는 데 열두 시간이 걸렸고, 류허에 도착하여 내가 열 시간 전에 그곳을 떠난 사실을 알고 신발도 벗지 않고 곧장 류허를 떠나 열두 시간 만에 다롄에 도착했다고 금자누이가 옆에서 걸으며 장황하게 설명했다. 나는 아버지의 안색을 살폈다. 몹시 피로한 기색이었으나 여전히 미소 짓고 계셨다.

우리 부자는 객실 안으로 들어섰다. 통로를 따라가며 승객들로 빽빽이 들어차 있는 객실 안을 둘러보았다. "동생, 여기, 여기 자리 잡았어" 하는 소리가 들려오는 곳으로 시선을 주었다. 어느새 우리 부자보다 한발 앞질러 승객들 사이를 비집고 들어간 금자누이가 선실 구석 한곳에 큰 대(大)자로 드러누워 있었다.

우리 부자는 그곳으로 가 자리를 잡았고, 금자누이는 어디론가 다시 나갔다. 나는 벽 쪽 선반에 있는 담요를 꺼내 마룻바닥에 깔았다. 그 위에 아버지를 앉히고, 아버지의 양말을 벗겼다. 내 시선이 아버지의 발에 잠시 머물렀다. 분명 아버지의 발도 내 발처럼 평발이었다. 나는 아버지의 발을 두 손으로 천천히 주무르기 시작했다. 아버지가 움찔하며 발을 빼려고 했다. 나는 더 힘을 주어 아버지의 발을 놓아주지 않은 채 미소만 지었다. 아버지의 두 눈 사이에 깊은 주름이 잡히더니, 다음 순간 주름이 펴지면서 눈물이 두 뺨을 타고 흘러내렸다. 아버지는 얼른 고개를 옆으로 돌리셨다. 우리 부자는 한참 동안 주위의 떠들썩한 중국인 승객들의 모습을 멍하니 보고 있었다.

4

"괜찮다. 고만 해라. 너도 피로할 텐데."

아버지가 당신의 발을 주무르는 나에게 말씀하셨다. 놀랍게도 아버지는 경상도 사투리가 아닌 표준말로 말씀하셨다. 이 점부터가 어머니와는 전혀 다른 부류에 속함을 확인시켜주었다. 나도 표준말을 쓰기로 했다. 나는 아버지의 말을 못 들은 체 주무르기를 계속했다.

"좀 누우세요."

"아니 괜찮다. 기차에서 많이 잤다."

아버지는 한결 편안해진 얼굴로 말했다.

"너 음악가가 되었다면서?"

"네."

"무슨 음악을 하지?"

"색소폰을 불고 있어요."

"그래? 꽤 힘들 텐데. 나도 젊었을 때 색소폰을 불었지."

"알고 있어요. 아버지가 두고 가신 색소폰을 그대로 가지고 있어요."

"그래? 아직도 소리가 나나?"

"그럼요. 혼자서 불 때만 사용해왔으니까요."

나는 두 손으로 색소폰 부는 시늉을 했다. 아버지는 미소 지으셨다.

"아버지 누우세요. 제가 안마해드릴게요."

괜찮다는 아버지를 억지로 눕게 하고, 나는 아버지의 다리를 주무르기 시작했다. 길쭉한 발과 길고 마른 다리를 가진 어머니와는 달리 아버지는 나처럼 짤막하고 삐뚤어진 다리를 가지고 있었다.

그때 건장한 두 청년이 다가와 누워 있는 아버지를 가리키며 중국말로 씨부렁거리기 시작했다. 나는 얼른 주머니에서 5달러짜리 한 장을 꺼내 그들 앞에 내밀었다. 그들은 그것을 받아 쥐고 얼른 돌아섰다. 놀란 표정을 지으며 벌떡 일어나신 아버지를 나는 다시 뉘었다.

"수입이 좋으니?"

아버지가 걱정스레 물으셨다.

"네, 생활 걱정은 없어요. 집도 마련했구요."

"돈은 아껴 써라."

"네."

"진숙이와 영숙이도 잘 있지?"

"네, 잘 있어요."

"진숙이는 공부 잘한다면서?"

"네, 할아버지처럼 학교 선생님이 되겠다고 해요. 영숙이는 피아니스트가 될 거래요."

"잘 키워라. 에미도 아껴주고. 아이들 생애 동안 전쟁이 다시 일어나지 말아야 할 텐데. 너의 어머니도……."

말끝을 맺지 못하는 아버지의 얼굴을 보았다. 눈을 꼭 감은 채 상념에 잠기신 것 같았다.

"어머니는 지금은 혼자 사시지만 제가 어릴 때 재혼했었어요."

내가 천천히, 그러나 분명하게 말했다.

"잘한 짓이다."

아버지의 말에 동의하지 않는다는 뜻에서 나는 침묵을 지켰다.

"고만 주물러도 된다. 이제 피로가 풀렸다."

"아니 괜찮아요."

나는 계속해서 주물렀다.

기적 소리가 들려왔다. 배가 움직이기 시작했다.

"아버지, 배가 떠나는가 봐요."

"웨이하이까지 몇 시간이나 걸리나?"

"약 열 시간 정도 걸리는 것 같아요."

"내일 웨이하이에서 떠나야 된다면서?"

"네, 체류허가가 연장되지 않아서 떠나야 할 것 같아요."

아버지가 마른기침을 두어 번 하셨다.

"아버지는 중국에 언제까지 계실 거예요?"

"2개월 허가를 받았으니······."

아버지가 말끝을 맺지 못하고 머뭇거렸다.

"2개월 동안 계세요. 제가 다시 올게요."

"그럴 수 있나?"

"그럼요. 서울에서 다시 입국허가를 받으면 돼요."

"너무 돈이 많이 들지 않아?"

"괜찮아요. 돈은 충분히 있어요."

아버지가 흡족한 표정을 지으셨다.

"내가 이곳에 빨리 왔었으면 좋았을 텐데. 오늘내일 하면서 그렇게 애를 먹였으니······."

아버지는 옆으로 돌아누우시면서 말끝을 흐렸다.

"아버지, 걱정 마세요. 빠른 시일 내에 다시 만나게 될 거예요. 다음 번에 뵐 때는 색소폰을 가지고 와서 아버지께 〈오 대니 보이〉를 들려드릴게요."

나는 아버지의 손을 잡으며 말했다.

"〈오 대니 보이〉를 좋아하냐?"

아버지가 미소 지으면서 말씀하셨다.

"그럼요. 제 십팔번이에요."

"그래? 내 십팔번도 〈오 대니 보이〉였지."

"그러니까 부자지간이지요."

우리는 서로 미소 지어 보였다.

잠시 후 금자누이가 도시락을 들고 나타났다. 도시락 뚜껑을 열자 돼지고기 냄새가 물씬 풍겼다. 구역질이 나는 것을 억지로 참았다.

아버지는 일어나 금자누이와 함께 밥 위에 돼지고기가 얹힌 도시락을 맛있게 드시기 시작했다. 도시락을 먹는 둥 마는 둥 하는 나를 보고, "왜 맛이 없니?" 하고 금자누이가 물었다.

"아니요. 배가 고프지 않아서요."

"그럼 이리 다오. 작은아버지 더 드리게."

"아니다. 나는 괜찮다."

아버지가 말씀하셨다. 내가 도시락을 금자누이 앞에 놓았다. 금자누이는 자신의 도시락통에 조금 덜고는 이미 거의 비워진 아버지 도시락에 나머지를 덜어놓았다.

"작은아버지, 이렇게 훌륭한 아들을 보니 얼마나 좋아요."

금자누이가 입속에 음식을 우물거리며 말했다.

"좋구말구. 이제 죽어도 한이 없다."

선실 내 스피커에서 요란한 소리가 났다.

"작은아버지는 이런 아들을 작은어머니 뱃속에 두고 어떻게 월북하셨어요?"

바로 내가 하고 싶었던 질문을 대신해준 금자누이에게 나는 마음속으로 고마워했다.

"하고 싶어서 했나? 잠시만 올라가 있다가 다시 고향으로 갈 수 있다고 해서 그랬지. 점점 올라가다 보니 결국 북조선으로 가게 됐지."

그러면 그렇지, 하고 나는 마음속으로 쾌재를 불렀다. 아버지는 결코 나를 버리지 않았다는 것을 확인했기 때문이다.

"동생, 이제 나도 가슴이 후련하다. 작은아버지를 보지도 못하고 동생을 보내니 가슴이 찢어지는 것 같았는데 동생도 이제 소원 성취했으니 돌아가서 일에 열중해야지. 내 초청장 보내는 것 잊지 말고."

"걱정 마세요. 서울에 가서 곧 해 보낼게요."

"동생, 고마워. 내 동생 신세 안 지고 열심히 일해 영석 아버지 약도 사고 영석이 대학 가는 비용도 벌 테니까."

"그래, 네가 누이를 도울 수 있으면 도와줘라."

아버지가 옆에서 거들었다.

"네, 아버지. 걱정 마세요."

아버지의 빈 도시락통을 받아 들고 마실 물을 가지고 오겠다며 금자누이는 일어나 나갔다. 아버지는 벽에 등을 기대고 다리를 뻗으셨다.

"아버지, 어머니하고 어떻게 만나셨어요?"

나는 아버지의 다리를 주무르며 조심스럽게 물었다.

"집안 어른들이 중매를 섰지. 너의 어머니가 미인이라고 주위에 소문이 자자했다. 나하고 일곱 살 차이가 났지."

"어머니 집안은 어땠어요?"

아버지는 의아스러운 표정으로 나를 보았다.

"남양 홍씨 집안이지. 선비 집안이었어. 너의 외조부가 일찍 돌아가셔서 형편이 어려웠었지. 왜?"

내가 왜 어머니 집안에 대해 묻는지 궁금하다는 듯 아버지가 물으셨다.

"아니, 그냥 궁금해서요……. 어머니 젊었을 때 성격

은 어땠어요?"

"좀 활달한 편이었지. 할 말이 있으면 꼭 해야지 속에 담고 있지 못하는 성격이었다."

아버지는 과거를 회상하듯 머리를 뒤로 젖히셨다.

잠시 침묵이 흘렀다. 떠들썩한 중국말이 더 시끄럽게 들려왔다.

"어머니는 아버지와 너무나 다른 것 같아요."

나는 아버지가 어떤 반응을 보일지 궁금했다.

"그런 소리 마라. 너의 어머니는 전쟁만 없었다면 그렇게 기구한 인생을 살진 않았을 게다."

아버지가 속삭이듯 말했다. 아버지의 다리를 주무르는 내 손에 나도 모르게 힘이 들어갔다.

"그렇지 않아요, 아버지……. 좀 누워 계세요. 제가 물을 가지고 올게요. 물 드시고 주무세요."

자리에서 일어나며 내가 말했다.

"자기는…… 내일 너 떠난 후 자면 되지. 걱정 마라."

아버지의 말씀을 뒤로하고 나는 선실을 나와 갑판 위로 올라갔다. 차가운 겨울 바닷바람을 깊숙이 들이마시며 답답한 가슴을 달랬다.

갑판 위 수돗가에서 긴 줄의 앞쪽에 서 있는 금자누이를 만났다. 물을 가지고 선실로 돌아오니 아버지는 깊은 잠에 빠져 있었다. 나는 담요를 덮어드리고 아버지 옆에 앉았다. 구질구질한 아버지의 의복을 보며 내일 웨이하이에 도착하자마자 양복과 내의를 사드려야겠다고 마음먹었다. 나는 아버지 옆에 누워 뜬눈으로 밤을 새우기로 작정했다. 아버지의 체취와 고른 숨소리를 한순간이라도 놓치고 싶지 않아서였다.

얼마나 지났을까. 누군가 내 어깨를 흔들었다. "인구야, 이제 다 왔어" 하는 아버지의 목소리가 들려왔다. 나는 누운 자리에서 벌떡 일어나 아버지와 마주 앉았다.

"언제 일어나셨어요?"

"오래됐어. 늙으면 새벽잠이 없는 법이야."

아버지는 내 손을 잡으며 미소 지으셨다.

"금자누이는 어디 갔어요?"

"짐을 가지고 먼저 내려갔다."

"그사이 뭐 하셨어요?"

"네가 자는 모습을 보고 있었지. 얼마나 편안해 보이던지, 시간 가는 줄을 몰랐다."

"죄송해요, 아버지."

나는 자리에서 일어나 짐을 챙기기 시작했다.

우리 세 사람은 배에서 내렸다. 출국수속을 밟을 때까지 시간이 있었으므로, 우리는 청사를 나왔다. 나는 애써 사양하는 아버지를 모시고 금자누이와 함께 상점으로 갔다. 회색 양복 한 벌, 내의 세 벌, 양말 다섯 켤레, 흰 와이셔츠, 줄무늬 넥타이, 검은색 구두 한 켤레, 그리고 와이셔츠 위에 입는 푸른색 스웨터를 샀다. 아버지가 옷을 갈아입는 사이 나는 아버지가 입었던 옷가지를 하나도 빼놓지 않고 내 가방에 챙겨 넣었다.

잠시 후 새 옷을 입은 아버지의 모습을 바라보았다. 나는 내가 지니고 있던 볼펜을 아버지 상의 윗주머니에 꽂아드렸다. 틀림없는 보통학교 선생님의 모습이 드러났다. 아버지의 참모습을 찾아준 중국 돈 7백 위안, 한국 돈으로 환산하면 10만 원도 안 되는 돈에 감사했다.

상점에서 나와, 출항시간이 두 시간이나 남았는데도 잘못하면 배를 놓치겠다고 서둘러대는 금자누이를 따라 아버지와 나는 웨이하이 항 여객선 청사를 향해 천천히 발길을 옮겼다.

"시장하시지 않으세요?"

"괜찮다."

"시간이 있으면 좋은 식당에 아버지를 모시고 가고 싶은데……."

"걱정 마라. 너 떠나는 거 보고 금자하고 먹겠다."

나는 걸으면서 주머니를 뒤져 있는 달러를 모두 꺼내

아버지에게 내밀었다.

"이 돈으로 중국에 계실 동안 쓰세요. 좋은 음식도 드시고 여행도 하시고……."

"이렇게 많은 돈을……."

"많지도 않아요. 중국돈으로 환산해 8천 위안도 안 돼요."

아버지가 깜짝 놀라는 표정을 지으셨다.

여객선 청사 앞에 도착하니 배를 타려는 사람들로 인산인해를 이루어 그야말로 아비규환이었다. 이리저리 떼밀리는 사람들 사이를 뚫고 어느새 중간쯤에 자리를 잡은 금자누이가 우리에게 빨리 오라고 손짓했다. 나는 아버지의 손을 꼭 잡고 군중 속을 헤치고 나아갔다. 청사 문은 아직 열리지 않고 있었다.

"이 사진 잘 간직해둬."

아버지가 내 앞으로 한 장의 사진을 내밀며 말했다. 나는 사진을 받아 물끄러미 보았다.

"북조선에 있는 네 동생들이야. 언젠가 서로 만나게 되겠지."

사진 속에는 앞쪽 가운데에 아버지를 두고 뒤쪽에 세 남자와 한 여자가 서 있었다.

"네 첫째 동생은 결혼해 농사를 짓고 있고, 둘째랑 셋

째는 직장에 다니고 있다."

아버지가 사진 속의 남자 셋을 하나하나 짚어가며 말했다.

"이 여자 분은……."

아버지가 사진 속의 여자에 대해서는 아무 설명이 없어 내가 말을 꺼냈다.

"북에서 재혼한 여자다."

아버지는 계면쩍어하며 답했다.

"네, 그러시군요. 정말 미인이세요."

"애들 에미는 이 사진을 찍은 다음해에 세상을 떠났다."

아버지가 시선을 딴 곳으로 보내며 말했다.

"어떻게요?"

"몰라, 무슨 병인지. 그냥 시름시름 앓다가 갑자기 죽었지. 워낙 몸이 약해서……."

"연세가 어떻게 되었는데요?"

"지금 살아 있으면 예순이 될 게다. 쉰일곱에 죽었지. 나하고 열 살 차이니까."

나는 사진 속의 여자를 자세히 보았다. 갸름한 얼굴에 원피스를 입고 있는 여자는 사진으로 보아도 굉장한 미인임에 틀림없었다.

"북한 출신이셨어요?"

"아니, 고향이 경상남도지."

"어떻게 만나셨어요?"

"전쟁이 끝난 후 결혼했지."

아버지는 나의 질문에 엉뚱한 답을 했으나 별로 신경 쓰지 않았다. 나는 사진을 속주머니에 넣었다.

"어머니한테는 보이지 마라."

아버지는 지나가는 말처럼 말했다. 나는 속으로 웃었다. 그래도 한때 살을 섞었던 여편네라고 질투를 할까 봐 염려하는 아버지의 순진함 때문이었다.

"어머니한테는 보이면 안 돼."

아버지는 다시 한 번 당부했다. 나는 그러겠다는 표시로 아버지의 손을 꼭 잡아드렸다.

얼마 후 청사 문이 열리자 사람들에게 떼밀리듯이 청사 문 쪽으로 가까이 갔다. 청사 문 안으로 들어서기 전 나는 아버지에게 "건강하세요"라고 말했고, 아버지는 나에게 "나는 상관 말고 어머니한테 잘해줘라, 불쌍한 여자다"라고 말씀하셨다.

청사에 들어서면서 나는 아버지를 힐끔 뒤돌아보았다. 어머니를 '불쌍한 여자'라고 생각하는 아버지가 어떻게 이 험한 세상에서 살아남을 수 있었을까, 하는 의문이

들었다.

청사 안에 들어서서도 30분 넘게 이리저리 밀리다가 거의 마지막 차례로 여권 심사대 앞에 섰다. "파이브 달러"라며 나에게 손을 내미는 여권 심사관과 마주했을 때에야 수중에 달러가 한푼도 없다는 사실을 깨달았다. 5달러 출국세를 내지 않는 방법은 없었다. 나는 청사 출구 쪽으로 뛰어갔다. 청사 문을 나서자 텅 빈 광장이 나를 맞이했다. 광장을 둘러보았다. 광장 한곳 양지바른 곳에 앉아 도시락을 먹고 있는 아버지와 금자누이의 모습이 보였다.

나는 "아버지" 하고 부르며 아버지에게 다가갔다.

"아버지, 5달러만 주세요. 출국하는 데 5달러가 필요해요."

아버지가 벌떡 일어나시며 주머니에서 내가 준 돈 뭉치를 꺼내 들었다. 나는 그 중에서 5달러짜리 한 장을 집었다.

"더 가지고 가라."

"필요 없어요. 그럼 안녕히 계세요."

"동생, 올케하고 조카들에게 안부 전해. 그리고 초청장 잊지 말고."

금자누이의 말을 뒤로하고 청사 쪽으로 뛰어갔다. 뛰

면서 손에 든 지폐의 촉감을 만끽하고 있었다. 그것은 분명히 아버지가 나에게 준 첫 번째 돈이고, 나는 그 돈으로 가족을 만나러 갈 수 있기 때문이었다.

5

중국에서 아버지를 만난 지 7개월이 지난 어느 날 새벽, 나는 남산 기슭에 위치한 집을 나섰다. 택시를 주차해놓은 곳으로 걸어가면서 간밤에 꾼 꿈 생각이 났다. 꿈속에서 내가 다시 중국에 가 아버지에게 돈을 주었고, 아버지는 '이렇게 많은 돈을!' 하면서 기뻐하셨다.

집 앞 골목에 세워둔 택시에 올라타고 시동을 걸었다. 나는 빈 택시라는 표시등도 켜지 않은 채 골목길을 빠져나와 남산 주위의 한적한 거리를 질주해나갔다. 나는 이때를 좋아했다. 이때쯤이면 이런저런 과거에 얽힌 회상에 잠기게 마련이었다. 내가 이야기하는 과거란 물론 아버지와 만난 후부터를 의미하는 것이며, 그 이전의 과거는, 특히 어머니와 연관된 과거는 내 기억에서 사라진 지 꽤 오래되었다.

아버지에게는 직장을 떠날 수 없어 이번에는 중국에

갈 수가 없으니 아버지도 북한으로 가셨다가 내년에 중국에서 다시 만나자고 편지를 올렸다. 그러나 진정한 이유는 돈 문제였다. 최소한 5백만 원은 있어야 내 여비는 물론이고 무엇보다 아버지에게 경제적으로 도움이 될 것 같았으나, 나에게는 그만한 돈을 구할 능력이 없었다. 아버지 연세가 아직 일흔 살밖에 되지 않았고 건강하시니 이번 기회가 아니더라도 충분히 다시 만나뵐 수 있으리라 자위하는 수밖에 없었다.

중국에서 귀국한 뒤로 3개월은 그대로 보내버렸다. 류허에서 마지못해 먹은 음식 때문인지, 귀국 직후부터 시름시름 앓기 시작하여 병원을 들락거리며 한 달을 보냈고, 건강을 어느 정도 회복하고부터는 직장을 구하러 여러 곳의 카바레를 찾아다니며 두 달을 허비했다.

그러나 지금 돌이켜보니 전혀 허송세월만은 아니었다. 그 기간 동안 나는 현실의 냉혹함을 절감했다. 중국에 다시 가 아버지를 만날 여비를 마련하기는커녕 세 식구를 먹여 살리는 것도 얼마나 어려운 일인지 뼈저리게 느꼈다. 카바레 악단은 내가 중국에 있었던 3개월을 기다려주지 않았다. 귀국 후 다른 카바레를 여러 군데 찾아가보았으나 마흔 살이 넘은 색소폰 연주자를 환영하는 곳은 한 군데도 없었다. 뿐만 아니라 아버지를 뵈러 갈 때 진 빚과 3개월간의 공백은 내 가정의 경제상태를 엉망으로 만들어놓았다. 호구지책으로 아내가 파출부로 나설 정도였으니 집안 사정은 한마디로 박살이 난 셈이 었다. 그러한 상황에서도 두 딸이 경제적인 핍박을 느끼지 못한 것은 순전히 아내의 헌신적인 노력 때문이었다. 그리고 보니 아내가 아주 착한 여자라는 사실을 결혼 후 처음으로 깨달은 셈이었다.

나도 명색이 한 집안의 가장인데 어린 두 딸을 생각해서라도 그냥 죽치고 집 안에 틀어박혀 있을 수가 없었다. 여러 가지 궁리 끝에 택시 기사로 취직했다. 처음에는 색소폰 연주자로 직장을 얻을 때까지 임시방편으로 얻은 일이었으나, 지금까지 4개월 동안 별 불만 없이 택시 기사로 일하고 있다. 택시 기사라는 직업에 만족하고 있다는 말은 물론 아니다. 내가 부는 색소폰 음률에 껌벅 죽었을 남녀가 술에 취해 나에게 무례한 승객 행세를 했을 때 말 못할 비애도 느꼈지만, 시간이 흐름에 따라 색소폰 연주자라는 직업보다 택시 기사라는 직업이 못할 게 없다는 생각이 들기 시작했다. 아니, 나한테 가장 적합한 직업일지도 모른다는 생각이 들 때도 있었다.

이틀에 하루씩 쉬긴 해도, 새벽 4시 반부터 밤 12시까지인 근무시간이 좀 고된 건 사실이었다. 하지만 내가 이 직업을 좋아하는 이유가 있었다. 아버지가 그리워질 때마다 새벽 4시 전에 집을 나서서 남산 중턱으로 가 아버지를 위해 색소폰을 불며 아버지와 은밀한 이야기를 나눌 수 있기 때문이었다.

거의 무의식 속에서 운전하던 나는 국립극장의 음산한 외형이 시야에 들어왔을 때야 어수선한 상념에서 빠져나올 수 있었다. 남산 입구에 위치한 국립극장 구내에 세워져 있는 시계탑이 4시 5분을 가리키고 있었다. 텅 빈 주차장에 주차한 후 택시에서 내렸다. 두 손에 색소폰과 악보 받침대를 각각 들었다. 국립극장 구내를 걸어 나와 오른쪽으로 꺾어 남산으로 발길을 옮겼다.

약 1년 전부터 '남산 제 모습 찾기 운동'의 일환으로 자동차 통행이 금지된 차도에 들어서 가로등 밑을 따라 걸어갔다. 1년 전까지 자동차로 꽉 들어찼을 이 도로는 이제 새로운 정취를 물씬 풍기고 있었다. 남산이 오랫동안 지녀온 깊은 상처가 아물고 있다고 봐야 할 것 같았다. 아스팔트길 양쪽으로 들어선 무성한 숲은, 철책이 가로막고 있긴 하지만 다시 힘차게 뻗어나가고 있었고, 오른쪽 나무 사이로 둥근 달이 교교히 떠 있었다. 이때면 항상 나는 마음의 평화를 되찾았다.

가로등이 비춰주는 커브길 앞쪽에서 남자들의 목소리

가 들려왔다. 나는 움찔했다. 맞은편에 두 남자의 모습
이 보이자 나는 색소폰 케이스를 왼쪽 옆구리에 바짝 끼
고 악보 받침대를 잡은 오른손에 힘을 주었다. 그러나
그들이 가까이 왔을 때 한 남자의 옆구리에 찬 무전기에
서 나는 소리로 보아 그곳을 순찰 중인 사복경찰임에 틀
림없다는 생각이 들었다. 나는 그들이 내 옆을 스쳐가며
보내는 의심의 눈초리를 멀리하고 커브길을 돌아갔다.

   왼쪽 나무 위에 걸쳐진 달과 오른쪽에 높이 솟은 남산
타워가 보였다. 20미터쯤 걸어가니 아스팔트 위에 흰 글
씨로 크게 적힌 '1000'이라는 숫자가 홀로 서 있는 가로
등 불빛에 희미하게 드러났다. 1킬로미터를 걸었으니 곧
나만의 은밀한 안식처에 다다를 것이다. 곧 사방이 컴컴
해지면서 저 멀리 가로등 하나가 비춰주는 은은한 불빛
이 시야에 들어왔다. 바로 이 아늑한 안식처에서 나는 아
버지를 위해 〈오 대니 보이〉를 연주하고 아버지와 대화
를 나누곤 한다. 오늘은 특히 아버지의 조언이 꼭 필요한
일이 있다. 다름이 아니라 금자누이의 초청장 문제다.

   귀국한 지 7개월이 지난 지금까지도 초청장을 보내지
않았다. 그사이 금자누이의 남편과 금자누이가 나에게
보내온 여러 통의 편지 내용으로 보아 매우 섭섭해하고
있는 것 같았고, 초청장을 보내지 않은 사실을 아시면

218

아버지도 나를 오해하실지 모를 일이었다. 솔직히 말해 그곳을 떠나기 전 아버지 앞에서까지 금자누이에게 단단히 약속한 초청장을 아직까지 보내지 못한 데는 나름대로 이유가 있었다.

귀국 후 직장을 잃고 아내의 파출부 수입으로 가계를 꾸려나가야 하는 집안의 경제적 형편도 문제려니와, 고의적으로 속인 것은 아니었지만 그래도 수입이 좋고 대접을 받는 국립취주악단의 색소폰 연주자로 알려진 내 직업이 사실 택시 기사라는 것을 금자누이에게 드러내놓고 싶지 않았다. 그리고 금자누이가 서울에 있을 동안에는 우리 집에 눌러앉아 있을 판이니 그것도 고생하는 아내에게 할 짓이 아니었다. 숙식이 제공되는 마땅한 일자리를 찾아내거나 내 형편이 나아질 때까지만 기다리자고 미적미적 미루다 보니 오늘에 이르고 만 것이다.

그러나 얼마 전에 금자누이 남편의 편지를 받은 이후로 더 이상 미루었다가는 크게 오해받을 것 같다는 위기감이 들었다. 무엇보다 아버지가 이 사실을 알면 얼마나 섭섭해하실까 생각하니 숨이 막혀왔다. 편지를 받은 후 답답한 마음에서 내 나름대로 노력은 해보았다. 나이 듬직한 승객에게, "중국에 가보셨습니까? 제 사촌누이가 그곳에 있는데요. 워낙 착해서 혹시 가정부라도 필요하시면……" 하고, 별 성과는 없었지만 일자리를 구하려고 시도해보기도 했다.

나는 외로이 서 있는 가로등 밑에서 멈추었다. 속주머니에서 한 통의 편지를 꺼내 가로등 불빛에 비춰 읽기 시작했다. 아버지가 좋은 조언을 해주시기 바라며, 마치 아버지에게 읽어드리듯이 속으로 천천히 읽어나갔다.

인구처남에게.

나에게 처남이 여럿 있지만 그래도 오늘날까지 '처남'이라고 부르는 진짜 처남은 자네밖에 없네. 이는 아마 자네가 나에게 남겨준 인상이 제일 깊고, 서로 간의 감정이 잘 통하여 서로 믿어주기 때문이겠지!

처남이 귀국한 후 가정형편은 말이 아닐세. 우리는 그래도 초청장이 오면 인차 출국할 예정으로 퉁허에 가서 돈 천 원을 꾸어왔지만 초청장은 종무소식인 데다 작은아버지도 대접하고, 또 가실 때 섭섭지 않게 물건도 해드리느라 돈을 좀 썼으며, 또 아이들 공부도 시키다 보니 조선도 가기 전에 그 돈을 다 말아먹고 빚만 지고 말았네.

처남도 이곳에 와서 친히 보았겠지만 중국에서 살자면 권리가 없으면 돈이라도 있어야 남에게 업신여김을 받지 않고 큰소리치며 살지, 일단 돈 없는 거라지가 되고 보면 그 누가 사람으로 보는가! 우리들이야 한평생을 다 살아가지만 아이들이야 어떻게 벗기고 굶기고 공부를 시키지 않겠는가? 우리들에게 있어서 유일한 출구로 자네 누이가 남조선에 가서 제 힘으로 돈을 벌어야 곤난이 풀릴까 하네!

오늘날 생각해보니 우리들이 해야 할 앞처리도 하였고 생활난에 쪼들리기에 처남에게 렴치불구하고 초청을 요구하였댔는데 처남은 무슨 고려가 그리 많은지? 혹시 처남이 중국 방문을 했을 때 우리들이 섭섭하게 대한 일이 있는지? 우리들은 가정생활이 충족하지 못하고 또 능력조차 없으니 처남의 요구를 만족시켜주지 못한 듯도 하네. 그러나 처남이 량해해줘야지! 어쨌든 간에 이번 초청만은 꼭 해주기를 바라네.

이곳 정세는 처남이 왔을 때와는 완연히 달라 모두들 지금 한창 한국 방문에 열을 올리고 있네. 진작 간다던 우리는 가지 못하고 있으니 동네 사람들에게 부끄럽기만 하네. 고난 속에서 허덕이는 우리는 우리의 구원자인 처남만 믿네! 아무 때건 하루 속히 초청해주기 바라네.

처남의 건강과 가족의 평안을 빌며 초청장을 바라네.

1992. 8. 5.
자형으로부터

초청장을 보내지 못한 데 대한 죄의식이 나를 짜증나
게 했다.

나는 금자누이 남편의 편지를 접어 속주머니에 넣었
다. 그리고 나서 악보 받침대를 가로등 불빛 바로 밑 가
장 잘 보일 듯한 곳에 세워놓고 색소폰 케이스를 열었
다. 먼저 색소폰 옆에 포개져 있는 아버지의 옷을 꺼냈
다. 내 얼굴을 그 옷에 푹 파묻었다. 아버지의 체취가 조
금도 사라짐 없이 고스란히 남아 있었다.

나는 악보를 꺼내 〈오 대니 보이〉 페이지를 펼쳐놓았
다. 색소폰을 두 손으로 잡고 입으로 가져갔다. 딱딱하
나 매우 부드러운, 어릴 적부터 내 입에 잘 길들여진 색
소폰 주둥이를 입에 대자 평온함이 가슴을 파고들었다.
나는 색소폰을 불기 시작했다. 수천 번도 더 불어본 곡
이지만 시선은 악보를 떠나지 않았다. 고향에서 다닌 초
등학교 시절 도시락을 싸가지 못해 학교 건물 뒤쪽 동산
에 올라가서도 악보에 시선을 집중하면 배고픔을 잊을
수 있었고, 서울에서 야간 고등학교를 다니며 중국 음
식점에서 일할 때도 남산 중턱 나무 밑에서 악보를 보고
색소폰을 불면 서글픔을 잊을 수 있었다.

도시의 자동차 소음을 뒤에 두고, 도시의 오염된 공기
를 발 아래 멀리 두고 나는 오늘도 〈오 대니 보이〉의 음

률 속에 과거를 다독거려주고 현재를 잊어버리고 미래를 채색하고 있다.

젊은 남녀 한 쌍의 모습이 나타나 내 앞에 잠시 서 있는 듯하다가 멀어져갔다. 순찰차가 내 앞을 지나며 속도를 줄이더니 다시 사라졌다. 나는 눈을 감고 〈오 대니 보이〉의 마지막 소절을 불며 아버지의 목소리가 들려오기를 바랐다. 〈오 대니 보이〉를 다 끝낼 때까지 아무 소리도 들리지 않았다. 흔들리는 나뭇잎 소리와 숲 속을 헤집는 다람쥐 소리와 때늦은 매미 소리 이외에는.

나는 잠시 그 자리에 머물러 있었다. 잠시 후 색소폰을 케이스에 넣고 악보 받침대를 접었다. 두 손에 하나씩 들고 올라왔던 길을 다시 내려가기 시작했다. 아버지의 조언을 들을 수 없어 섭섭했으나 내일, 그리고 앞으로 다가올 모든 내일에도 이곳에 와 색소폰을 불 수 있다는 생각에 마음이 흐뭇해졌다.

초가을 새벽바람이 내 얼굴에 와 닿았다. 눅눅하나 찐득찐득한 강인함이 바람 속에 배어 있었다. 마치 어머니의 마음처럼……

어머니…… 중국에서 아버지를 만나고 온 후 춘천에 있는 어머니를 찾아가보지 않았다. 특별한 이유가 있어서가 아니라 어머니 생각이 나지 않아서였다. 아마 아버지를 만나러 가기 전 어머니를 만나보고 춘천 보신탕집을 나서면서, 아버지를 찾은 이상 어머니와의 인연을 끊겠다고 한 결심 때문이었던 것 같다. 문득 이상한 느낌이 들었다. 특별한 이유 없이 어머니가 연상된 것이 마치 누가 시킨 것 같았다.

아버지가? 그렇다. 아버지가 나에게 조언을 해준 것 같았다. 어머니를 만나 춘천 보신탕집에서 금자누이가 일할 수 있도록 부탁하고 금자누이를 초청하라는 것이다. 왜 미처 그런 생각을 하지 못했을까? 나는 갑자기 마음이 홀가분해졌다. 오늘 일을 빨리 끝내고 저녁에 춘천에 가 어머니를 만나기로 결심했다.

남산에서 내려와 국립극장 구내로 들어섰다. 내 택시만 달랑 서 있었다. 나는 차 문을 열고 자리에 앉았다. 시동을 걸고 오른손으로 철컥 미터기를 꺾었다. 국립극장 구내를 빠져나가 좌회전하여 장충동 로터리로 향했다. 신호등이 바뀌어 정지했다. 로터리 건너편 해장국집에서 나오는 술꾼들이 늘 내가 맞이하는 첫 번째 손님이게 마련이었다.

신호등이 바뀌었다. 나는 서서히 액셀러레이터를 밟았다. 내 두 눈은 승객을 찾고 있었으나, 내 머리는 트렁크 속에 든 아버지의 옷과 지갑 안에 든 사진 속의 북한 동생들 생각으로 꽉 차 있었다.

6

내가 춘천에 도착해 택시를 멀리 세워둔 채 보신탕집 문을 열고 들어섰을 때는, 꽤 늦어 거의 파장 분위기였다. 구석 테이블 서너 곳에 취해서 떠드는 무리를 제외하고는 텅 빈 식당 안은 한 차례 태풍이라도 지나간 듯, 테이블 위와 바닥이 지저분했다. 환기가 제대로 안 된 탓인지 담배연기로 꽉 찬 실내에는 보신탕집 특유의 시큼한 냄새가 배어 있었다. 역시 사람에게는 타고난 직업이 있는지, 그 냄새가 어머니의 과거를 잘 대변해주는 것 같아 나는 속으로 피식 웃었다.

어머니가 앉아 있어야 할 계산대는 텅 비어 있었다. 식당 안을 두리번거리자, 구석 테이블 한곳에 있는 사람들 속에서 몸을 흐느적거리며 일어나는, 나이에 비해 몸에 너무 들러붙는 원피스를 걸친 어머니의 모습이 보였다. 꽤 거리를 두고 보았는데도 어머니가 벌써 몇 차례 주석(酒席)을 돌았음을 한눈에 알아볼 수 있었다. 어머니의 그런 모습은 되살아나는 악몽, 숨막히는 악몽이었다. 이유 모를 분노가 가슴속에서 치밀어올라, 금자누이의 취직을 부탁해보려던 원래의 목적은 간데없고 얼른 그곳을 뛰쳐나오고만 싶었다.

"아이구, 이 자슥아. 우예 한 번도 연락 안 했노?"

어머니는 내 두 손을 맞잡으며 갑자기 아들의 안위를 걱정하는 어진 어머니 행세를, 술의 도움을 받아 멋들어지게 해냈다.

"무소식이 희소식이라 안 캅니꺼?"

나는 어머니가 잡은 두 손을 빼내며 퉁명스럽게 쏘아붙였다.

"그래, 중국에 갔다 언제 왔노?"

"한 7개월 됐심더."

"가족들은 다 잘 있제?"

"예."

"이리 앉아봐라."

어머니는 나를 식탁에 앉힌 후, "여기 고기 가지고 와봐라" 하고 주방을 향해 소리쳤다.

"저녁 먹었심더."

"그래도 좀 묵어라. 니 얼굴에 우예 이리 윤기가 없노? 밥은 잘 묵나?"

"……."

"우째 사노?"

"밥 묵고 살 만합니더. 걱정 마이소."

나는 툭 쏘아주었다.

"애들은 건강하제?"

"예."

"애들 공부는 잘하고?"

"걱정 없심더."

"그라믄 됐다. ⋯⋯너무 욕심부리지 마라."

대화가 치닫는 방향에 짜증이 났다. 아버지를 만나고 왔다는 것을 빤히 알면서 아버지에게 관심이 없을 리 만 무한데 넉살을 떠는 어머니가 얄미워졌다. 나는 더 이상 어머니와 마주하며 시간을 끌고 싶지가 않았다.

"부탁이 있어서 들렀심더."

"그래, 무슨 부탁이고?"

"중국에 있는 금자누이가 한국에 와서 일하고 싶어 하는데, 여기 식당에 자리 하나 마련해줄 수 있나 캐 서⋯⋯."

긍정적인 답보다 오히려 부정적인 답을 기대하며 어물 거렸다.

"오라 캐라. 자식새끼 하나 있는 것 에미가 더럽다고 에미 취급도 안 하니⋯⋯ 내가 딸처럼 생각하고 돌봐줄 테니 오라 캐라."

앞뒤 재지 않고 모든 게 즉흥적인 어머니는 역시 어머니다웠다.

"고맙십니더."

나는 건성으로 말했다.

"그럼 안녕히 계시소. 인자 가볼랍니더."

나는 볼일이 다 끝났다는 태도로 자리에서 일어나며 말했다.

"야야, 무신 소리를 하노? 고기라도 몇 점 묵고 가야제. 고기 싸줄 테니 아아들한테도 갖다주고……."

어머니는 내 의향도 묻지 않고 주방에 대고 고기를 가져오라고 소리쳤다.

"저노무 가시나들, 일 시킬라 카이 우째 이리 힘이 드노. 니 여기 잠깐 있거라. 내 주방에 갔다 오마."

어머니는 자리에서 일어나려고 했다.

"고만두이소. 아이들 개고기 안 먹십니더."

"그럼, 에미한테나 줘라."

"에미도 안 먹십니더."

"그래도 가지고 가봐라."

"중국에서 아버지 만나뵀심더."

나는 어머니의 표정을 살폈다.

"그래? 건강하제?"

40년이 넘게 헤어져 있던 남편의 안부를 묻는 말투라기보다 먼 친척 어른의 안부를 묻는 말투였다.

"예, 아주 건강하십니더."

"그노무 영감태기 복도 많지······. 아 참, 에미 줄라고 스웨터 하나 사두었다. 가지고 가거라."

"아버지는 북한에서 결혼해서 잘살고 계십니더."

어머니가 이미 알고 있는 사실이지만 다시 얘기해주었다.

"애들한테도 뭐 사주어야 되겠는데, 뭐가 좋을 꼬······."

"아들만 셋이 있고요."

이것도 이미 아는 사실이지만 덧붙였다.

"공책하고 필통 사줄까?"

동문서답을 하는 어머니가 얄미웠다. 다음 순간 지갑에 넣어둔 아버지의 북한 가족사진이 생각났다. 드디어 어머니의 콧대를 꺾어놓을 기회가 왔구나, 드디어 어머니의 가슴에 못을 박을 수 있겠구나, 하고 나는 속으로 쾌재를 불렀다.

"아버지의 북한 가족사진 보여드릴까예?"

"필요 없다. 집어치라."

나는 지갑 속에 있는 사진을 꺼내 딴청을 부리고 있는
어머니 앞으로 내밀었다. 사진에 시선을 주지도 않은 채
일어나려는 어머니의 팔을 잡고 사진을 어머니 턱밑으로
들이밀었다. 어머니는 사진을 힐끔 본 다음 얼른 시선을
다른 곳으로 돌렸다. 나는 어머니 앞 테이블 모서리에
사진을 내려놓았다.

잠시 후 어머니는 사진을 집어 들었다. 사진을 바라보
는 어머니의 미간에 깊은 주름이 잡히더니 사진을 든 손
이 파르르 떨렸다. 두 어깨가 허물어지듯 내려앉으며 손
에 든 사진이 테이블 밑으로 떨어졌다.

어머니는 어깨를 들먹거리며 킬킬거리기 시작했다. 처
음엔 그것을 어머니 특유의 방정맞은 비웃음으로 여겨
못 본 체, 못 들은 체했다. 다음 순간 어머니의 감은 두
눈에서 눈물이 주르륵 뺨을 타고 흘러내렸다.

어머니가 세상이 두 쪽 나도 아들에게 눈물을 보이지
않을 여자라고 믿어왔기 때문에 얼떨떨해졌다. 어머니는
원피스 주머니에서 손수건을 꺼내 양손으로 얼굴을 감쌌
다. 그러고는 테이블 위에 엎어지듯 꺼꾸러지더니 조용
해졌다. 어머니의 어깨가 처음에는 조용히, 그러다가 곧
격정적으로 흔들리기 시작했고, 커억커억 하는 울음소리
가 손수건으로 막은 입에서 새어나왔다.

무슨 연유에서인지는 모르나 너무나 어머니답지 않은 행동이었으므로, 나는 혹시 그것이 근래에 얻은 어머니의 주사(酒邪)일지도 모른다는 생각을 하며 멍하니 앉아 있었다.

"그 여자가 누군지 아나?"

울음을 조금 가라앉힌 어머니가 불쑥 말했다.

"니 아버지가 새장가 든 여자 말이다."

내가 잠자코 있자 어머니가 다시 말했다. 어머니는 테이블에 엎드린 상체를 들더니 바닥을 두리번거리다 사진을 다시 집어 들었다. 사진을 두 손으로 잡고 잠시 보더니 내가 말릴 사이도 없이 갈가리 찢기 시작했다. 그러면서 어머니는 주위도 아랑곳하지 않고 정신 나간 여자처럼 울부짖기 시작했다.

"영감태기가 미쳐도 단단히 미쳤지. 선생이라는 작자가 동료 여선생을 꼬셔가지고…… 사상운동은 무슨 노무 사상운동…… 아이구야 사상운동 좋아하네…… 순진한 여선생 꼬셔가지고 사상운동한다 카고 데리고 다니다 가족 다 팽개치고, 함께 도망간 게 사상운동이가…… 세상이 우예 이리 무심할꼬? 그런 영감태기가 버젓이 살아 있다니……."

어머니는 다시 엎드려 통곡하기 시작했고 손님들의 놀

란 시선이 우리에게로 쏠렸다. 어머니의 통곡은 그칠 줄 몰랐다.

모든 사람들의 시선이 어머니에게 쏠렸다. 그것은 측은한 시선이었다. 내가 어머니에게 보내는 시선도 측은한 눈길이기를 바랐다.

다음 순간, 어머니를 가리켜 불쌍한 여자라고 한 아버지의 말이 상기되었다. 어머니가 울음 속에 한 말이 사실이라면, 지금 와서 그 말이 사실인지 아닌지는 나에게는 상관없는 일이지만, 여하튼 어머니는 세상의 누구보다도 불쌍한 여자라는 생각이 들었다.

"그 여자는 3년 전에 죽었십니더."

나는 어머니가 분명히 알아듣도록 말했다.

어머니의 통곡이 잠시 주춤하더니 이번에는 더 서럽게 울기 시작했다. 잠시 후 통곡이 끝나더니 혼잣말처럼 중얼거렸다.

"우째 그리 험한 팔자를 타고났을꼬……."

나는 어머니의 말을 신세한탄으로 알아들었다. 잠시 후 어머니는 손수건으로 눈물을 닦아내며 중얼거리듯 말했다.

"그 여자 말이다."

순간 나는 내 귀를 의심했다. 그 여자란 3년 전에 죽은 여인을 가리킴이 분명했다. 어머니는 그 여인을 이미 용서한 것일까? 아직 용서까지는 모르겠지만, 어머니는 그 여인의 처지를 가엾게 여기는 게 분명했다. 나는 어머니가 더욱 측은하게 여겨졌다.

나는 오른손을 내밀어 어머니의 손을 쥐어주었고, 어머니는 내 손에 눈물 젖은 뺨을 살그머니 갖다대었다. 이때까지 어머니가 보인 행동 중에서 가장 여성스러운 행동이었다. 그런 상태로 우리 모자는 한참 동안 아무 말 없이 앉아 있었다.

잠시 후 어머니는 고개를 들더니 눈물을 닦은 손수건으로 코를 '헹' 하고 풀었다. 나는 마음이 놓였다. 어머니가 코를 '헹' 하고 풀 때면 기쁨, 슬픔, 분노 할 것 없이 어떤 감정이라도 끝장을 보게 마련이었다.

"야들아, 고기 싸라 카는 거 우째 됐노?"

어머니는 조금 전까지 통곡한 여자라고는 도저히 믿어지지 않는 태도로 주방 쪽에다 대고 소리쳤다.

나는 속으로 미소 지었다. 전쟁의 재앙을 포함해서 세상의 어떤 재앙이라도, 남편의 배신을 포함하여 세상의 어떤 배신이라도 어머니라는 여자의 가슴속에서는 오래 견뎌내지 못하리라는 생각이 들어서였다.

가족들과 같이 며칠 후 다시 찾아뵙겠다 약속하고 어

머니와 헤어졌다. 택시에 올라타 시동을 걸고 미터기를 철컥 꺾었다. 빈 차로 가느니 이왕이면 서울행 승객을 태우고 가 수입을 올릴 작정이었다. 사실 나는 지금 과거 어느 때보다 돈이 필요했다. 오늘 밤도 여느 날 밤과 같이 내가 중국에 다시 가 아버지를 만나 뵙고 내가 전해주는 돈을 받아 쥐며 기뻐하시는 아버지의 모습을 꿈속에서 뵐는지 모른다.

그러나 오늘 밤은 다른 꿈을 꾸고 싶다. 미래 한 시점, 우리 세 식구가 한자리에 모인 데서 아버지가 어머니에게 용서를 구하고, 어머니는 코를 '횅' 하고 푼 다음에 아버지를 용서하는 꿈이다. 세월의 흐름이 망각을 불러일으키지 않는다면, 세월의 흐름이 용서를 동반하지 않는다면, 그리고 그것이 새로운 미래를 받아들이지 않는다면, 세월의 흐름은 죽음을, 한 서린 죽음을 맞이할 뿐이라는 것을, 나는 몰랐지만, 어머니는 당연히 알고 계실 것이다.

234

유언

전쟁은 수많은 순진한 젊은이들의 생명을 앗아갔거나 일생을 망쳐놓았다. 전쟁이 끝난 지 20여 년 후 스무 살이 된 딸을 북한에 홀로 남겨둔 채 남한에서 생명을 끝내야 했던, 당숙의 한 많은 일생이 내가 쓴 소설 속에 담겨졌다.

당숙의 딸은 이제 40의 나이에 들어섰으나 아직도 아버지의 체취를 잊지 못해 괴로워하고 있을지도 모른다.

1

멀리서 들려오는 자동차 소리 외에는 세상의 모든 것이 잠든 이 시간, 나는 곤히 잠든 아내를 깨우지 않으려고 살그머니 침대에서 빠져나와 아이들의 방으로 갔다. 잠결에 멋대로 차내버린 이불을 다시 덮어주고, 아이들의 고른 숨결을 들으면서 나는 하루 내내 잊고 지냈던 마음의 평화를 다시 찾았다. 그래서 내게는 이 시간이 더없이 소중하다.

아이들의 자는 모습을 보노라면, 낮 동안 세상 사람들이 떠들어대는 모든 것…… 명예·부·권력·사상·투쟁·정의·조국 따위의 허망한 단어에서 성큼 빠져나올 수 있었다. 그리고 그 순간은, 치열한 경쟁 속에 낮 시간을 보내야 하는 순진한 아이들이 아직까지는 치유할 수 없는 상처를 그다지 입지는 않았다고, 나에게 확인시켜주는 때이기도 하다.

아이들의 자는 모습은 나에게 세정제와도 같다고 할 수 있다. 하루종일 몸에 묻은 먼지를 뜨거운 샤워와 비누 거품으로 씻어내듯이, 낮 동안 복잡해진 머릿속을 말끔히 정리해주는 것이 바로 아이들의 고른 숨결이기 때문이었다. 그래서 나는 한밤중에 한 번씩 일어나 아이들의 방을 드나드는 버릇이 생겼고, 그래야 평안한 마음으로 다시 잠이 들 수 있었다.

그러나 오늘 밤은 여느 날 밤과 달랐다. 침실로 가서 평안한 마음으로 잠을 청하는 대신, 나는 서재에서 원고지를 마주하고 앉았다. 잠을 청해도 잠들 수 없으리라는 것을 알고 있었다. 그러나 웬일인지 갑자기 머릿속이 텅 비어버린 듯 단 한 줄의 글도 떠오르지 않았다.

나는 주방으로 가 스카치 위스키를 넉넉히 따른 후 한 모금 쭉 들이켰다. 짜릿한 알코올이 식도를 훑어 내려가면서 금세 속이 후끈해져 오는 것 같았다. 잔을 든 채 응접실로 나와 담배 한 대를 불 붙여 물고 소파에 앉았다. 한 모금 폐부 깊숙이 빨아들인 다음 '후' 하고 어두컴컴한 허공에 내뿜었다.

나는 오늘 밤 쓰지 않으면 잠을 잘 수 없다는 것을 알고 있었다. 오늘 오후에 우형섭 씨와 만났던 일이 나를 끈질기게 물고늘어졌기 때문이었다. 술잔을 들고 다시 서재로 가 책상에 앉은 후 원고지를 끌어당겨 한칸 한칸 메워나가기 시작했다.

오후 3시에 시작된 동료 문인의 문학상 시상식에 참석하고 난 후 저녁 7시경에 마련된 축하 파티 시간까지 마땅하게 보낼 곳이 없어 집필실로 쓰는 자그마한 오피스텔에 들렀다.

누군가 집필실 문을 두드리는 소리에 나는 얼른 일어나 문을 열었다. 오피스텔 건물 수위가 쪽지를 내밀며 말했다.

"한 시간 전쯤 어떤 할머니가 선생님에게 전해주라며 이 쪽지를 남겨두고 갔습니다."

가까운 동료 문인이나 내 책을 출판하는 출판사 이외에는 집필실 전화번호를 알지 못하므로, 나에게 급하게 전할 말이 있는 사람의 경우 집필실을 직접 방문하는 일이 종종 있었다. 나는 별 관심을 갖지 않고 자리에 앉아 쪽지를 펴보았다.

만난 적도 없는데 실례가 될지 모른다는 인사치레 말과 함께 아래에 적힌 전화번호로 연락해달라는 내용 밑에 마지막으로 '우형섭 올림'이라고 적혀 있었다. 우형섭이라는 이름이 생소했으나, 알지 못하는 문인들이 과거에도 가끔 연락해온 일이 있어 나는 곧 전화 버튼을 눌렀다.

"여보세요."

젊은 여자의 목소리가 들려왔다.

"우형섭 씨 계십니까?"

"계시기는 한데요……."

"그럼, 좀 부탁드립니다."

"우형섭 씨는 많이 아프셔서 전화를 받을 수 없고요. 보호자가 잠깐 자리를 비웠네요."

젊은 여자가 잠시 머뭇거리다 말했다.

"실례지만 누구신가요?"

"저는 옆 환자 가족이에요."

"죄송하지만 우형섭 씨 보호자가 들어오시면 저한테 전화 걸어달라고 전해주시겠습니까?"

나는 내 이름과 전화번호를 알려준 후 병원 이름을 확인하고서 전화를 끊었다. 그런데 왠지 이상한 느낌이 들었다. 전화를 받을 수 없을 정도의 중환자가 급히 연락을 취해달라 부탁한 것도 예삿일이 아니었고, 게다가 그 중환자는 생면부지의 사람이었다. 호기심 때문에라도 우형섭이라는 사람의 전화를 기다려보고 싶었다. 그러나 미운 털 박인 놈 신세를 면하려고 축하 파티에 참석하여 얼굴이라도 내밀고 횡설수설너스레를 떨며 그날 밤을 보내야 한다는 것을 알고 있었으므로 책상 위에 널브러진 원고지를 대강 정리하고 집필실 문을 막 나서려고 하는데 전화벨이 울렸다. 나는 책상으로 뛰어가 송수화기를 들었다.

"홍 선생님 계십니까?"

나이 든 여자 목소리가 전화선을 타고 전해왔으므로 나는 바짝 긴장했다.

"네, 전데요."

"전화로 실례합니다. 다름이 아니라 바깥양반이 우형섭 씨인데, 선생님과 전화통화를 하고 싶어해서요……. 잠깐만 기다리세요."

잠시 후 노인의 힘없는 목소리가 들려왔다.

"홍 선생, 홍 선생이 쓴 소설 잘 읽었습니다. 저는 영희의 외삼촌 되는 사람입니다."

240

"네? 누구요?"

"홍영희 말입니다."

그때서야 나는 수년 전 발표된 나의 첫 장편소설을 떠올렸
다. 그 장편소설이 출간되고 얼마 지나지 않아, 소설의 주인
공은 1960년대 중반에 간첩으로 남파된 나의 당숙을 모델로
한 것이며, 당숙이 북에 두고 온 딸이 북한의 대표적인 영화
〈꽃파는 처녀〉의 주연을 맡은 홍영희로서 현재 인민배우로
북한에서 활약하고 있다는 사실이 지상에 보도된 적이 있었
다.

"빠른 시일 내에 잠깐 만나뵈었으면 해서요."

노인이 다시 말했다.

"……."

나하고 일곱 살 터울이 지는 당숙은 서울에 온 즉시 가족 어
른들의 설득으로 '강제 자수'를 당한 후 1980년대 초 위암으
로 세상을 떠날 때까지 거의 15년간을 친형제보다 가까이 지
낸 사이였다. 할 말 안 할 말 가리지 않고 서로의 마음을 털
어놓은 사이였으나, 이북에 두고 온 당숙모의 오빠가 이곳에
있었다는 얘기를 들은 적이 없었으므로, 나는 몹시 당황하여
꿀 먹은 벙어리처럼 아무 말도 못했다.

"내가 찾아뵈어야 하지만 병든 몸이라……."

"아니에요, 제가 찾아뵙지요. 언제가 좋으실지……."

"지금도 괜찮은데…… 워낙 병세가 악화되어서……."

"네, 지금 찾아뵙지요."

"내자를 정문 옆 길다방에서 기다리게 하지요."

"네, 알겠어요."

나는 전화를 끊자마자 동료 문인의 수상축하 파티는 포기하고 병원으로 가기 위해 오피스텔을 나섰다.

2

콜록콜록하는 기침 소리에, 나는 원고지 속에 파묻었던 고개를 들었다. 마흔이 다 되어서 둔 열두 살 난 막내딸이 감기가 들어 병원에 다녀왔다는 아내의 말이 떠올랐다.

자리에서 일어나 딸 방으로 갔다. 문을 살그머니 열고 침대 옆으로 다가가 딸의 얼굴을 내려다보았다. 딸은 언제 기침을 했냐는 듯 아름다운 꿈이라도 꾸고 있는지 미소마저 띠고 있었다. 마음이 놓여 이불을 목까지 올려 덮어주고 이불 위에 팽개쳐진 동화책을 책상 위 책꽂이에 꽂았다.

그러고 나서 책꽂이 옆 지저분한 벽에 눈길을 주었다.

아니, 결코 지저분한 것이 아니었다. 매우 아름다운 것이었다. 긴 드레스와 긴 머리를 한, 딸의 전매특허인 눈에 익은 공주의 그림이 연필로 그려져 있었다.

벽에다 낙서를 한다고 딸에게 종알종알대던 아내는 모르는 것이 있었다. 그런 순수한 마음의 표현은, 특히나 공부하라고 책상 앞에 앉혀놓으면 공부 대신 책상 옆 벽에다 공주 그림을 그릴 수 있는 여유가 있다는 것은, 딸이 정서적으로 안정돼 있다는 증거라는 것을 아내는 깨닫지 못한 듯했다.

나는 그런 딸이 한층 귀엽게 여겨져 다시 침대 옆에 꿇어앉았다. 잠자는 딸의 이마와 볼에 살그머니 입을 갖다 댔다. 딸만이 낼 수 있는 독특한 향내가 한없이 좋았다.

침대 옆을 떠나 나오려는 순간, 나는 멈칫하고 말았다. 내 소설 속의 당숙과 당숙의 딸이 헤어지는 장면의 묘사가 뇌리를 퍼뜩 스쳐갔기 때문이다. 더구나 내 딸의 나이가 당숙의 딸이 당숙과 헤어진 나이와 같은 열두 살이라는 사실을 깨닫자, 갑자기 당숙이 그때 느꼈을 고통이 가슴속을 파고 들어오는 듯했다.

아니다. 말을 고쳐야 할 것 같다. 내가 잠시나마 어떤 고통을 느꼈더라도 그 고통은 당숙이 실제로 느꼈을 고통의 아주 작은 부분에 지나지 않았을 것이다. 그러나 그 순간 내가 느낀 고통도 견딜 수 없을 정도였다. 고통만이라면 그래도 견딜 수 있었을지 모른다. 거기에는 분노도 섞여 있었다. 도대체 어떤 자들이 당숙에게 그런 고통을 줄 권리가 있단 말인가?

나는 침대 옆에 선 채로 희미한 달빛이 비춰주는 딸의 자는 모습에 시선을 주었다. 열두 살의 순진한 딸이 아버지와의 생이별을 하게 되었다는 사실을 알았을 때 무슨 생각을 했을까?

50을 넘어선 나인데도 눈물이 뺨을 타고 주르륵 흘러내렸다. 응접실로 나오는 동안 소설 속에서 당숙과 딸이 마지막으로 이별하는 장면이 머릿속에 또렷이 그려졌다. "지숙이는 감기 들어서 일찍 잠들었어요." 남파되기 전날 밀봉교육을 끝내고 아파트로 들어서는 남편에게 아내가 한 말…… 딸의 방으로 들어가 딸의 자는 모습을 한참 내려다보는 아버지…… 엎드려 자는 딸을 똑바로 누이고 이불을 잘 덮어준 후 딸의 볼에 오래도록 머물렀던 아버지의 입술…… 흐느낌을 참으며 그 광경을 보고 있는 아내…… 그의 품에 안겨 "울어서 미안해요, 울어서 미안해요"라며 흐느끼는 아내…….

물론 이 장면은 나의 상상에서 나온 것이다. 나는 당숙에게 묻지도 않았고 당숙은 나에게 이야기해주지도 않았다. 그것은 세 사람이 평생 동안 지녀야 할 그들만의 소중한 비밀이었다.

나는 얼른 서재로 갔다. 책상 위에 놓인 술잔을 들어 한 모금 마시면서 다시 펜을 잡았다.

우형섭 씨와 통화를 끝낸 후 어떻게 집필실을 나왔는지, 택시가 번잡한 사거리의 신호등에 멈춰섰을 때에야 정신을 가다듬을 여유가 생겼다. 우형섭 씨가 정말로 당숙이 북에 두고 온 아내의 오빠 되는 사람일까? 내가 당숙으로부터 당숙모의 성을 들은 적도 없고, 당숙의 처남 되는 사람이 남한에 있다는 얘기도 들은 적이 없었다. 시간이 흐르면서 의문은 점점 더 쌓여갔다.

소설 내용과 현실 간에 다른 점 몇 가지를 그에게 질문해보면 그의 말이 진실인지 쉽게 확인할 수 있으리라는 생각이 문득 들었다. 내가 당숙으로부터 들은 바로는 이북에 있는 당숙모가 소설 내용처럼 배우가 아니고 개성 출신의 평범한 주부였으며, 남파될 당시 소설 내용처럼 평양이 아니라 실제로는 개성에 살고 있었다.

그 사람이 만약 내 소설에 대해 보도된 기사를 읽고 내 연락처를 알 수 있다 하더라도, 이북에 있는 당숙모의 친오빠라면, 왜 지금에 와서야 나에게 급히 연락을 취하는 것일까?

그 이유도 쉽게 납득되지는 않았다. 전화를 받는 것조차 힘들어하는 상태로 봐서 병세가 꽤 위독한 상태인 듯한데 무슨 말을 전하려는 것인지…….

내가 탄 택시는 동대문운동장을 막 지나고 있었다. 야구장이 시야에 들어오면서, 야구장을 뻔질나게 들락거렸던 고등학교 시절이 기억났다. 순진하기만 했던 그 시절이 몹시 그리워졌다.

택시가 동대문 로터리를 돌아가는 순간 퍼뜩 이상한 느낌이 들었다. 우형섭이라는 사람이 실제로 내 당숙모의 오빠가 아니고 북의 정보기관과 관련 있는 사람일지도 모른다는 느낌이었다. 방금 전 그가 전화를 건 곳이 서울대학교 병원이라는 게 확인되지도 않았고, 특히나 만나는 장소를 그쪽에서 다방으로 정했다는 사실이 께름칙했다.

6개월 전 어느 날 안기부 직원으로부터 모르는 사람이 연락하면 만나기 전에 꼭 자기들에게 알려달라는 부탁을 받았다. 그들은 나의 신변보호를 위해서라고 말했다.

그때 왜 안기부 직원으로부터 그런 부탁을 받았는지에 대하여 좀 더 자세히 설명해야 될 것 같다.

지난해 말경, 뉴욕에서 거행되는 남북영화제에 북한의 지폐에 실릴 정도로 유명한 인민배우인 당숙의 딸이 참석한다는 기사를 읽었다. 남한 대표가 서울을 출발하기 나흘 전, 나는 단장을 만나 대표팀의 일원으로 참가하기를 요청했다. 안기부로부터 모든 단원이 이미 북한인 접촉 허가를 받았으므로 시간적인 여유가 없다는 말에, 나와 당숙의 특별한 사연을 이야기해주었다.

단장은 그 당시 뉴욕 주재 교포 중 좌경인사들이 영화제를 주관한다는 이유로 취재를 거부했던 유력 일간지의 동행 취재를 유인할 목적으로 그 신문의 기자에게 나의 존재를 흘려주었다. 결국 나는 남한 대표팀과 함께 뉴욕으로 떠날 수 있었다.

그런데 일이 꼬이기 시작했다. 그 일간지 기자는 3년 전 찍은 나의 사진과 당숙의 딸이 실린 북한 지폐를 곁들여 이곳을 떠나기 전에 미리 거창한 기사를 써놓았고, 그 기사는 남북영화제 개막 전날 대서특필되었다.

거기다가 신문기사를 읽은 텔레비전 방송국 기자의 집요한 요구에 못 이겨, 북측의 반응이 호의적이라고 판명될 때 방영한다는 조건으로 마지못해 응한 인터뷰가 다음날 보도되어버렸던 것이다.

사실 그 당시 내가 대표단의 일원으로 동행하려 했던 이유는 당숙의 딸을 남모르게 만나, "당숙이 남한에서 매우 성공했고, 몇 년 전 위암으로 돌아가셨다. 돌아가시기 전까지 당숙은 북에 둔 가족을 한시도 잊은 적이 없었다. 그리고 남한에 있는 가족들은 잘 지내고 있다"는 말을 전하고 싶었기 때문이었다.

그리고 또 남북 합작영화의 가능성이 지상에 보도되었으므로, 솔직히 말해 분위기가 허락하면 내가 쓴 소설을 남북 합작영화화하는 작업도 제의해보겠다는 생각이었다.

"내가 돌아가신 네 아버지를 소설 속에서 숨쉬게 했다. 이제는 영화 안에서도 숨쉬게 하자. 네가 어머니 역할을 해다오. 한 편의 영화로 분단의 아픔을 일깨워 통일을 앞당기는 역할을 하자. 남측은 내가 설득할 터이니 북측은 네가 맡아다오"라는 것이 내가 그녀에게 제의할 내용이었다.

하지만 나와 그녀의 기사가 대서특필된 이후, 내가 동행 기자들의 취재경쟁의 초점이 되었으므로 사실상 나와 그녀의 만남은 불가능해졌다. 테러 집단으로 규탄을 받는 북한이 그들이 자랑하는 간판 스타의 아버지를 간첩으로 남파했다는 사실을 미국에서 인정할 리도 없고, 오히려 그녀의 입장만 난처해질 뿐이라는 결론을 내렸다. 그리고 무엇보다 분단 후 처음으로 이루어질 남북 영화인들의 만남조차도 무산될 위험에 직면했다.

나는 그날 저녁 회합에서, 북한측 반응을 알게 된 주최측의 딱딱해진 분위기를 감지할 수 있었다. 주최측뿐만 아니었다. 남한측 영화인들의 눈초리도 차가웠다.

문득 내가 책을 팔아먹기 위해 생면부지의 육촌동생을 이용하는 파렴치한으로 보여질지도 모른다는 생각이 들었다. 나는 숨이 막힐 것 같았다.

그날 저녁 나는 새벽까지 타임스 스퀘어를 혼자 거닐며 곰곰이 생각해보았다. 책을 팔아먹기 위한 것은 아니었을지라도, 내가 쓴 책이 더 많은 독자와 만날 수도 있으리라는 기대가 무의식 한구석에 숨어 있었을지 모른다는 생각이 들었다. 나는 서울에 가서 가족을 대하기조차 두려워졌다.

여명이 광장의 지저분함을 드러내기 시작할 때, 나는 내가 할 수 있는 최선의 일이란 나 혼자 그곳을 떠나는 것이라는 결론을 내렸다. 나는 호텔에 돌아와 체크아웃한 후 아침 8시가 되기를 기다렸다. 그러고는 기자들을 전화로 불러 "나와 연루된 일이 남북 영화인들 모임의 초점을 흐린다"는 이유를 내세워 그곳을 떠나버렸다.

서너 시간쯤 후 태평양 상공을 나는 비행기 안에서 나는 외롭고 처량한 인간이 되어 있었다. 바로 이틀 전 같은 비행기 안에서 와인 몇 잔을 걸친 후, 그녀를 뉴욕의 최고급 백화점에 데리고 가 선물을 사주고 그녀가 기뻐하는 표정을 상상하며, 열두 살 소녀가 4반세기 동안 가슴속에 지녀온 이별의 슬픔을 하루저녁에 풀어보겠다는 생각에 나는 가슴 뿌듯함을 느꼈다. 그때의 순진함이란! 그 순진함은 동화 속 어린 소녀의 순진함 같은 것이었다.

"현실을 있는 그대로 보고 왜 이런가라고 묻기보다, 한 번도 없었던 일을 상상하고 왜 이럴 수 없느냐고 묻겠다"는 말을 되새기며 이틀 전 비행기를 탔던, 어린 소녀의 마음 같았던 쉰 살 먹은 사내…….

왜 그토록 어리석었을까? 나는 나 자신에게 묻지 않을 수 없었다.

순간 나는 고독 속에서 소설과 씨름하며 보낸 오랜 세월이 나를 놀랍게 변모시켰다는 사실을 깨달았다. 내 딴에는 산전수전 다 겪으며 50년 인생을 보냈다고 자부하고 있는 터였지만, 나 자신의 정신상태는 계모 슬하에서 구박받으며 자라온 어린 소녀의 그것과 비슷하다는 느낌을 지워버릴 수 없었다. 그 소녀처럼 나는 하늘하늘해져 언제 깨질지 모르는 연약한 감성을 지니고 있었다. 왜 그렇게 되었을까?

자신이 작중인물이 되어 살면서 작중인물의 고통을 응축된 시간 동안 고스란히 고독 속에 견디어내야 했던 생활의 연속…… 별것 아닌 것 같아 보이는 다른 작가의 작품에 주어지는 찬사에 반해 자신의 소설이 받는 문단으로부터의 소외에 대한 끓어오르는 분노…… 자신이 쓴 소설의 일부분을 되새기며 눈물을 질금질금 짜는 쉰 살 남자에게 끊임없이 찾아오는 공포…… 아무 쓸모도 없고 어떤 감동도 주지 못할 소설을 쓰면서 혼자만 도취되어 있을지도 모른다는 불안감에서 벗어나보려는 몸부림…….

이 모든 것이 나로 하여금 어린 소녀의 그것과 같이, 하늘하늘해져 언제 깨질지 모르는 감정상태를 갖게 했음에 틀림없었다. 아마 그런 감정상태로는 현실세계를 감당할 수 없었으리라. 그래서 나는 동화 속 세계를 탐닉했는지도 몰랐다.

그러한 동화 속 세계에서 현실세계로 나를 잔인하게 끄집어낸 것은 바로 뉴욕에서의 그때 그 사건이었다. 그리고 그러한 현실세계에서, 나는 소설쓰기를 포기해야겠다는 생각까지 해보았다.

그러나 창작의 진수를 맛본 나로서는 어떤 다른 일을 하더라도 행복해질 수 있을 것 같지 않았다. 나는 글을 쓰는 순간만큼은 나 자신이 모든 속박으로부터—과거로부터, 죄의식으로부터, 인생의 허무함으로부터—해방될 수 있다는 사실을 온몸으로 느낄 수 있었다. 그리고 그 해방감은 한번 경험한 이상 포기할 수 없는 성질의 것이었다. 그 순간적인 해방감은 나에게 완벽한 자유의 가능성을 제시해주었다. 창작에서 오는 희열의 순간들…… 그 순간들이 주는 숨막히는 자신감…… 드디어 손아귀에 넣을 수 있는 완벽한 자유…… 그래서 나는 다시 글을 쓰기 시작했고, 지금도 회의와 절망의 쌍곡선 위를 위태롭게 줄타기하고 있는 것이다.

귀국 후 나는 안기부로부터 남몰래 뉴욕에서 그녀를 만난 것이 아니냐는 추궁에 시달렸고, 남북영화제를 주최한 교포들로부터는 안기부의 사주를 받아 영화제 주최측을 곤경에 빠뜨리려 했다는 의심을 받았다.

더욱 충격적인 일은, 신문기사를 통해 내 소설을 읽게 된 남한의 당숙모가 보인 반응이었다. 나는 소설 속에서 남북 이산의 아픔을 극대화하기 위해 당숙모를 악녀로 묘사할 수밖에 없었다. 이에 상처를 받아 남한의 당숙모가 보인 반응은 나의 심장을 송곳으로 쑤시는 것과 같았다.

3

"뭘 하고 계세요?"

나는 등뒤에서 들려온 아내의 목소리에 깜짝 놀랐다. 원고지에서 눈을 떼고 뒤를 돌아보았다. 아내가 잠이 덜 깬 눈을 휘둥그레 뜨고 잠옷 바람으로 서 있었다.

"아니야, 아무것도 아니야."

나는 얼버무리며 자리에서 일어나 아내에게로 갔다.

"지금이 몇 신데 벌써 일어났어요?"

아내는 4시를 가리키는 벽시계에 눈길을 준 후, 시선을 점차 책상 쪽으로 옮겨 그곳에 놓인 술잔에 멈추었다. 나를 근심 어린 표정으로 올려다보고는 다시 말했다.

"무슨 고민이 있어요?"

"아니야. 그냥 소설 구상이 문득 떠올라서……."

"소설 구상은 내일 해도 돼요. 그냥 자요."

"알았어."

아내의 어깨를 감싸고 침실로 들어와 침대에 누웠다. 눈을 감고 파도가 출렁이는 망망한 대해와 낙엽이 소복이 쌓인 심심유곡을 그려보았다. 그래도 잠이 올 것 같지 않아, 딸의 잠자는 모습, 천진난만하게 웃는 모습, 뾰로통하게 화난 귀여운 모습을 머릿속에 그려보았다.

그래도 정신은 점점 맑아지고 오후에 있었던 노인과의 만남이 내 눈앞에 점점 다가왔다. 하나밖에 없는 여동생이 이북에 잘 있을 거라는 노인의 믿음이 사실이 아님을 깨닫게 되자, 깊은 고통이 내 가슴을 파고들어왔다.

그 순간 비가 억수같이 쏟아지던 어느 여름날 저녁이 상기되었다. 당숙이 남파되어 강제 자수당한 후 자유의 몸이 된 지 3년쯤 지났을 때였다. 당숙이 비에 흠뻑 젖은 생쥐 모양으로 빗물을 떨어뜨리면서 내 방문을 덜컥 열었을 때, 나는 막 이부자리 속에 들어가 잠을 청하려던 참이었다. 무언가 심상치 않은 일이 일어났다는 느낌이 들어 얼른 일어나 불을 켰다.

빗방울이 뚝뚝 떨어질 정도로 물속에서 막 나온 듯
한 당숙은 찡그린 얼굴에 무서운 눈을 하고 있었다. 그
두 눈은 핏발이 서 있어서, 방금 무덤 속의 암흑을 헤치
고 나온 눈동자 같았다. 당숙은 방바닥에 꼬부라지듯 털
썩 주저앉으며 방바닥을 두어 번 손바닥으로 내리치다가
'흐흑흑' 하고 신음과 분노와 울음이 섞인 단말마적인 소
리를 토해냈다. "이거 우짜면 좋겠노, 이 일을 우예하면
좋단 말이고"라며 큰소리로 울부짖었다.

당숙은 무슨 영문인지 몰라 어리둥절해하는 나를 감싸
안고 온몸을 뒤틀기 시작했다.

그때 어머니가 방안으로 들어섰다. 당숙은 어머니를
보고는, "아주머이 우짜면 좋겠십니꺼? 세상에 우째 이
런 일이 일어날 수 있단 말입니껴"라고 울부짖으며 어린
아이처럼 울기 시작했다.

곧이어 뒤따라온 아버지를 보자, 당숙은 무섭게 핏발
선 눈을 치켜뜨며, "형님, 에미 살려주이소, 형님이 에미
살려주어야 되겠심더"라며 아버지에게 대들듯이 소리쳤
다. 아버지는 당숙이 자수하도록 권유한 장본인이었다.

당숙의 울음이 잠시 가라앉아, 무슨 일이냐는 아버지
의 물음에 당숙은 북에 두고 온 당숙모가 자살했다는 얘

기를 오열하며 토해냈고, 누구에게서 들었냐는 질문에 정보부 직원에게서 들었다고 했다.

주마등처럼 내 눈앞을 지나간 그날 저녁의 회상이 이 시점에 이르렀을 때, 나는 누운 자리에서 벌떡 일어났다. 그리고 다시 자리에 털썩 누우면서 "망할놈들. 저쪽은 순한 양을 단칼에 목 베었고, 이쪽은 야생마에 치명적인 상처를 입혀 고통 속에 들판을 헤매다 쓰러지게 했구나"라고 속으로 중얼거렸다. 눈을 감았으나 화가 치밀어 잠이 들기는커녕 그대로 누워 있기조차 힘들었다. 그래도 아내를 생각해 자는 체하고 있었다.

"어떤 구상이 떠올랐어요?"

벽 쪽으로 돌아누운 아내가 벽을 향해 말했다.

"만약…… 만약 말이야, 나하고 생이별을 했다고 가정해봐. 그래서 남은 인생 동안 당신과 애들만 살아야 한다고 가정해봐."

"뭐라고요?"

아내는 후닥닥 일어나 앉으며 나를 뚫어져라 쳐다보았다. 나는 아내의 반응에 깜짝 놀라 덩달아 일어나 앉았다. 잠시 후 아내의 행동을 이해한 나는 차근차근 설명해주었다.

"오해하지 마. 우리 이야기가 아니야. 당숙이 북한에

두고 온 아내의 이야기야."

"그런데 왜요?"

"그녀가 북한에서 자살한 이유를 생각하고 있었어. 당신한테도 내가 얘기했지?"

"그래요."

아내는 우리의 이야기가 아니라는 데 안심한 듯 다시 자리에 누웠다.

"그런데 말이야, 당신한테 한 가지 물어볼 게 있어……. 아직 어린 딸을 둔 당숙모가 무슨 이유로 자살을 했을 것 같아?"

아내는 한참 동안 아무 말이 없었다. 나도 다시 자리에 누웠다. 공연히 어려운 질문을 던진 것이 후회스러웠다.

"당숙이 남한에서 결혼했다는 사실을 알고 자살하지 않았을까요?"

아내가 내뱉는 말에 나는 뜨끔했다.

"당숙이 이곳에서 결혼했다는 걸 북한에 있는 당숙모가 어떻게 알 수 있어?"

"저쪽 정보기관에서 몰랐을까요?"

내 질문에 아내가 또 다른 질문으로 답했다.

여자의 예민함이란! 남편이 쓴 소설도 정독을 하지 않는 아내에게조차 그 점은 예외가 아니라는 느낌이 퍼뜩 들었다.

"통일이 몇 년 안에 이루어질까요?"

어둠 속에서 아내의 말이 다시 들려왔다.

"글쎄…… 쉽게 되겠어?"

"아버지는 북한에 있는 고모님 두 분이 아직 살아 있다고 믿고 있어요."

아내가 여든에 접어든 장인 얘기를 독백처럼 말했다.

"그리고 통일이 돼 만날 수 있으리라 생각하고 계세요."

"고모님 연세가 어떻게 되셨는데?"

"70대 노인이래요."

나는 아무 말도 하지 않았다. 나는 장인이 북한에 두고 온 두 여동생을 생전에 만날 가능성이 있다고 생각지 않았다.

얼마 후 아내의 고른 숨소리가 들려오자 나는 이불 속에서 살그머니 빠져나왔다. 서재로 들어가 책상 앞에 앉아 스탠드 불을 켰다. 그리고 원고지를 끌어다놓았다. 한참 동안 멍청히 흰 원고지만 쳐다보다가 책장에서 당숙을 모델로 한 소설을 꺼냈다.

남파되는 날 새벽에 평양시의 예술가 아파트에서 있었던 당숙과 당숙모 사이의 대화 부분을 찾아 그것을 읽기 시작했다.

"자는 거야?"

"아니에요. 더 자요. 아직 시간이 있어요."

"만약…… 나한테…… 무슨 일이 생기면……."

"아무 일도 없을 거예요."

"헤어져 있는 시간이…… 오래되면……."

"그러면 서로가 만날 수 있다는 희망을 가지면 돼요."

"그래도 시일이…… 오래 흐르면……."

"계속해서 희망을 가져요…… 언제고 만날 수 있어
요……. 이 세상이 아니라도 괜찮아요."

그렇다. 지금쯤 그들 부부는 분명히 만났을 것이다.
이 세상이 아니라 저 세상에서 만났음에 틀림없다. 헤어
진 남편을 애타게 기다리는 아내 곁으로 일찍 간 당숙이
오히려 다행스럽게 여겨졌다. 이 세상에서 겪은 당숙의
아내를 향한 그리움은 죽음보다 더한 고통이었다는 것을
나는 잘 알고 있었다.

나는 책장을 넘기다 어느 한 페이지를 다시 읽기 시작
했다. 헤어진 북쪽의 가족을 향한 당숙의 처절한 고통이
형상화된 대목이었다.

정사용은 혼자 있을 때의 우울함을 보상이라도 하듯 여러 사람과 무턱대고 쾌활한 척 지껄였다. 우스갯소리도 들은 대로 써먹고, 쓸데없이 웃어대는 마음씨 좋은 아저씨 역할을 톡톡히 해냈다. 그러한 역할은 친구 앞에서, 친척이 모인 곳에서, 사업 동료와 함께…… 장소와 상대를 구별하지 않았다.

그러나…… 그러나 아무리 노력해도 어쩔 수 없을 때가 있었다. 쏟아지는 빗소리를 듣는 깊은 밤이면, 슬픔이 가슴을 짓눌러왔다. 빗소리에 놀라 깬 딸을 껴안고 날이 새기를 기다리는 최영실의 모습이 그의 눈앞에 어른거렸다. 그럴 때면 가슴을 천천히 짓누르는 슬픔보다 차라리 가슴을 찢는 아픔이기를 바랐다.

이 구절은 내가 옆에서 본 당숙의 말없는 고통을 나름대로 글로 옮겨본 것이었다. 과연 어떤 글이 당숙의 고통을 제대로 담아낼 수 있겠는가!

지금쯤 그들 부부가 만나 가슴에 쌓여 있는 회포를 풀어낼 수 있는 저 세상이 과연 존재하는지는 모르겠지만, 이제는 당숙이 적어도 그런 고통을 당하지 않으리라는 생각에 한결 마음이 가벼워졌다. 나는 원고지를 다시 메우기 시작했다.

4

서울대학교 병원 앞에서 내려 노인이 알려준 다방이 있는 건
물에 들어섰다. 지하층으로 향하는 계단을 내려가자 다방 문
앞에서 "홍 선생님이세요?" 하고 묻는 70대 중반의 한 부인
과 마주쳤다. 우형섭 씨의 말에 의하면, 이 부인은 북한 당
숙모의 올케 되는 사람일 것이다.

부인의 온화한 첫인상에, 나는 북한과의 관련 가능성을 순간
적으로 배제해버렸다. 그녀는, 바쁘신데 시간을 뺏어서 미
안하다는 인사치레를 했다. 우리는 곧장 병원으로 발길을 옮
겼다.

"우 선생님께서 많이 편찮으신가요?"

"네……."

부인은 미소 속에 말끝을 흐렸다.

우리 두 사람은 병원 구내를 침묵 속에 걸어갔다. 을씨년스
러운 초겨울 바람을 따라 구내를 뒹구는 낙엽을 밟으며 우리
는 병원 건물로 향했다.

병원 문을 열고 들어서자 후텁지근한 난방기 바람과 함께 퀴
퀴한 냄새가 얼굴에 와 닿았다. 왁자지껄한 소음 속에 서성
거리는 사람들의 피곤한 모습이 눈에 띄었다. 그 순간 나는
건강한 몸과 단란한 가정을 가지고 있으면서도 불만에 차 있

었던 나 자신의 오만함을 깨달았다.

부인과 나는 막 문이 닫히려는 엘리베이터에 간신히 끼어들었다. 순간 휠체어에 앉아 있는, 화상으로 일그러진 얼굴을 한 소녀의 모습이 시야에 들어왔다. 인형을 만지작거리는 소녀는 여전히 청순한 미소와 맑은 눈빛을 지니고 있었다. 나는 얼른 그 소녀의 반대편 벽에 시선을 보내었다.

"몇 살이야?"

부인이 소녀에게 묻는 소리가 들렸다.

"열세 살이에요."

"커서 뭐가 되고 싶어?"

부인이 다시 물었다.

"아나운서가 되겠대요."

휠체어 옆에 있던 흰 가운을 입은 의사가 소녀가 답하기 전 얼른 말했다.

"아니야. 아나운서가 아니라 앵커우먼이 될 거야."

소녀의 맑은 목소리가 들려오자 나는 그 소녀에게로 시선을 보냈다. 무거운 공기가 잔뜩 들어찼던 엘리베이터 안에 갑자기 봄기운이 찾아온 듯 모두가 미소를 지었다.

우형섭 씨가 입원한 병실이 있는 6층에서 내려 우리는 긴 복도를 걸어나갔다.

"바깥양반이 오래 못 살 것 같아요……. 오늘 오후 2차 수술을 하긴 하지만……."

부인이 가느다란 목소리로 속삭이듯이 이야기하는 것처럼
말했다.

"무슨 병환이신데요?"

"직장암이에요."

부인이 어느 병실 앞에 섰다. 나는 그녀를 따라 병실 안으로
들어섰다. 문 쪽으로는 아까 전화를 받아주었던 사람과 환자
가 자리하고 있었다. 나는 그들에게 가벼운 목례를 보냈다.
문소리를 들었는지 창문 옆 철제 침대에 누워 있던 노인이
힘들게 몸을 일으키며 나에게 미소를 보냈다. 나는 얼른 침
대로 다가가 노인을 다시 누이며 그의 손을 잡았다.

"바쁘실 텐데 이렇게 갑자기 오라고 해서 미안하오."

노인은 낮은 목소리로 또렷하게 말했다.

"아니에요. 바쁜 일도 없습니다."

부인은 병실 안에 있는 냉장고에서 주스를 꺼내놓았고, 노인
은 머뭇거리는 나에게 한사코 마시기를 권했다. 그녀가 자리
를 피하자 노인이 말문을 열었다.

"전화로 잠깐 말씀드렸듯이 저는 영희의 외삼촌입니다. 할
말은 많지만 간단히 말씀드리지요."

그렇게 시작한 우형섭 씨의 이야기는 대강 이러했다.

6·25전쟁이 발발하기 한 해 전, 당시 열일곱 살인 여동생과

백모를 고향인 개성에 남겨둔 채 형과 둘이서 가족을 데리고 사업차 서울로 왔던 우형섭 씨는 1년 후 전쟁이 터져 여동생과 헤어지게 되었다. 그 해 10월 국군이 북진할 때 개성에 가 보았으나 여동생을 찾을 수 없었고, 1980년대 초 당숙이 느닷없이 자기를 찾아왔을 때까지 여동생의 생사를 모르며 지내왔다는 것이었다. 현재는 형도 세상을 떠나고 형 가족들은 미국에 있으며, 한국에는 자기네 부부만 살고 있다고 했다.

"헤어질 때 정숙이가 열일곱 살이었는데……."

말끝을 맺지 못한 노인의 두 눈이 붉어졌다. 나는 시선을 떨구었다. 노인은 잠시 후 마음을 가다듬고 다시 이야기를 계속했다.

"얼마나 착했던지…… 모친은 이미 돌아가시고 연로한 백모님이 계셨는데, 나와 형님이 서울에 같이 가자고 해도 정숙이가 백모님을 모시겠다고 해서……."

나는 그냥 침묵만 지켰다. 무슨 말을 어떻게 해야 할지 몰랐다.

"그런데 1982년 1월 중순경 영희애비가 불쑥 내 사무실로 찾아왔지요. '형님, 지가 정숙이 남편입니다'라고 말하는 순간 얼마나 놀랐는지 모르오."

노인은 그때를 회상하듯 얼굴에 미소를 지어 보였다. 당숙의 호탕한 성격을 떠올리며 나도 순간적으로 흐뭇한 기분이 되었다.

"제 당숙이 우 선생님께 딸에 대해 얘기했습니까?"

"아니오. 북한에 딸이 있다고는 했지만 배우가 되었다는 말
은 전혀 없었어요. ……홍 선생이 남북영화제에 참석했다는
기사를 보기 전까지는 홍영희가 동생의 딸이라는 사실을 전
혀 몰랐지요. 그 기사를 읽고 미국에 있는 형 식구들에게 전
화를 해 홍영희를 만나라고 했지요. 하지만 기사가 난 이틀
후 홍영희가 미국을 떠나는 바람에 만나지 못했습니다."

우형섭 씨는 조카들이 홍영희를 만나지 못한 것을 몹시 안타
까워했다.

"저도 신문기사가 난 이후 즉시 뉴욕을 떠나 못 만났습니
다."

문득 당숙이 우형섭 씨를 왜 그때서야 찾았는지 궁금해졌다.
그러나 나는 노인에게 묻지 않았다. 남파되기 전 당숙모로부
터 이름 석 자만 전해들은 처남을 찾는 데 10년 넘는 세월이
걸렸으리라고 나름대로 추측해버렸다.

"저희 개성 집은 안채는 한옥이고 바깥채는 이층 양옥으로
되어 있지요. 영희애비가 개성에 식량 책임자로 장기 출장
와서 바깥채에 자취를 하고 있었다고 하더군요."

노인의 목소리에는 힘이 묻어 있었고, 나는 어느 청춘 남녀
의 러브 스토리를 듣는 기분이 되었다.

"영희애비가, 정숙이가 하도 착해 보여 백모님한테 정숙이를 달라고 해서 결혼을 했다고 했소."

나는 그 순간 엉큼한 당숙의 속이 훤히 보이는 듯해 속으로 웃었다. 비밀이라고는 없었을 것 같은 나한테까지, 걸핏하면 음식 솜씨와 사위 사랑을 자랑하던 당숙의 장모는 실제로 장모가 아니고 당숙모의 큰어머니라는 사실을 알았기 때문이었다.

"우리 집안도 개성에서는 뼈대 있는 집안이었소. 할아버지는 진사를 했고…… 영희의 사촌들은 지금 미국에서 잘살고 있소."

노인은 미국 유명 대학교의 교수이거나 의사인 형의 자식들의 근황에 대해 개괄적으로 알려주었다.

"이북에는 가까운 일가친척이 안 계시나요?"

"아무도 없어요. 정숙이를 데리고 왔어야 하는 건데……. 그땐 개성이 삼팔선 이남이었으니, 이렇게 갈라질 줄 몰랐지요."

북에는 친인척이 하나도 없다는 노인의 말을 듣고 나는 갑자기 숨이 막혀왔다. 이북땅에서 피붙이라고는 아무도 없는 혈혈단신이 되어버린 소녀, 당숙의 딸이 떠올랐기 때문이었다. 바로 당숙이 이 세상에 남겨놓은 딸이다.

돌아오지 않는 아버지를 기다리다 지쳤을 때쯤 말을 잃어버

린 슬픔에 찬 어머니와 단둘이서, 웃음에 찼던 과거를 그리
며 그때가 다시 오기를 기다리던 소녀가…… 백지장처럼 흰
얼굴을 한 어머니의 시신 옆에 앉아 있었을 때…… 무슨 생
각을 했을까?

나는 더 이상 상상할 수가 없었다. 나는 자리에서 얼른 일어
나 핑계를 대고 병실 내에 있는 화장실로 갔다.

화장실 세면대에 찬물을 틀어놓고 두 손을 적셔 얼굴을 감쌌
다. 세면대 앞 거울 속을 한참 들여다보았다. 나 자신이 보
아도 무서운 눈을 하고 있었다. 나는 다시 얼굴에 찬물을 뒤
집어썼다. 그러기를 반복하는 동안에도 뇌리에서는 뉴욕에
서 보았던 〈꽃파는 처녀〉라는 영화 장면 속의 홍영희의 모
습이 또렷하게 떠올랐다.

나는 그때 뉴욕 친구 집에서 그 영화의 비디오를 빌려 밤을
새우며 세 번이나 보았고, 세 번 다 눈물을 질금질금 흘렸
다. 영화의 예술성이 나를 울린 것이 아니라, 열여덟 살 소
녀의 기막힌 연기가 나를 울렸던 것이다. 신의주 고급중학
교 2학년 때, 자강도 미인대회에서 최고 미인으로 뽑혀 영
화 〈꽃파는 처녀〉의 주연으로 발탁되었다는 그 소녀의 연
기…… 어디서 그런 연기력이 나왔을까? 나는 감탄하지 않
을 수 없었다.

아버지와 생이별을 하고, 어머니마저 자살한 후…… 북한에

서는 부계와 모계 그 어느 쪽도 피붙이를 찾을 수 없는 고
아가 되어 신의주로 이주당했을 그 소녀가…… 아버지를 향
한 그리움 속에, 어머니에 대한 원망 속에, 만주벌판에서 불
어오는 잔인한 겨울바람을 여린 가슴으로 막으며 지내는 동
안…… 그 소녀의 얼굴 표정은 육십 성상을 슬픔 속에 견뎌낸
어느 박복한 여인의 표정보다 더 깊은 슬픔에 젖었고…… 그
리고…… 그리고…… 그 소녀는 그 슬픔을 몸속, 뼛속, 가슴
속, 머릿속, 살갗 속에 지니고 있었고…… 그 소녀가 운명의
장난으로 인해 카메라 앞에 서게 되었을 때 자기가 가진 모든
슬픔과 고뇌를 훨훨 풀어놓았을 것이다. 그래서 예술성은 차
치하더라도, 그 소녀의 연기에 힘입어 지주에게 핍박받는 고
아의 삶을 리얼하게 표현한 걸작품이 탄생되지 않았을까?
그 영화를 처음 보았을 때 그녀가 아무리 뛰어난 배우라 하
더라도, 그건 분명 열여덟 살짜리 소녀의 연기일 수 없다고
단정했다.
세면대에서 수건으로 얼굴을 닦다 말고 우형섭 씨가 나를 급
히 만나자는 또 다른 중요한 이유가 있으리라는 느낌이 문득
들었다. 무슨 이유가 있을까?
"속이 불편하오?"
화장실을 나와 침대 옆에 앉은 나의 안색을 살펴본 후 노인
이 물었다.

"아니에요, 괜찮습니다."

내가 미소를 지어 보이자, 노인은 한껏 밝은 얼굴로 이야기를 계속했다.

"그날 저녁 매부가 근사한 술집으로 나를 데리고 갔소."

노인은 그 당시를 회상하는 듯 잠시 이야기를 중단하고 미소를 지었다.

"마침 그 술집 마담을 나도 아는지라 내가 인사를 하자, 매부가 '형님은 여동생과는 다르게 바람기가 있는 것 같다'고 놀려대더군요. 그때 우리는 몇 십 년을 같이 지낸 처남 매부 간처럼 웃고 떠들면서 저녁을 보냈지요. 헤어질 때 매부는 자기 집에 초대하여 아내와 아이를 만나볼 기회를 만들겠다고 약속했소."

"당숙이 여위었던가요?"

"몹시 여위었더군요. 어디 아픈 데는 없냐고 물었더니 전혀 그렇지 않다고 하대요."

나는 그때가 당숙이 위암으로 세상을 떠나기 바로 전이라는 것을 알았다.

노인은 잠시 방 안을 둘러보더니 "담배 있소?" 하고 물었다. 나는 담배를 찾아 건네주고 불을 붙여주었다. 노인은 담배 한 모금을 깊숙이 빤 후 '후' 하고 천장을 향해 연기를 내뿜었다.

"한 대 태우세요."

"아닙니다."

나는 담뱃갑을 주머니에 넣으면서 말했다.

"아무리 사돈지간이지만, 이제 머리도 흰 나이인데 같이 피워도 괜찮아요."

"아닙니다. 괜찮습니다."

노인은 담배를 맛있게 몇 모금 빨더니 말을 계속했다.

"우리나라 법도로 보면 손아래 매부의 새 아내는 여동생과 마찬가지지요. 그렇잖아요?"

"네, 그럼요."

"나는 아들 하나 있는 것조차 전쟁으로 잃어버리고 가족이라고는 우리 두 늙은이밖에 없는 몸이오."

그때 나는 우형섭 씨가 내 당숙의 서울 가족을 만나고 싶다는 의향을 은근히 내비치고 있음을 알아챘다. 그러나 나는 노인에게 설명하지 못할 여러 가지 이유로 인해 그런 처지가 되어 있지 못했다. 그 말 못할 이유 중의 하나는 내 소설에서 악녀로 묘사된 남한의 당숙모가 아직도 나에게 적개심을 품고 있다는 것이었다. 잠시 침묵이 흐른 후 노인이 다시 말했다.

"매부를 처음 만난 직후 조카를 만나러 한 달 반 정도 미국에 갔다 왔지요. 그 후 연락이 없어 이제나저제나 하고 기다렸어요. 아무 소식이 없어 궁금하던 차에 매부하고 같이 갔던 술집 마담으로부터 놀라운 소식을 전해들었지요……. 당숙이 그사이 위암으로 세상을 떠났다고 하대요. 그 친구, 참…… 나한테 위암으로 고생한다는 얘기 한마디 하지 않고…….”

노인은 몹시 섭섭한 표정을 지으며 두 눈을 붉게 물들였다.

노인은 자신의 감정이 진정되기를 기다린 후, 베개 밑에서 무엇인가를 끄집어냈다. 오래되어 모서리가 너덜너덜해진 수첩이었다.

“통일이 되거나 남북교류가 활성화되어 영희가 남한에 내려오게 되면 아버지 묘소라도 찾고 제사라도 지낼 수 있도록 내가 매부의 사망일시와 장지를 알아봤지요.”

노인은 수첩을 펼친 후 돋보기를 끼고 무언가를 찾기 시작했다.

“사망일시가 1982년 6월 24일 새벽 1시 30분, 음력으로 5월 3일, 묘소는 경기도 마석 모란공원 묘지 내에 있고, 위패는 서울대학교 옆 약수사에 모셨다고 하던데…… 맞는지요……? 거의 10년 전에 적었던 것이라…….”

노인은 펼친 수첩을 보면서 띄엄띄엄 말했다.

“네, 맞는 것 같은데요.”

나는 기억을 되살리며 말했다.

그때 병실 문이 열리며 의료진이 들어섰다. 간호사가 나에게 잠깐 나가달라고 부탁하여 자리에서 일어났다. 복도에서 기다리겠다고 노인에게 말하고 병실 문을 나섰다. 복도의 긴 나무의자에 앉아 있다가 얼른 일어나는 부인의 시선과 마주쳤다.

"곧 수술실로 가야 되나봐요."

그녀가 근심에 싸여 말했다.

"괜찮으실 겁니다. 너무 걱정 마십시오."

나는 그녀를 위로하고 긴 복도 끝 유리창 앞으로 걸어갔다. 병원 구내를 방황하던 스산한 초겨울 바람이 나무의 등허리를 타고 올라가 나뭇잎을 한 움큼 낚아채 유유히 사라지고 있었다. 언젠가는 세월이라는 바람에 떨어지는 나뭇잎처럼 한 줌의 흙으로 돌아갈 사람들. 핏줄이 무엇이기에 그토록 소중하게 여기는 것인가!

그때 나는 방금 전에 노인이 한 말을 떠올리고 있었다. "영희가 남한에 내려오게 되면 아버지 묘소라도 찾고 제사라도 지낼 수 있도록……."

문득 이상한 느낌이 들었다. 노인이 이북 당숙모를 거론하지 않은 것으로 봐 여동생이 자살했다는 사실을 알고 있는 것 같았다. 그렇지 않으면 통일이나 남북교류가 노인의 여동생이 살아 있는 동안에는 불가능하다고 단정짓고 있는지도 몰랐다.

의료진이 복도로 걸어나오는 소리에 나는 사념에서 깨어나 병실로 향했다. 병실 문을 열고 들어서자 노인이 반가운 표정을 지으며 내가 앉았던 침대 옆 의자를 눈으로 가리켰다. 자리에 앉자 노인은 종이쪽지를 나에게 건네주었다. 그 종이 쪽지에는 당숙의 사망일시와 장지, 위패를 모신 사찰 이름이 적혀 있었다.

"나한테 무슨 일이 생기면, 영희한테 이 사실을 꼭 전해달라는 부탁을 하려고 선생을 이렇게 불렀소."

"걱정 마십시오."

내가 그렇게 말하자 노인은 옆에 서 있는 부인의 손을 잡고서 흡족한 표정을 지어 보였다.

"여동생분, 저…… 당숙모께서는 이북에 잘 계시겠지요?"

잠시 여유를 두었다가 나는 내가 묻고 싶은 것을 지나가는 말투로 물었다.

"영희가 저렇게 성공한 것을 보니 물론 잘 있겠지요."

노인은 처음에는 당연하다는 표정을, 다음에는 의아한 표정을 지었다.

"물론이지요."

나는 얼른 얼버무렸다. 순간적으로 나는 당숙이 노인에게 당숙모 자살 얘기를 하지 않았다는 사실을 알아챘다. 당숙으로

서는 알리고 싶지 않았을 것이라는 생각이 들었다.

그때 병실 문이 열리며 간호사들이 이동침대를 끌고 들어왔다. 간호사들은 노인을 이동침대로 옮겨 뉘고는 침대를 밀고 복도를 따라 엘리베이터 앞에 섰다. 침대가 엘리베이터로 들어서기 전, 나는 부인과 노인에게 작별인사를 했고, 노인은 나의 손을 두 손으로 꼭 잡으며 "부탁한다"는 말을 남겼다.

여기까지의 이야기를 글로 옮긴 나는 자리에서 일어나 서재 창문을 가린 커튼을 열어젖혔다. 새벽이 부옇게 밝아오고 있었다. 저 멀리서 악을 쓰며 달리던 자동차들이 당당하게 밝아오는 새벽에 겁을 먹고 허겁지겁 숨을 곳을 찾는 듯했다.

서재 문이 열리는 소리에 뒤를 돌아보자 잠옷 바람인 아내가 놀란 표정을 짓고 있었다.

"언제 일어났어요?"

"오래됐어."

"밤을 꼬박 새웠어요?"

"그렇게 된 것 같아."

아내는 책상으로 다가와 마지막 장의 원고를 읽어 내려갔다.

"노인은 여동생이 죽은 걸 모르고 있었군요."

아내가 원고를 읽으며 말했다.

"모르고 있었어."

"다행이에요."

"다행한 일이야."

여동생의 소식을 물었을 때 딸이 저렇게 잘 있으니 어련히 잘 있지 않겠느냐고 소곤거리듯 말하던 노인의 모습이 눈앞에 그려졌다.

"노인의 생각이 맞을 거예요."

아내가 단호하게 말했다.

"무슨 말이야?"

"당숙이 북한 아내가 자살했다는 걸 어떻게 알았대요?"

"글쎄…… 정보부에서 알려주었다고 한 것 같아."

"정보부가 거짓말을 했을지도 몰라요."

"……."

"당숙이 다시 전향을 할까봐 꾸며댄 얘기일지도 모르잖아요."

나는 깜짝 놀라 아내를 쳐다보았다. 아내의 말에 일리가 있음을 인정하지 않을 수 없었다.

"그럴지도 모르지……. 아마 그랬을 거야."

나는 한층 마음이 가벼워졌다. 밤을 새운 피로가 말끔

히 씻긴 느낌이었다.

"그리고 말이야, 노인이 서울의 당숙모를 만나고 싶어 하는 것 같았어. 자기의 여동생이나 다름없다는 말을 하면서……."

내가 아내의 눈치를 보면서 말끝을 흐렸다.

"그래서요?"

"실제로 여동생처럼 생각되었을까?"

아내는 나를 물끄러미 쳐다보았다.

"그럼요. 북한에 고향을 두지 않은 사람은 이해 못할 거예요. 분명히 여동생처럼 여겨 만나고 싶었을 거예요."

그때 나는 북한에 두고 온 70대 두 여동생을 죽기 전에 만나보겠다는 집념을 버리지 않는 장인의 모습이 떠올랐다.

잠시 생각에 잠겼던 나는 무슨 중요한 할 일을 찾은 듯 가슴이 설레었다.

"오늘 아침 노인을 만나야겠어. 노인에게 퇴원하면 서울의 당숙모를 만나게 해주겠다고 약속해야겠어."

고개를 숙이는 아내에게 나는 다시 말했다.

"노인의 투병생활에 도움이 될 것 같아."

그때 서재의 문이 덜컥 열렸다. 열두 살 된 딸이 잠이 덜 깬 눈을 비비며 울먹이고 있었다.

"엄마, 여기 있었어? 아무리 찾아도 없잖아."

매일 아침 침실로 찾아오는 딸이 침실에 엄마 아빠가 없어 놀란 모양이었다. 나는 얼른 자리에서 일어나 딸을 꼬옥 안아주었다. 나는 한참 동안 딸의 숨소리를 들으며 딸의 부드러운 등을 토닥여주었다.

5

나는 잠깐 눈을 붙이고 난 후 늦은 아침을 먹고 곧바로 아파트를 나섰다. 주차장에 가서 차 문을 열려고 열쇠를 구멍에 집어넣었다가 마음을 바꾸었다. 머리 위로 내리쬐는 따스한 초겨울 햇살을 놓치기 싫어서였다. 나는 양지바른 곳을 따라 걷기 시작했다.

오늘따라 발걸음이 한결 가벼웠다. 마치 젊음을 다시 찾은 듯했다. 얼굴에 와 닿는 산뜻한 초겨울 바람을 맞으며 30분 정도 걸어 전철역에 도착했다.

승객으로 반쯤 들어찬 지하철 안에서 창 쪽으로 위치를 옮기며 창문 위에 늘어서 있는 잡지 광고 내용을 훑어보았다. 거물 정치인들의 대권 전략과 연예인들의 스캔들이 주종을 이루고 있는 잡지 광고에서 눈을 떼어 앞 좌석에 앉아 있는 승객들에게 시선을 주었다. 하나같이 스포츠신문에 빠져 있었다.

서울역에서 내려 혜화동행 전철로 갈아타려고 지하도를 걸어 나갔다. 갑자기 장터 속으로 들어온 듯 지하도 양편에 여러 가지 약품을 벌여놓은 상인들이 진을 치고 있었다. 연변에서 온 중국 동포인 듯했다. 그들은 탁한 공기 속에 꿇어앉아 있어도 맑고 순박한 표정을 짓고 있었다.

서울대학교 병원 정문으로 들어섰다. 병원 건물 안으로 들어가 엘리베이터를 탔다. 6층에서 내려 복도를 걸어갔다. 605호실 앞에서 병실 문을 노크했지만 아무런 대답이 없었다. 문에 붙은 환자 성명을 확인한 후 다시 노크했다. 그래도 아무런 대답이 없어 나는 병실 문을 살그머니 열었다. 텅 빈 병실 구석에 앙상한 철제 침대 두 개만이 놓여 있었다. 우형섭 씨 자리는 물론, 어제 있었던 다른 환자도 자리를 비운 상태였다. 나는 병실을 나와 간호사실로 뛰어갔다.

"605호 우형섭 씨 어디로 옮겼나요?"

"605호실요?"

간호사는 벽에 걸린 차트를 훑어본 후 사무적으로 말

했다.

"우형섭 씨는 어제 저녁 6시경에 운명하셨어요."

"네?"

"수술중 운명하셨어요. 영안실로 가보세요."

나는 간호사의 말이 떨어지기가 무섭게 비상구의 층계를 뛰어 내려갔다. 병원 구내를 정신없이 뛰어가 영안실 철문을 열고 들어서자 퀴퀴한 습기에 젖은 향냄새가 물씬 풍겨왔다. 텅 빈 영안실 안에는 국화꽃 몇 잎만이 바닥에 흩어져 있었다. 나는 얼른 그곳을 나와 관리실로 갔다.

"우형섭 씨를 모신 영안실이 어디입니까?"

관리실 유리창을 열면서 물었다.

"두 시간 전 떠났어요."

"벌써 떠났다고요? 어제 저녁에 운명하셨는데요?"

"오늘 새벽 친구 몇 분이 영안실에 오셨다가 방금 전 미망인과 함께 화장터로 떠났어요."

"어느 화장터요?"

"벽제 화장터요."

나는 병원 건물을 뛰쳐나왔다. 마침 지나가는 택시를 잡아탔다. 택시기사에게 행선지를 말한 후 뒷좌석에 몸을 깊숙이 묻고 눈을 감았다. 서울의 당숙모를 만나게 해주겠다는 나의 말을 듣고 기뻐할 노인의 모습을 방금 전까지 그렸었는데……. 세상에 홀로 남은 부인의 슬픈 모습이 눈앞에 아른거려 가슴이 답답해져왔다.

택시는 지저분한 간판이 나붙은 구파발 거리를 지나 통일로 쪽으로 들어섰다. 수년 전, 북한 적십자 대표들이 탄 자동차의 행렬이 지나는 길 양편에 지저분한 모습을 가리려고 급히 가로수를 심었던 당국의 처사가 기억났다. 그리고 얼마 전 텔레비전 화면에 비친, 넥타이를 맨 평양의 낚시꾼 모습이 떠올랐다. 나는 속으로 허탈하게 웃었다.

택시는 대자 삼거리 못미처에서 옆길로 들어섰다. 약간 언덕길로 올라가니 화장터가 나타났다. 학교 건물 같은 곳에 들어서자, 맞은편 복도 안쪽 유리창을 향해 서 있는 부인의 모습이 보였다. 가까이 다가갔을 때 고개를 돌리는 그녀의 얼굴과 마주쳤다. 담담한 표정이었다.

"얼마나 슬프십니까? 심심한 조의를 표합니다."

그녀는 아무 말 없이 미소만 지어 보이곤 다시 고개를 돌렸다. 나는 그녀 옆에 서서 유리창 안쪽을 바라보았다.

유리창 안쪽 화장로에서 한 남자가 재를 퍼 조심스럽게 항아리에 담고 있었다. 남자가 화장로 문을 닫으려고 하자 그녀는 유리문을 조용히 두드렸다. 그녀의 손짓을 따라 남자는 남은 재를 더 퍼 항아리에 담았다.

긴 복도를 부인과 침묵 속에 걸어갔다.

"사돈어른께서 돌아가시기 전 고통은 없으셨는지요?"

밖으로 나오기 전에 내가 말했다.

부인은 발걸음을 멈추었다. 나에게 고개를 돌려 미소 지어 보이며 내 손을 꼭 잡았다. 그 순간 우리는 변할 수 없는 사돈 사이가 되었다.

"조용히 돌아가셨어요."

"안사돈께서도 몸조리하셔야지요."

"괜찮아요."

"어디로 모시기로 했습니까?"

"마석 모란공원에요."

모란공원, 모란공원······. 처남·매부가 한곳에 유택을 정해 술잔을 나누려나. 나는 속으로 중얼거렸다.

6

장의차는 모란공원 묘지로 막 들어서고 있었다. 산등성이가 층계를 이루었고, 각 층계마다 무덤이 일렬로 잘 정돈되어 있었다. 잘났든 못났든, 짧게 살았든 길게 살았든, 세상 사람 모두가 찾아갈 종착역의 모습을 보여주고 있었다.

친구 다섯 분과 부인, 그리고 나는 모란공원 묘지 내 유택에 우형섭 씨의 유골이 안치되는 것을 지켜보았다. 소복을 차려입고 다소곳이 고개 숙인 옆모습으로 보아 부인은 놀랍게도 어떤 감정도 나타내 보이지 않는 것 같았다. 죽음을 담담하게 받아들이기 때문일까? 아니면 오랜 기간 힘들게 지켜보아온 남편의 고통과 슬픔이 끝났다고 생각하기 때문인가? 이런 저런 추측을 하다가 나는 아마도 한번 터지면 억제하기 힘든 슬픔을 꾹 참느라 그러리라고 결론을 내렸다.

잠시 후, 나는 미망인 혼자 남겨두고 고인의 친구 분들을 이끌고 자리를 피해주었다. 산등성이를 내려와 우리는 공원묘지 관리실 옆 식당에 들어가 난로 주위에 자리를 잡았다.

"왜 화장을 했지?"

한 노인이 못마땅해하는 투로 물었다.

"형섭이가 화장하라고 미망인에게 유언을 했나봐."

다른 노인이 대답했다.

"왜?"

"암으로 죽으니 사후에라도 땅을 더럽히지 않으려고 그랬겠지."

"왜 삼일장을 안 했지?"

한 노인이 물었다.

"삼일장을 하면 뭐하누? 남한에는 일가친척 한 사람도 없고 친구도 우리밖에 없는데……. 그것도 형섭이가 유언으로 남겼나봐."

또 다른 노인이 말했다.

"젠장…… 고향에 돌아갈 때까지는 같이 살아 있자고 단단히 약속을 했는데."

한 노인이 말끝을 흐렸다.

"뭐 잘됐어. 그깟 놈의 고향엔 가보면 뭐해. 우리가 알던 사람은 다 죽었을 텐데."

다른 노인이 말했다.

"다 죽긴 누가 다 죽어. 우리도 살아 있는데……."

"다 늙어서 만나면 뭐해."

다른 노인이 말하자 모두 숙연해졌다.

"시장하실 텐데, 점심 드시지요."

착 가라앉은 분위기를 바꾸어보려고 내가 나섰다.

"괜찮소. 미망인이 내려오면 같이 하지요. 선생께서는 고인과 인척간이신가요?"

"네."

"어떻게 되지요?"

"제 당숙과 고인이 처남 매부지간입니다."

"선생 당숙이 정숙이 남편이오?"

"네."

"정숙이 부부는 잘살고 있으려나……."

"네? ……아, 네……."

노인들은 당숙이 남파되었던 사실을 모르는 듯했다. 순간적으로 나는 뒷말을 흐렸다.

"혹시 소식 들은 적 있어요?"

"……네, 잘살고 있답니다. 미국에 있는 친척 중에 북한을 방문한 분이 있는데, 그분한테서 직접 들었습니다."

나는 이제 와서 굳이 밝히기도 뭐해서 본의 아니게 노인들에게 거짓말을 했다.

"교포는 이북 친지 방문이 허용되니까요."

나는 노인들의 의아해하는 표정을 읽고 다시 말했다.

"아, 그렇군요. 그래서 고인도 미국에 이민 가려고 했구먼."

나는 새로운 사실에 놀랐다.

"고향에 가서 동생을 만나려고 그랬나? 그래서 우리가 이민 가는 걸 그렇게 말려도 고집을 부렸구먼."

또 다른 노인이 말했다.

"미망인은 혼자서라도 미국에 갈 거라고 하지?"

"여기 있는 것보단 낫지. 그곳에 조카들이 잘살고 있다는구먼."

"기회가 닿으면 고향도 방문할 수 있고 말이야."

노인들이 대화하는 중 나는 슬그머니 그곳에서 빠져나왔다. 미망인과 같이 있다가 함께 내려올 작정이었다.

묘지에 다다르니 봉분을 다지는 일꾼만 보이고 미망인은 보이지 않았다. 길이 엇갈렸으리라 생각하고 다시 내려오다 문득 산 뒤쪽 가까운 곳에 있는 당숙의 무덤이 생각났다. 산모퉁이를 돌아서자 당숙의 무덤 앞에 앉아 있는 소복 입은 여자의 뒷모습이 보였다. 미망인이라는 것을 한눈에 알 수 있었다. 그녀는 당숙에게 무슨 말을 하고 있을까? 시누이를 만나면 무슨 말을 전할까 하고 당숙에게 묻고 있지나 않을까?

그때 나는 어느 미래의 한 시점에, 그녀 대신 당숙의 딸이 그곳에 앉아 있는 모습을 머릿속에 그렸다. 그리고 어릴 때 아버지와 생이별하면서부터 가슴에 맺힌 한이 아버지 묘소에 엎드려 실컷 울고 난 후, 따스한 봄볕에 눈 녹듯 그녀의 가슴속에서 확 풀어지는 모습을 상상했다. 그날이 언제가 될지는 몰라도……

외숙모

1

일요일 아침, 나는 집필실 유리벽을 통해 들어오는 초
겨울 햇살을 온몸에 받으며 시끌벅적한 여의도광장을 내
려다보고 있었다.

아침 일찍 집을 나설 때 오늘만은 뭔가 쓸 수 있기를 기
대했었다. 집필실이 있는 건물이 평일에도 글을 쓰지 못
할 만큼 시끄럽지는 않았으나, 그래도 일요일은 무언가
여느 날과 다를 줄 알았다. 그러나 집필실에 온 지 벌써
두 시간이나 지났으나 원고지는 텅 빈 채 그대로였다.

그때 요란한 전화벨 소리가 집필실을 뒤흔들었다.

"여보세요."

"현 선상님 계십니껴?"

경상도 사투리가 짙게 묻어나는 중년 여인의 목소리
였다.

"네, 전데요."

"지는예……."

그녀는 한참을 뜸들이다가 다시 말을 이었다.

"우째 설명을 할꼬…… 저, 성백희라고 기억합니껴?"

성백희…… 성백희…… 내 외가가 성씨이고 백자 돌림이 내 외삼촌뻘이 된다는 것은 기억났으나 누군지는 쉽게 떠오르지 않았다.

"글쎄요…… 누구신지요?"

"선상님 외삼촌이 성백희 씨 아닙니껴!"

그제서야 6·25전쟁 전 내가 아홉 살 때 본 외삼촌의 모습이 어렴풋이 떠올랐다.

"네, 알겠어요……. 그런데 누구시지요?"

"지는예…… 지는…… 우예 설명을 해야 할지……."

"……."

"성백희 씨가 제 남편이었십니더."

"네?"

나는 깜짝 놀라 하마터면 송수화기를 떨어뜨릴 뻔했다.

"외숙모님이시군요."

"예……."

"지금 어디 계세요?"

"여기 한강 유람선 여의도 선착장입니더. 대구에서 친

구들하고 환갑 나들이 서울 관광을 와서예."

"괜찮으시다면, 제가 지금 그리로 갈까요?"

"지금 말고예. 유람선이 곧 떠난다 카이 돌아와서 보
믄 안 되겠십니껴?"

"그렇게 하지요."

"12시에 여의도 선착장에서 기다리겠십니더."

"그럼, 이따 뵙겠습니다."

나는 전화를 끊고서도 그 갑작스러움 때문에 한참 동
안 멍하니 흰 벽만 응시했다.

나의 기억에 뚜렷이 각인되어 있는 외숙모는 세상의
어느 누구보다도 아름답고 정숙한 여인의 모습이었다.
항상 머리를 단정하게 빗어 넘겨 비녀를 찌르고 옥색이
나 노란 저고리에 붉은색이나 파란색의 옷고름을 맨, 스
무 살 시절의 외숙모는 전형적인 한국 여성의 면모를 지
니고 있었다.

그런 외숙모와 40여 년 동안 연락이 끊겼던 것에는 나
름대로의 사연이 있었다.

서울에서 대학을 다니던 외삼촌은 늙으신 부모님의 권
유에 따라 6·25전쟁이 터지기 전 겨울에 고향 능바우에
서 혼인을 치렀다. 신부는 능바우에서 70리쯤 떨어진 점
촌 양가 출신의 규수였다. 외삼촌은 능바우에서 신혼생

288

활을 2주일도 못하고서 학교로 돌아갔다. 그런데 그 후 6·25전쟁이 터져 서울이 함락되자 인민군에 의해 의용군으로 끌려간 외삼촌은 생사 여부가 확인되지 않는 처지에 놓였다.

반면 외숙모는 남편 소식을 애타게 기다리며 시부모님을 모시고 독수공방을 지켜온 것으로 안다. 그런 외숙모가 1953년 여름에 시가 누구한테도 말 한마디 하지 않은 채 옷가지를 싸가지고 집을 나갔는데, 그 사실을 나는 1952년 능바우를 떠난 지 3년여 후 우연히 들었다. 그리고 외삼촌이 아마도 북한으로 끌려간 것 같다고, 외삼촌을 마지막으로 목격한 동료 의용군이 외가에 소식을 전해주었다는 말도 들었다. 그 후 외삼촌에 대한 어떤 소식도 들을 수 없었고, 외가 식구들은 외삼촌이 북한에서 나마 살아 있기를 바랄 뿐이었다.

자리에서 일어나 여의도광장이 한눈에 내려다보이는 창 쪽으로 갔다. 따스한 햇살 아래 광장에서 자전거나 롤러스케이트를 타는 아이들의 모습을 내려다보았다. 나의 눈은 어느새 초등학교 3, 4학년 정도 된 아이들의 모습을 찾기 시작하더니, 마침내 그들의 노는 모습에 붙박여 떠날 줄 몰랐다.

매서운 겨울바람이 휘몰아치는 능바우 들판이 눈앞에

그려졌다. 잘린 벼포기가 듬성듬성 보이는 얼음판 위에서 썰매를 타던 열 살 때의 내 모습이 되살아났다. 6·25 전쟁이 난 후 처음 맞았던 혹독한 겨울 어느 날, 경상북도 상주에서 20리 정도 떨어진 능바우, 나지막한 산을 배경으로 백여 가구가 옹기종기 모여 있는 마을이었다.

내가 능바우에 대해 가슴속에 특별한 느낌을 품고 있는 이유는 1·4후퇴 직후부터 1년 반 동안 가족과 떨어져 그곳에 머물렀기 때문이다. 그 후 학창시절 방학 때면, 특히 겨울방학 때면 자주 능바우에 갔다. 겨울방학은 내 유년 시절에서 가장 빛나는 시기라 할 수 있다. 그래서 대구·서울·부산, 그리고 외국 등의 도시에서 인생의 대부분을 보냈지만 외가가 있는 능바우가 유일한 내 마음의 고향이라 해도 과언이 아니다.

어쩌면 인생의 대부분을 시골에서 보낸 어느 누구보다도 능바우에 대한 나의 애정은 더 깊을 것이다. 지금 다시 생각해보니 그 이유는 여러 가지가 있을 것 같다. 내가 성년이 되기 전 장기간 가족과 떨어져 있었던 유일한 경험이었다든지, 한창 감수성이 예민한 시기였던 나의 뇌리 속에 깊게 파고든 시골의 정경과 인정 때문이었다든지, 오랫동안 시끌벅적한 도시생활을 하다 보니 나이가 들면서 점차 도시에 염증을 느끼게 되었다든지, 여하튼 1년 반 동안 지낸 능바우에서의 생활은 내게 특별했다. 내 소설 여러 곳에서 배경 무대로 등장할 만큼 능바우는 내 정신세계의 원형이었다.

생각이 여기에 미치자 나는 책상으로 다가가 맨 아래 서랍을 열었다. 작가 노트를 꺼내 아직도 소설화하지 못한, 나의 능바우 생활이 묘사된 한 부분을 찾아 읽기 시작했다.

2

······열 살 난 소년에게도 1 · 4후퇴는 찾아왔다. 집안 어른들의 의견에 따라 동생은 가족과 함께 피난을 떠나고, 소년은 부모와 떨어져 외가로 보내졌다. 자손을 하나라도 남기려면 두 형제를 따로 떼어놓아야 한다는 할아버지의 지론 때문이었다.

소년은 남편과 사별해 일찍이 혼자가 된 이모를 따라 외가가 있는 경북 상주의 능바우로 가게 되었다. 소년은 한강을 건너와 영등포역에서 곳간차에 탄 이모와 떨어져 열차 지붕 위에 앉아 갈 수밖에 없었다.

소년은 소란스럽고 몽롱한 가운데 잠이 들고 깨어나기를 반복했다. 자다가 눈을 뜨면 기차가 요란한 소리를 내며 광활한 암흑 속 들판을 가로지르고 있었다. 그럴 때면 소년은 달리는 곳간차 지붕 위에서 뛰어내려 그대로 걸어갈 수 있을 것만 같았다. 그래서 벌떡 일어나 컴컴한 들판에 발을 내디뎌보려 한 적이 한두 번이 아니었다.

하늘이 도왔는지 달리는 곳간차 지붕에서 암흑 속 들판으로 뛰어내리지 않은 소년은 김천역에 무사히 도착했다. 그곳에서 곳간차 안에 탔던 이모를 다시 만날 수 있었다. 그러고도 한참 시달린 끝에 김천에서 꽤 먼 상주에 내렸다. 그곳에서 트럭으로 20리나 북쪽으로 달려가 성씨들이 모여 사는 능바우로 가게 되었다.

마침내 외가에 도착했지만, 모든 게 낯설었다. 외할머니와 이모가 재회의 기쁨을 나누는 사이 소년은 싸리문을 나섰다. 초가들이 모여 있는 중간쯤에 텃밭이 있고, 그 밭 주위로는 엉성하게 돌로 쌓아 올린 담장이 있었다. 듬성듬성 쌓아 올린 돌담장은 그 동네의 다른 집 울타리와 같은 모양이었다. 소년은 그런 담장들을 보자 갑자기 그것을 허물어버리고 싶은 충동에 휩싸였다. 그래서 주위에 사람이 없는 것을 확인한 후 두 손으로 힘껏 돌담장을 밀어젖혔다. 장난감처럼 무너지는 우스꽝스런 담장 안에 사는 이 마을 사람들은 역시 미개인이 아닐까 하는 생각이 들자 우쭐해졌다.

그래서 소년은 동네 아이들을 마음씨만 고운 어수룩한 미개인쯤으로 취급했다. 그러나 얼마 후, 소년이 서울을 떠날 때 어머니가 준 세 벌의 옷 중 한 벌이 더 이상 입지 못할 정도로 해지자 소년도 동네 아이들 축에 끼이게 되었다. 소년을 다소 어렵게 생각하던 동네 아이들도 소년에게 싸움을 걸어왔다. 때로는 얻어맞기도 했지만, 대개는 권투 흉내를 내어 동네 아이들에게 겁을 주었다. 바지저고리 시골뜨기 서너 놈의 코피를 터뜨리고 나자 소년은 싸움깨나 하는 서울내기로 대접받기 시작했다.

그런대로 두어 달이 지났다. 어느 날 면사무소에서 피난민 학생에게 혜택을 준다는 연락이 왔다. 소년이 면 소재 학교에 가보니, 면사무소 직원은 갱지 공책을 주며 교과서를 베껴서 공부하라고 했다. 소년은 교과서는 없더라도 그까짓 바지저고리 놈들한테 뒤질 수 없다는 생각에 이를 악물고 공부와 씨름했다.

예상했던 대로 나이 많은 바지저고리 촌놈들과 비교해 서울 놈이 나은 데가 있었다. 무엇보다도 3학년 반 아이들 중에 '의'자 발음을 제대로 할 줄 아는 아이는 소년밖에 없었다. 담임선생님은 비슷하게나마 발음했으나 얼마 후에는 선생님도 자신의 능력에 한계를 깨달았는지 '의'자가 나오면 소년에게 발음을 시켰다. 어깨가 으쓱해지지 않을 수 없었다.

면 소재 학교에서 피난민 학생으로 지내는 동안 한 글자, 즉 '의'자 발음이 소년에게 자부심을 불어넣어주었다고 할 수 있었다.

그러는 사이 어머니가 미군 담요로 만들어준 소년의 옷들이 검은색 솜바지와 솜저고리로 바뀌었다. 그 무렵 희한한 변화가 생겼다. 인민군이 퇴각할 때 그들을 따라간 부모들 집안의 아이들이 패거리를 지어(사실 능바우 대부분의 집안이 그런 처지였다) 소년을 그들의 가상의 적으로 만들어버린 것이다. 그들에게는 희멀건 얼굴의 서울 소년이야말로 적으로 삼기에 안성맞춤이었을 것이다. 그 일로 소년은 얼마간 외톨이로서 냇가에서 홀로 우두커니 앉아 있곤 했다. 그때서야 소년은 처음으로 부모가 그리워지기 시작했다. 사실 그전까지는 처음 맛본 시골생활에 매혹되었고, 동네 아이들도 서울 손님으로서 특별히 대해주었기 때문에 부모를 그리워하는 마음이 그리 크지 않았었다.

어느 날 소년은 우연히 동네 아주머니들의 이야기를 듣게 되었다. 그리고 부모와의 소식이 끊겨 자신이 이제 고아가 된 것을 알았다. 그때부터 소년의 눈에 모든 사물이 새로운 형태로 비치기 시작했다. 단순히 물고기들의 서식처로만 여겨왔던 동네 앞 시내가 몹시 처량하게 보였다. 밤길을 밝혀주는 고마운 존재로 알았던 둥근 달이 그때부터 슬픈 빛을 띠기 시작했다. 따스한 구들 위에서 지내면 되었던 한겨울이 살을 에는 매서운 들바람으로 느껴지기 시작했다……

그러던 어느 날, 소년을 버릇없는 놈으로 보던 동네 어른들의 눈이 갑자기 다정한 눈빛으로 바뀌었다. 소년의 아버지가 살아서 아들을 데리러 온 것이다. 문간에 모여선 동네 어른들 사이를 지나 집에 들어갔을 때 동네 아낙네들이 특히나 다정스럽게 굴었다. 한 아낙네가 머리를 쓰다듬으며 아버지가 와 계시니 사랑방으로 가보라고 일러주었다. 그런데 이상하게도 소년은 조금도 기쁘지 않았다. 아버지의 갑작스러운 출현에 오히려 적개심이 일었다. 하지만 소년은 아낙네가 시키는 대로 사랑방으로 가보았다. 열린 사랑방 문틈으로 시골에서는 볼 수 없는 멋진 양복을 입고 까만 머리를 반들반들하게 빗어 넘긴 아버지가 보였다. 비록 헤어진 지 1년 반밖에 되지 않았으나 아버지의 모습이 너무나 낯설게 느껴졌다. 다음날 아침 소년은 아버지의 손을 잡고 능바우를 떠났다.

내가 열 살 적 1·4후퇴 때 능바우 외가로 가게 된 사연과 그곳에서 보낸 1년 반 동안의 삶이 묘사된 부분을 읽고 나자 내 눈가가 조금 젖어들었다.

나는 다시 자리에서 일어나 한쪽 벽을 가득 채운 책장

으로 다가갔다. 수년 전 분단을 주제로 쓴 장편소설을 꺼내 들고 뒷부분을 찾아 읽기 시작했다. 외숙모가 소설 속에 등장하는 부분이 문득 떠올랐기 때문이었다.

……성의식의 미망인 소식은 가슴 아픈 것이었다. 성의식의 부인은 신접살림 몇 달 만에 의용군으로 끌려간 남편 대신 시부모님을 모시고 평생을 청상으로 지낼 각오를 했다.

그녀는 조금도 슬프지 않았다. 혼자 달랑 외가로 피난 와 고아가 된 큰시누이의 열 살 된 아들과 평생을 지내기로 단단히 마음먹었기 때문이다. 낮에는 들일을 나가 그 아이에게서 국군과 인민군의 군가를 배웠고, 밤에는 등잔불 밑에서 아이에게 유행가를 가르치며 함께 소리 죽여 불렀다. 갈수록 정이 더해지던 어느 날, 죽은 줄 알았던 아이의 아버지가 나타나 아이를 데려갔다. 그날 밤 유난히 휑뎅그렁해진 방에 앉아 있으려니 온통 세상이 무너지는 듯한 슬픔과 외로움이 몰려왔다. 그녀는 더 이상 견딜 수가 없어 집을 뛰쳐나왔다. 지나가는 버스를 무작정 세워 올라탔다.

운전기사가 종점이라고 하는 곳에 내리기는 했지만 밤길이라 어디가 어딘지 분간할 수 없었다. 어쩔 수 없이 그 운전기사가 안내하는 여인숙에 들었다. 바로 그때의 운전기사가 지금의 남편이었다. 나중에 알고 보니 새 남편은 밤낮없는 술

주정에 걸핏하면 살림을 부수고, 심지어는 손찌검까지 하는 남자였다. 그럭저럭 30년 가까이 참으며 딸 하나와 그 아래로 두 아들을 두었다. 미망인은 몇 년 전 공장에 취직을 하겠다고 서울로 간 딸이 언제부턴가 짙게 화장한 얼굴로 고향을 찾아오고, 시집갈 생각은 아예 하지도 않는다고 걱정했다.

이 부분에 등장한 성의식은 바로 나의 외삼촌이 모델이고, '혼자 달랑 외가로 피난 와 고아가 된 큰시누이의 열 살 된 아들'은 바로 나 자신이다. 이 인용문에는 성의식의 부인, 즉 조금 전 전화를 걸어온 외숙모의 인생을 재혼하여 불행하게 된 일생으로 그렸는데, 내가 그렇게 픽션화한 이유는 정확히 알 수 없다. 막연히 행복한 인생을 살았을 것 같지 않았으며, 또한 분단의 아픔을 주제로 한 소설이었으므로 민족상잔이 망가뜨린 또 하나의 삶을 언급하고 싶었던 것 같다.

매우 흥미로운 부분은 내가 아버지 손에 이끌려 능바우를 떠남으로써 외숙모가 외로움을 견디다 못해 가출했다고 표현한 점이다. 내가 그곳을 떠나고 3년 후에 우연히 외숙모의 가출을 알게 되었지만, 왜 그렇게 추측했는지 지금 아무리 생각해보아도 알 길이 없다.

그리고 여기에 나와 외숙모가 함께한 생활이 묘사되어

있는데 그건 대부분 사실 그대로였다. 낮에 둘이서 들판에 나가면 내가 외숙모에게 국군가와 인민군가를 가르쳐주었고, 밤에는 신방으로 차린 골방에 앉아 등잔불 밑에서 외숙모가 나에게 유행가를 가르쳐주었다. 스무 살 새색시와 열 살 소년이 그 어떤 애틋함 속에서 1년 반이라는 세월을 함께 보낸 것이다. 그것은 비록 짧은 기간이지만 평생 잊지 못할 만큼 각별한 기억으로 내 가슴속에 남아 있었다.

3

오전 내내 원고지를 대했으나 몸만 비틀다가, 결국 원고지 한 장을 억지로 채우고 나서 외숙모와 약속한 시간보다 한 시간 정도 일찍 집필실을 나섰다. 한 시간 동안 한강 둔치를 걸은 후 외숙모와 만날 작정이었다.

집필실을 나와 번잡한 사거리의 신호등을 서너 번 건넌 후 곧바로 한강시민공원으로 들어섰다. 스산한 초겨울 바람이 내리쬐는 햇볕을 시샘이나 하듯 나의 몸에 싸늘하게 와 닿았다. 60여 년 만에 찾아온 홍수가 무자비하게 할퀴고 간 엉성한 잔디밭을 지나가면서 다시 초록으로 물들여질 내년 봄을 머릿속에 그려보았다. 둔치 위에 잠시 멈추어 유유히 흐르는 강물에 시선을 보냈다. 순간 홍수가 났을 때 텔레비전 화면에서 보았던 한강이 떠올랐다. 분노에 차 용솟음치던 그때의 모습이 도무지 믿어지지 않을 정도로 지금의 한강은 평온해 보였다. 어떠한 고통을 당하더라도 본래 자기의 모습으로 돌아올 수 있는 강이 부러웠다. 사람도 그럴 수 있다면 얼마나 좋을까? 하지만 불행히도 사람은 본래의 모습으로 돌아오기는커녕 고통이 남긴 골을, 흐르는 세월이 더 깊게 파고 있지 않은가?

나는 흐르는 물에 보냈던 시선을 오른쪽으로 돌렸다. 저 멀리 선착장이 시야에 들어왔다. 시계를 보니 11시 10분, 아직도 약속시간까지 50분이 남아 있었다. 둔치를 따라 걷기 시작했다. 한강 양편의 차도 위에는 수많은 차들이 빽빽이 들어서 서울의 대기를 오염시키고 있었다. 그러나 한강은 그러한 문명의 이기가 미치지 못할 그 무엇인 양 당당히 흐르고 있었다.

몇 해 전부터 글이 써지지 않을 땐 무작정 걷는 버릇이 생겼다. 오늘도 그 습관대로 걷고 또 걸었다. 처음 얼마 동안은 오전 중에 메운 원고지에서 빠져나오질 못했다. 그러다가 시간이 지나면서 앞으로 채워질 원고지 위를 자유롭게 거닐기를 바라며 계속해서 걸어나갔다.

얼마를 걷다가 햇빛을 놓쳐버렸다. 한강대교 밑이었
다. 곧이어 머리 위 철교에서 철커덕철커덕 하는 굉음이
들려왔다. 철마(鐵馬)가 꽁무니에 아무것도 달지 않은 채
몸뚱이만 달랑 철교 위를 지나가고 있었다.

나의 머릿속에는 광활한 대평원 위를 힘차게 치닫는
한 마리의 야생마가 새겨졌다. 그것은 바로 모든 인간이
끝없이 갈구하는 자유라는 단어를 가장 잘 설명하는 듯
했다. 나는 오랫동안 찾아 헤맸던 그 무엇을 찾은 듯이,
철교를 따라 움직이는 한 마리의 야생마를 황홀한 시선
으로 좇았다. 철커덕 소리가 점점 멀어지더니 마침내 완
전히 사라져버렸다. 못내 아쉬웠다.

한강철교 반대편 끝을 한참 동안 응시하다가 철교를
떠받치고 있는 콘크리트 받침대의 행렬에서 시선이 멎었
다. 한강철교를 좌우로 떠받치고 있는 받침대 중간에는
강물을 밑바닥으로 한 큰 동굴이 형성되어 있었다. 그
긴 동굴은 밑바닥을 지나가는 강물이 출렁거리자 마치
거대한 용의 허리인 양 꿈틀거리는 듯했다.

순간적으로 그 거대한 용의 몸체가 나를 덮치는 느낌
이 들자 온몸이 떨렸다. 40년 전 어느 날 살을 에는 강풍
을 헤치며, 수많은 사람들 속에 섞여 얼음 위를 걸어 나

오던 열 살 소년의 모습이 되살아났기 때문이었다. 1·4 후퇴 때 이모의 손을 꼭 잡고 엿가락처럼 휘어진 한강철교 옆을 건너던 바로 그때의 내 모습이었다. 나는 무엇에 쫓기는 사람처럼 얼른 그곳을 빠져나왔다.

외숙모는 그동안 어떤 인생행로를 걸어왔을까? 생전 한 번도 보지 못했던 한 살 위의 신랑과 혼례식을 치르고 보낸 2주일의 짤막한 신혼생활, 서울에서 대학을 다니는 신랑을 그리며 손꼽아 기다렸던 여름방학, 매미 소리가 찌는 듯한 더위와 입씨름할 때쯤이면 돌아올 남편에게 들려줄 그 많은 이야깃거리를 가슴속 깊이 간직했는데…… 청천벽력과 같은 전쟁 소식, 곧이어 남편이 의용군으로 끌려갔다는 충격적인 소식이 들려왔다. 그러나 남편이 무슨 수를 써서라도 곧 돌아오리라는 믿음으로 하루하루를 지내는 사이…… 어느 해보다도 무더웠던 여름, 동네 앞을 지나는 수많은 인민군들 속에서 남편의 모습을 찾으며 뜨는 해와 달을 보다가…… 어느새 시원한 가을바람이 불기 시작하면서 마을 앞을 뒤흔들어놓는 탱크들 위에 앉은 미군들의 모습이 돌담 사이로 보였다. 곧이어 다시 마을이 조용해지면서 새색시의 여린 가슴은 쪼그라들기 시작했다. 높은 산을 넘어와 들녘을 지나는 매서운 겨울바람도 남편의 소식을 전해주지 않았기 때문이다.

그러던 차 서울에서 반가운 사람이 찾아왔다. 작은시누이와, 큰시누이의 열 살 된 아들이었다. 그러나 남편의 소식은 없었다. 그래도 절망은 잠시뿐, 시부모님을 정성껏 모시면서 희망을 버리지 않았다. 그렇게 봄 여름이 지나면서 남편 소식 대신 큰시누이네 가족 소식이 들려왔다. 피난통에 행방불명되었다는 것이다.

가을을 지나 겨울을 맞으려 할 즈음, 온 세상이 적막 속에 잠든 한밤중에 문풍지 사이로 스며드는 찬바람이 그녀의 가슴을 후벼파기 시작했다. 그럴수록 그녀는 이를 악물었다. 어떠한 고통이 있더라도 참고 견뎌야 한다고 자신에게 다짐하고 또 다짐했다. 그러면서 시부모님을 비롯해 말 한마디 마음대로 할 수 없는 어려운 사람들 속에 살면서 이제 고아가 된 큰시누이 아들에게 온갖 정을 쏟았다. 남편이 돌아올 때까지, 언제가 될지는 몰라도, 그때까지 우리 같이 살자고 곤히 잠든 소년 옆에서 바느질을 하며 속으로 다짐했다. 그러나 봄이 지나고 여름이 오자 행방불명되었던 소년의 아버지가 살아 돌아왔다. 소년은 아버지의 손에 끌려 훌쩍 그녀의 곁을 떠나갔다.

그녀를 간신히 숨 쉬게 했던 대기를 그 소년이 주머니 속에 넣고 가버린 듯, 그녀는 이제 숨 쉬는 것조차 힘들어졌다. 그리고 얼마 후 절망의 수렁에서 빠져나와 남편과 소년이 없는 시집 살림에 자신을 길들일 즈음, 또 다른 소식이 그녀의 목을 졸라매기 시작했다. 휴전 소식이었다.

한껏 부푼 내 상상의 날개는 이내 푸드득 땅으로 곤두박질쳤다. 그리고 나는 무의식 속에 옮겨놓던 발길을 뚝 멈추고 출렁이는 강물에 시선을 보냈다. 출렁이는 물결이 순간 큰 파도처럼 다가왔다. 나는 속으로 중얼거렸다. 운명의 신이 눈곱만큼의 자비심이라도 있다면 이러한 외숙모에게 또 무슨 못된 짓을 할 수 있겠느냐고. 설령 그녀가 시집을 떠났을지라도 그 도주가 그녀에게 행운을 가져다주었기를 기원했다. 어떤 행운이 그녀가 헤쳐나가야 했던 고통을 보상할 수 있을까? 40여 년 만에 만나는 외숙모는 어떤 모습일까? 시집에서 가출한 후 운명의 신은 그녀를 어떻게 이끌었을까?

4

나는 손목시계를 보았다. 11시 40분, 약속장소인 유람선 선착장으로 발길을 옮겼다. 또 하나의 의문이 끈질기게 나를 잡고 늘어졌다. 어떤 이유로 외숙모가 갑자기 시집에서 도망갔느냐는 것이었다. 이른바 현대적인 여성이나 부모들이 생각할 수 있듯이, '생과부로 늙을 수 없어서'라고 간단히 답할 수도 있다. 혹은 싸구려 영화 소재처럼 누구의 꾐에 빠졌다고 할 수도 있다. 그러나 그럴 것 같진 않았다. 무언가 깊은 사연이 있을 것만 같았다. 그것이 내 호기심을 사로잡고 놓아주지 않았으며, 뭔지 모르지만 외숙모에 대한 단순한 궁금증 이상의 그 무엇이 나의 호기심을 부추겼다.

순간 이상한 느낌이 퍼뜩 나의 머리를 스쳐갔다. 직업의식의 발로일지도 몰랐다.

외숙모의 전화를 받고부터 소설가로서의 상상력이 나의 무의식 속에서, 몸속에서 꿈틀거려 왔던 것이다. 외숙모의 이야기를 소설화한다면? 나는 새로운 흥분에 휩싸였다. 소설가가 된 이후 한 가지 희망은 포기하지 않고 있던 터였다. 그것은 참혹한 전쟁을 치렀으면서도 전쟁에 얽힌 소설다운 소설을 써내지 못한 민족의 일원으로서, 나 자신이 살아 숨 쉬는 분단소설을 쓸 수 있는 마지막 세대에 속한다는 자부심 비슷한 것이었다. 열 살 소년의 눈으로 본 전쟁이 되살아나 언제고 불멸의 소설을 쓸 수 있으리라는 가능성을 확신했다. 전쟁을 경험하지 못한 전후 출신 젊은 작가들이 가질 수 없는 그 무엇을 나는 가지고 있다고 생각했다.

내가 외숙모의 머릿속과 몸속에 들어가, 40여 년 전 6·25전쟁이 나기 전부터 외숙모의 생을 다시 살 수 있다면, 그래서 외숙모의 고뇌와 절망, 희열과 희망을 직접 느끼고 그 느낌을 글로 옮길 수만 있다면, 그것이 한 편의 빛나는 분단소설이 될 수도 있지 않을까? 외삼촌과 외숙모의 아픔이 수백 년 동안 살아 숨 쉬는 그런 소설 말이다. 단 2주일 동안이었던 그들의 신혼생활은 어떠했을까? 외숙모는 2주일의 신혼생활 후 생이별을 한 남편에게 어떤 감정을 품었을까?

궁금증을 해결하기 위해서는 무엇보다 내가 능바우를 떠난 이후 외숙모의 행적을 속속들이 파고 들어가야 한다. 나는 오랜만에 창작에의 희열을 맛보았다. 이제야 비로소 제대로 된 분단소설을 쓸 수 있겠다는 희망에 부풀어올랐다.

선착장 대기실에 도착하니 약속시간이 다 되어 있었다. 승객 대기실을 휘둘러보았으나 예순 살 정도로 보이는 노인은 눈에 띄지 않았다. 매표원에게 물어보니 유람선이 엔진 고장으로 늦게 떠났으니 30분 후쯤에 도착할 것이라고 했다. 나는 대기실 구석의 빈 의자에 앉았다.

대기실 입구 쪽에서 왁자지껄한 소리가 들렸다. 청바지에 점퍼 차림인 한 무리의 젊은이들이 대기실로 막 들어서고 있었다. 모두가 밝은 표정들이었다. 그들 뒤를 이어 서울로 단체 관광여행을 온 듯한 다른 무리의 촌로들이 꾸부정한 허리를 지팡이에 의존한 채 띄엄띄엄 발길을 옮겨놓는 모습이 드러났다. 얼마나 대조적인가! 이 두 무리는 전쟁을 경험하지 못한 세대와 전쟁의 참혹함을 뼛속 깊숙이 간직한 세대의 뚜렷한 차이를 보여주고 있었다.

그때 외숙모를 모델로 해서 쓸 소설의 주제가 퍼뜩 떠올랐다. 전쟁으로 일생을 망친 사람들에게 뭇사람들이 갖는 무관심. 외숙모의 이야기가 아무리 좋은 소설거리가 된다고 하더라도, 그것이 사실적 전개에 그친다면 전쟁으로 일생을 망친 한 여인의 이야기라는 너무나 흔한 소재에 머물고 말 것이다. 그러한 소재를 심도 있게 다루기 위해서는 진실이야 어쨌든, 두 가지 요소가 가미되어야 한다는 생각이 들었다. 외숙모의 삶을 비참하게 그려야 한다는 것과, 잔인할 정도로 무관심한 차세대 사람들의 정신상태를 보여주어야 한다는 것이었다.

우선 소설가인 '나'는 전형적인 차세대 사람으로 악역을 맡게 한다. 그렇다면 외숙모는 어떻게 비참한 환경에 처하게 할 수 있을까? 나는 자리에서 일어나 창밖에 펼쳐진 한강을 보며 생각에 잠겼다. 그렇다. 외숙모를 미치게 하는 것이다. 그런데 어떤 이유로 미치게 할까? 나의 상상은 점점 집요해져갔다.

외숙모가 도망가자 충격을 받은 시어머니가 쓰러져 눕더니 얼마 안 있어 운명한다. 도망간 외숙모가 시어머니의 운명 소식을 듣고 자책감에 빠진다. 마침내 자책감에서 헤어나지 못하고 정신이 혼미해지더니 어느 날 갑자기 집을 떠난 후 소식이 끊긴다.

소설의 구성이 여기에 이르자 나는 흥분에 휩싸여 대기실 안을 서성거리며 담배를 빨아댔다. 연거푸 담배 두 대를 피운 후 다시 상념에 잠겼다.

외숙모는 그간 정신병원에 입원해 있었는데, 외가 식구들은 아무도 그 사실을 모른다. 그러던 외숙모가 어느 날 정신병원에서 탈출한다. 그리고 외숙모는 신문에 소설가로 소개된 '나'에 관한 기사를 읽고 '나'에게 전화한다. 마침내 둘은 40여 년 만에 상봉하게 된다.

외숙모가 그동안 어떻게 지냈는지 모르는 '나'는 곧 쓰러질 것만 같은, 웃음을 잃어버린 예순 살 노인과 마주 앉아 대화를 나눈다. 대화의 내용은 대강 이렇다.

"외숙모님, 어떻게 지내셨어요?"

"그냥 잘 지냈어예."

"어디에 계셨는데요?"

"대구에 있는 병원에서 있었어예."

"무슨 일을 하시고요?"

"병원 식당에서 일했어예."

"하는 일은 재미있으시고요?"

"재미있어예."

"말씀 낮추세요."

"우예 내가……."

"건강하시지요?"

"하마요."

"제가 무슨 도울 일이라도……."

"한 가지 있어예."

"무슨 일인데요?"

"능바우 외가에 내가 살도록 어무이한테 얘기해주이
소……. 내가 쓰던 골방만 있으면 됩니더."

"왜요? 거기서 사시게요?"

"예, 시부모님 산소나 돌보며 살믄서 용서를 빌라고
예. 그라고 딴 일도 있고……."

대화의 이 시점에서 돌아가신 시부모님을 향한 외숙모의 애틋한 심정을 '나'로 하여금 깨닫게 해야 한다고 생각했다.

　능바우 외가가 현재 어머니 소유로 되어 있으므로, '나'는 어머니에게 부탁해 외숙모를 거기에 살게 하기로 작정한다. 그리고 '나' 자신도 능바우에 가서 당분간 가까이에서 외숙모를 지켜보면서 지내려 한다. 외숙모의 신산한 정황을 글로 옮기기 위해서다.

　두 사람 사이에 다시 대화가 계속된다.

　외숙모가 입을 언다.

　"외삼촌 소식은 알고 있지예?"

　"전혀 못 들었는데요."

　"이북에서 잘 있십니더……. 내달 말에 서울에 온다 카데예."

　"네?"

　"잘 모르실 낀데, 성(姓)까지 바꿔서 진짜 모를 낍니더."

　"어떻게 바꿨는데요?"

　"연(延)씨로 바꿨대예……."

　"……."

　"외삼촌은 꼭 약속을 지키는 사람입니더……. 지가 40

여 년 전 능바우를 떠나기 전 말이지예. 외삼촌이 같이
의용군으로 끌려갔던 사람 시켜서 지한테 편지를 전했
십니더. 그때 외삼촌이 집을 나가라 캐서 나갔고예…….
그라고 환갑 때는 꼭 돌아와 외삼촌 환갑 잔치를 능바우
집에서 하겠다 캤십니더. 내달 말일이 외삼촌 환갑날 아
입니껴? 그래서 능바우 집에서 기다릴라꼬예."

"……."

"외삼촌이 이북에서 총리가 되었십니더. 내달에 이북
총리가 서울에 오기로 된 거 아시지예?"

"예."

"성을 바꿔도 마 나는 몬 속이는 기라예. 키가 크고 잘
생긴 얼굴이 어데 갑니껴?"

"연 총리가 바로 외삼촌인가요?"

"그렇십니더. 이제 아시겠지예. 참말로 약속은 꼭 지
키는 사람입니더."

둘 사이의 대화가 여기에 이르자 '나'는 외숙모가 정상
적인 정신상태가 아님을 알게 된다.

소설의 구상이 여기에 이르렀을 때 유람선의 엔진 소
리가 요란하게 들려왔다.

5

나는 승객이 나오는 출구로 발길을 옮겼다. 무리를 지어 모습을 드러내는 승객들 중 조금 전 머릿속에서 그려본, 삶에 찌든 환갑 정도 되는 노인의 모습을 찾았다. 먼저 젊은이들이 나온 다음 띄엄띄엄 나이 든 승객의 모습이 보이자 나는 바짝 긴장했다. 젊은이들 못지않게 떠들썩하게 웃음을 터뜨리는 중년을 넘긴 여인네들이 나타났다. 힘겨운 40여 년의 세월을 보낸 외숙모 모습을 머릿속에 그려보았다. 그런 모습의 노인은 아직 눈에 띄지 않았다.

출구 쪽에 바짝 다가서며 앞만 응시하고 있는 나를 누군가 뒤에서 부르는 것 같았다. 힐끔 뒤를 돌아보니 그곳에는 기껏해야 50대 중반을 넘지 않았을 것 같은 어떤 중년 부인이 내 쪽으로 시선을 보내고 있었다. 어리둥절해 있는 내 앞으로 그 부인이 몇 발자국 다가섰다. 그리고 나를 유심히 바라보고서야 환한 웃음을 지어 보였다. 그리고 나의 두 손을 덥석 잡으며 말했다.

"소설가 현 선상님? 맞지예?"

나는 어안이 벙벙한 채 반신반의하며 물었다.

"외숙모님이세요?"

"맞십니더."

그제서야 나는 정신이 들어 내 손을 잡은 외숙모의 손을 포개어 두 손으로 감싸 쥐었다.

"외숙모님, 이게 얼마 만이에요? 어떻게 모습이 그대로세요?"

"무신 말씀을…… 이제 환갑내기 할매가 안 됐십니껴?"

"아니에요. 그렇게 안 보이세요."

나는 외숙모의 두 손을 이끌고 대기실 의자에 나란히 앉았다. 내 눈을 믿을 수 없어 외숙모의 옆모습을 자세히 보았다. 엷게 화장을 했으나 내가 연애 상대자로서도 마다하지 않을 만큼 외숙모는 여전한 젊음을 간직하고 있었다. 거기다가 어떤 험한 세파도 경험하지 않은 사람처럼 순진함이 얼굴 전체에 묻어 있었다. 외숙모는 나의 놀라움을 조금도 개의치 않고 오히려 내 얼굴을 빤히 들여다보더니 측은한 눈빛을 보냈다.

"우짜노. 우짜다가 이래 됐십니껴? 그렇고롬 예쁘장한 얼굴이 우째 이리 됐십니껴?"

외숙모는 그렇게 말하면서 반백이 된 내 머리에 눈길을 보냈다.

"우짤꼬. 소설 쓰는 게 그레 힘듭니껴? 머리도 다 세었

네예."

"머리가 셀 나이가 되었지요."

"쉰 살 아입니꺼? 나하고 열 살 차이니께."

"그래요. ……근데 외숙모님은 그동안 어떻게 지내셨어요?"

나는 미소를 지어 보이며 조심스럽게 말했다.

"이야기가 좀 깁니더."

외숙모는 미소 지으며 말했다. 그러고는 무슨 장난스러운 옛이야기나 하는 것처럼 웃음을 쏟으며 지난 일들을 들려주었다.

간단히 요약하면, 내가 능바우를 떠나고 1년 후 외숙모는 시가에서 나와 친정으로 가서 1년쯤 지내다가 읍에서 포목장사를 하는 10년 연상의 남자와 재혼했다는 것이다. 그 남편도 몇 년 후 세상을 뜨고, 외숙모 혼자 대구에서 이런저런 장사를 하다가 지금은 역전 근처의 옛날 공회당 옆에서 따로국밥집을 하고 있다고 했다. 위치와 식당 이름을 자세히 알려주며 나에게 대구에 올 일이 있으면 꼭 들르라고 신신당부했다. 세상 어느 누구의 눈에도 외숙모는 행복한 여자로 비쳐질 만큼 조금도 세파에 시달린 흔적이 없었다. 외숙모의 이야기를 듣고 나서 나는 마음이 한결 가벼워 묻고 싶은 질문을 별로 힘들이

지 않고 할 수 있었다.

"외숙모님, 능바우 떠나실 때……."

내가 말끝을 맺지 못하고 질질 끌자, 외숙모는 무엇이
우스운지 한 손으로 입을 가리고 웃으며, 다른 한 손으
로 나의 팔을 치며 말을 이었다.

"그때 말이지예, 친정아부지가 능바우에서 나오라 캐
서예. 외조모님한테 말씀드릴라 캤는데 염치가 없어 말
못하겠데예. 그래 짐 싸가지고 달밤에 살그머니 나왔지
예……. 무슨 유행가 가사 같지예?"

외숙모가 그렇게 말하면서 겸연쩍은 듯이 웃었다. 나
도 덩달아 웃어젖혔다. 우리 둘 사이를 갈라놓았던 40여
년의 세월이 순식간에 자취를 감추었다. 우리는 등잔불
밑에서 유행가를 같이 불렀던 40여 년 전의 순진했던 스
무 살 새색시와 열 살 소년으로 되돌아갔다.

"외숙모님, 좀 일찍 연락을 주지 그러셨어요?"

나는 이렇게 쾌활한 외숙모를 일찍 못 만난 게 아쉬워
서 물었다.

"무슨 말을 하능교? 서방 소식도 기다리지 않고 달밤
에 도망간 년이 뭐이 잘났다고 선뜻 연락할 끼고. 환갑
노인이 되니까 좀 용기가 생기데예. 이번엔 큰맘 묵고
연락했지예."

외숙모는 그렇게 말하며 다시 웃었고, 나도 따라 웃었다. 나는 오랜만에, 정말 오랜만에 소년 시절로 돌아간 나 자신을 발견했다.

그 순간 남·북 적십자사 간에 몇 달 후 남북 이산가족 상봉에 합의했다는 며칠 전 신문기사가 떠올랐다.

"외숙모님, 통일원에서 이산가족 방문 신청을 받는다는데 한번 신청해보시지요."

"필요 없심더. 살아 있다 카믄 아들딸 놓고 잘살 끼고, 죽었다 카믄 할 수 없는 기고……."

"생존해 계시다면 만나보셔야지요."

"만나면 뭐할 끼요!"

"그래도……."

"나를 노인 동무라고 부르면 우짤 끼요, 안 만나는 게 낫지……."

외숙모는 미소 지으며 말했다. 그 은은한 미소 속에 자신의 젊음을 삼켜버린 세월의 흐름을 야속해하는 여인의 마음이 묻어 있었다. 아직도 외숙모의 기억 속에는 젊은 외삼촌의 모습이 그대로 남아 있을 거라는 느낌이 들었다.

"노인 동무라고 부르시지 않을 거예요."

"현 선상님이 우째 아능교?"

"외숙모님이 너무 젊게 보이세요."

그렇게 외숙모에게 말한 후 곧 덧붙였다.

"외삼촌이 외숙모님을 여성 동무라고 부르실진 모르지요."

외숙모는 잠깐 생각에 잠기는 듯했다. 왠지 모르게 난감한 표정을 지었다.

"그라믄 지는 우째 불러야 합니껴?"

"노인 동무라고 부르세요."

"와요?"

"지금쯤 폭삭 늙으셨을 거예요."

"그걸 우째 아능교?"

"그 동네 살면 그렇게 늙게 되어 있어요."

나는 미소 속에 외숙모의 손을 잡으며 말했다. 외숙모가 무슨 말을 하려다가 머뭇거렸다.

"그리고 외숙모님을 항상 그리워하고 계실 거예요. 만족시키지 못하는 그리움은 사람을 늙게 하지요."

내가 마치 외삼촌을 근래에 뵙기라도 했듯이 자신 있게 말했다.

"그라믄 한번 신청해보믄……."

외숙모가 나를 올려다보며 말문을 열었다가 얼버무렸다.

그 순간 외숙모가 사랑을 하는 여자의 마음을, 스무 살 때의 마음 그대로 한 점의 변화도 없이 40여 년 동안 간직해왔음을 나는 깨달았다. 사랑하는 사람에게 그 사람의 기대보단 아름답게 보일 수 있다는, 내가 외숙모에게 불어넣어준 자신감이 원래 만나지 않겠다던 그녀의 마음을 바꿔놓았으리라……. 나는 맞잡은 외숙모의 두 손에 힘을 주었다.

"아직 신청기간이 한 달이나 남았어요. 신청해도 꼭 된다는 법도 없고요."

내가 외숙모의 손을 놓으면서 말했다. 실제 확률이 10 퍼센트라는 사실을 염두에 두고 한 말이었다.

"살아 있는지도 모르잖십니껴?"

"그것도 그래요."

"마 그라믄 한번 신청해보믄 어떻겠십니껴?"

외숙모가 이제는 나의 동의만 필요하다는 듯이 자신 있게 물어왔다.

"생각해보고 알려주세요. 제가 외숙모님 대신에 신청할 수 있어요."

외숙모가 고개를 끄덕이다가 잠시 생각에 잠기는 듯했다.

"재혼은 했었어도 아이는 놓은 적이 없심더. 그냥 우

얀지 낳기가 싫어서예……."

나는 순간 눈물이 핑 돌았다. 눈물을 보이지 말아야 한다는 다급한 생각에 상체를 숙여 외숙모를 살며시 껴안았다. 그리고 무슨 말인지 해야 할 것 같아 외숙모의 귀에 대고 나도 모르게 속삭였다.

"아이를 가졌더라도 외삼촌이 뭐라고 하지 않았을 거예요."

그렇게 말한 후 외숙모의 자그마한 등을 두어 번 두드린 후 그녀에게서 떨어졌다.

"외숙모님, 점심 하셔야지요. 제가 좋은 데 가서 맛있는 것 대접할게요."

"근데 우얄꼬. 동행이 있어서……. 요 다음 서울 올 때 같이하면 안 되겠십니껴?"

"그럼, 그렇게 하지요."

우리는 자리에서 일어났다. 주차장에 서 있는 관광버스 창으로 외숙모의 일행인 듯한 여인네들이 어서 오라고 손짓을 하고 있었다. 외숙모가 못내 아쉬워하며 작별 인사를 했다.

외숙모가 버스에 오르자, 순간 숨막히는 아쉬움이 나를 휩쌌다. 전쟁 때 외숙모가 등잔불 밑에서 나에게 가르쳐준 노래가 무슨 노래였는지 묻지 않았기 때문이다. 그

언젠가 소설에 쓰려고 했으나 노래 제목이 생각나지 않아 포기한 적이 있었다. 그 노래는 외숙모가 신방으로 차린 골방에서 나에게 가르쳐준 유행가이자 밤에는 옆방에 있는 시어머니에게는 들리지 않도록 소리 죽여 같이 부르곤 했던 유행가였다. 그리고 그것은 또한 낮에 들판에서 밭일을 하는 외숙모에게 군가를 가르쳐준 나의 노력에 대한, 외숙모로서 할 수 있는 당연한 보답으로 내 가슴에 남아 있는 노래였다.

나는 막 떠나기 시작하는 버스로 달려갔다. 외숙모가 앉아 있는 창가로 가 차창을 열라고 손짓을 했다. 차창이 열리고 외숙모가 머리를 살짝 내밀었다.

"외숙모님, 우리가 골방에서 불렀던 유행가 제목이 뭐지요?"

외숙모가 잠시 생각하는 듯하더니 환한 미소를 지으며 큰소리로 외쳤다.

"〈타향살이〉입니더."

그때 마침 버스가 주차장에서 큰길로 빠져나가기 위해 잠시 정차했다.

"〈타향살이〉? ……맞아요……. 〈타향살이〉예요."

내가 그 자리에 선 채로 숨을 헐떡이며 말했다.

"어떻게 시작하지요?"

"타향살이 몇 해던가? 손꼽아 헤어보니……."

외숙모가 손놀림으로 박자를 맞추면서 〈타향살이〉 첫 소절을 나지막이 불렀다. 전쟁 중 골방에서 나에게 그 노래를 가르쳐줄 때의 바로 그 모습이었다. 다른 점이 있다면 외숙모가 그때보다 더 자유스러워 보이고, 더 밝아 보이고, 더 행복해 보인다는 것이었다.

버스가 서서히 움직이더니 주차장에서 빠져나갔고, 그 자리에 서 있는 나에게 외숙모가 창밖으로 손을 내밀어 흔들어주었다. 그러면서도 버스 안에서는 〈타향살이〉 노래가 계속되는 듯했고, 그 노래가 내 귀에 뚜렷이 들려오는 듯했다. 그래서 외숙모가 탄 버스의 뒷모습에 시선을 주며 나는 입속으로 그 노래를 계속해서 불렀다. 마치 외숙모가 저었던 손놀림에 맞추어 노래하듯이, 박자가 틀리지 않도록 조심하면서…….

타향살이 몇 해던가 / 손꼽아 헤어보니
고향 떠난 십여 년에 / 청춘만 늙-고

일절의 노래가 끝났다. 그리고 곧 이절의 노래가 자연스럽게 흘러나왔다. 내 뇌리, 아니 가슴속 깊숙한 곳에 오랫동안 갇혀 있다가 막 터져 나오듯이 흘러나왔다.

부평 같은 내 신-세가 / 혼자도 기막혀서
창문 열고 바라보니 / 하늘은 저-쪽

그런 다음 놀랍게도 삼절도 거침없이 이어졌다.

고향 앞에 버드나무 / 올봄도 푸르련만
버들피리 꺾어 불던 / 그때는 옛-날

외숙모가 탄 버스가 자취를 감출 때까지 나는 그렇게 속으로 노래를 부르며 그 자리에 그대로 서 있었다.

노래가 끝났을 때, 40여 년 동안 사라졌던 그 무엇이, 아마도 세상살이에 꼭 필요했던 그 무엇이 노래가 시작되면서 찾아졌다가 방금 노래가 끝나면서 사라져버렸다는 느낌이 들었다.

나는 '부평 같은 내 신세가/혼자도 기막혀서'라고 가사의 일부분을 입속에서 중얼거리며 발길을 옮기기 시작했다.

순간 그 구절이 가슴에 확 와 닿았다. '혼자도 기막혀서……' 여기에는 세계 어느 불멸의 시 구절에 못지않은 어떤 의미가 함축되어 있는 듯했다. 무언가 잡힐 듯 잡힐 듯하지만 잡히지 않는, 아마도 영원히 잡을 수 없는 그 무엇이 있는 듯했다. 한 가지 의문이 떠올랐다. 왜 외숙모는 그때 〈타향살이〉처럼 오래되고 남성적인 노래를 좋아했을까? 다음번 만나면 외숙모에게 꼭 물어보기로 작정했다.

나는 길게 늘어선 한강 둔치를 걸어가다 한강을 마주보며 섰다. 어느새 강물은 잔잔해졌고, 그 위로 따스한 햇살이 쏟아지고 있었다. 나는 둔치를 따라 다시 발길을 옮겨놓다가, 강물에 비친 나의 옆모습을 슬쩍 보았다.

그 모습엔 40여 년 전 내가 고아가 된 줄 알았을 때의 나의 어린 시절 모습이 겹쳐 있었다. 동네 앞 시내가 처량하게 보이고, 둥근 달이 슬픈 빛을 띠기 시작하고, 한겨울이 매서운 들바람으로 느껴지기 시작한 때였다.

그 순간, 외숙모가 나에게 〈타향살이〉 노래를 가르쳐주고 같이 불렀던 이유를 깨달았다. 고아가 된 나를 위로하기 위해서였다. 결국 한 여인의 깊은 마음을 헤아리는 데 내겐 40여 년의 긴 세월이 필요했던 것이었으니.

그런 내가 어찌 외숙모의 삶을 짧은 시간에 소설화할 수 있겠는가? 나에겐 그럴 만한 자격도 없고 가능한 일도 아님을 뼈저리게 깨달았다. 아니, 혼자 생각만 해도 기가 막힐 일이었다.

겨울, 봄, 그리고 여름

초겨울 어느 날

김성수는 김포공항으로 가는 차 뒷좌석에 눈을 감고
앉아 지난 세월을 돌아보았다. 15년간의 피나는 노력도
헛되이 결국은 도피하듯이 해외여행을 떠나는 자신의 처
지가 몹시 서글펐다. 마치 인형극의 꼭두각시가 되어 연
출자의 조종에 놀아났다고나 할까?

그토록 온 정열을 쏟아부어 이룩한 모든 성취가 잿더
미가 될 것이 확실해진 이 순간, 그는 잿더미가 된 부(富)
가 아깝다는 생각은 조금도 들지 않았다. 그 대신 부를
축적하는 과정에서 자신도 모르게 흘러가버린 15년의 세
월이 몹시도 소중하게 느껴졌다.

15년 전과 현재의 자신을 비교해보았다. 김빠진 맥주
가 되어버린 지금으로서는, 30대에 들어설 무렵의 그 패
기에 가득 찼던 15년 전의 자기를 도저히 감당해낼 수

없을 것이라는 생각이 들었다. 그렇다고 그동안 옆에서 지켜봐왔던, 사업에 실패한 사람들이 남긴 우울한 흔적들…… 곧 허탈감, 몸부림, 뭇사람들의 조소, 주위에서 보내는 측은한 눈길, 동정을 바라는 정신상태, 자포자기의 생활……, 이것들을 그대로 따라가고 싶은 마음은 전혀 없었다. 모든 것을 숙명으로 돌리는 운명론자가 될 수 있다면 마음이라도 편해질 것 같았다.

남산 중턱쯤에서 그는 운전사에게 차를 세우게 했다. 시가가 한눈에 내려다보였다. 시계는 8시를 가리키고 있었고, 2년 전 세계인의 대축제인 올림픽을 치른 서울은 곧 광란의 무대가 다시 막을 올리려고 채비하는 것처럼 보였다.

지난 15년간 광란의 무대 위에서 혼신의 힘으로 연기에 몰두했던 자신의 모습이 그려졌다. 관중석에서 그의 연기를 감상했을 사람들의 얼굴도 떠올랐다.

라디오에서 뉴스가 숨가쁘게 흘러나오기 시작했다. 야당 대표 3김씨와 대통령 간의 청와대 회동 뉴스를 아나운서는 마치 세계의 영원한 평화라도 찾아온 듯이 흥분해 떠들어댔다. 김성수는 운전사에게 라디오를 끄라고 말했다. 오늘도 여느 날처럼 뉴스에 귀를 기울일 수 있는 사람들이 한없이 부러웠다. 뉴스의 말미에 가서 경제

관계 소식을 전할 때 들먹거릴 내용을 그는 잘 알고 있었기 때문이다.

'6개월 전부터 탈세 · 외화유출 혐의로 조사를 받아오던 마흔세 살의 청년 실업가 김성수, 15년 전 창업해 급성장한 기업이 마침내 부도나다.'

사람들은 김성수 같은 놈 때문에 나라가 이 모양이라며 한바탕 흥분할 것이고, 혀를 차면서도 한편으로는 속시원해할 것이다.

하지만 그들 중 몇 사람이나 그 깊은 속사정을 알고 있을까? 추악한 인간들이 물어뜯고 뜯기는 세계에서는 강하고 잔인한 인간들만이 살아남을 수 있다는 사실을. 그리고 살아남은 인간들이 저지른 짓은 모두 합법적이고 지혜로운 것으로 포장되는 반면, 죽은 자들은 졸지에 도둑놈으로 몰린다는 사실을.

8개월 전이던가? 창업 시절부터 생사고락을 같이했던 중역 중의 한 사람이 갑자기 퇴직하겠다고 했을 때 당연히 그의 이름으로 등기된 회사 재산을 반납하라고 했다. 그때 그가 보인 샐쭉한 표정을 별로 대수롭지 않게 받아들였는데, 그것이 꼬투리가 될 줄이야!

그가 회사 비리를 들춰내어 관계 수사기관에 투서하리

라고는 상상하지도 못했다. 재산 반납의 책임을 맡았던 직원의 고지식함과 그 중역의 어리석음이란!

그 하찮은 불장난이 몇 천 명에 가까운 직원이 일하고 있는 회사를 잿더미로 만들리라고는 그 자신도 예상하지 못했다.

채권단과 어느 정도 타협이 이루어질 때까지 해외에 피신해 있으라는 회사 중역들의 제안을 받아들여 해외로 떠나는 이 마당에, 지난 일을 따지면 무엇하겠는가? 자기를 믿고 돈을 빌려준 채권자들과 자기를 위해 노력한 직원들에게 큰 피해가 가지 않기를 바랄 뿐이었다.

연극이 어떻게 끝날지 모르고 조마조마한 마음으로 자신의 연기를 지켜보았을 가족들, 어떠한 결말을 맞이할지 흥미로워하며 자신의 연기를 관찰했을 친구들, 그리고 비웃음을 머금고 무대와 객석에 시선을 던졌을 각본을 쓴 사람……. 비웃는 그자의 얼굴을 보고 싶었다. 아마 그자는 흉악한 모습에 거대한 힘을 가진 그 무엇이리라. 자신의 어리석음을 비웃는 그자의 웃음이 들려오는 듯했다.

그는 차에서 내리며 운전사에게 그냥 회사로 돌아가라고 했다. 손가방 하나만 달랑 든 그는 남산순환도로를 따라 걸어갔다. 저 멀리 힐튼 호텔이 그의 시야에 들어왔다.

16년 전 어느 날 저녁이 떠올랐다. 그때로 다시 돌아가서 지난 세월을 새롭게 살 수 있다면! 바로 그날 저녁, 오늘의 쓴맛을 맛보게 한 결심을 하지 않았던가! 5년간의 직장생활에서 더는 참을 수 없는 환멸을 느꼈던 그날 저녁…… 거래처 사람들과 공무원들을 접대하느라 내리 일주일째 술독에 빠진 날이었다.

그날 저녁은 특히나 건방진 공무원의 언행이 비위에 거슬렸다. 술자리가 끝나고, 그 공무원을 집으로 데려다주고 돌아오는 차에서 혼자 내려 그는 길 옆에 서서 토하기 시작했다. 얼마나 토했을까.

젖 먹은 것까지 다 토해냈다고 느꼈을 때 속이 편안해졌다. 자신의 입에서 나온 오물로 바짓가랑이가 온통 젖어 있었다. 지나가는 사람들이 측은한 눈길로 쳐다보았다. 그들이 볼썽사나운 자신을 비웃든지 말든지 상관하지 않기로 했다. 아내가 자신의 이런 모습을 보지 않는 것만도 얼마나 다행인가!

뒷골목으로 다시 발길을 옮겼다. 입구 쪽으로 들어서자, "아저씨, 놀다 가요" 하는 한 창녀의 목소리가 등뒤에서 들려왔다. 순간 김성수는 자신의 인생도 그녀와 별반 다를 게 없다는 생각이 들었다. 희미한 가로등 불빛에 그녀의 화장기 짙은 얼굴이 드러났다. 측은한 표정이었다. 그는 자신도 모르게 창녀를 따라갔다. 창녀가 옷을 벗었을 때 툭 튀어나온 그녀의 아랫배를 본 순간 그곳에 온 것을 후회했다. 하지만 그는 창녀에게 돈을 건넸고, 그녀는 돈을 받아 선반 위의 냄비 속에다 집어넣었다. 그러고는 방구석으로 가더니 포대기에 싸인 무언가를 한참 들여다보았다. 어린 아기였다.

당장이라도 그곳을 뛰쳐나오고 싶었다. 그러나 통금 시간이었다. 어쩔 수 없이 그녀 옆에 누워 있을 때의 절망감이란! 막다른 골목에 다다랐다는 느낌이 밀물처럼 밀려들었다.

그날 저녁 그는 조그마한 방에서 창녀와 그 창녀의 어린 딸과 밤을 새우며 결심했다. 직장을 뛰쳐나와 무엇이든지 해보겠다고, 어떤 고통이나 모욕을 당하더라도 지금보다는 나을 것이라고.

그때부터 시작한 노력이, 15년 동안 계속된 노력이, 그 모든 것이 오늘로서 원점으로 돌아왔다. 바로 무(無)의 상태로.

로터리에 설치된 시계탑이 비행기 이륙 시간이 얼마 안 남았음을 알려주었다. 그는 얼른 지나가는 택시를 잡았다.

택시 기사에게 공항으로 가자고 말한 후 뒷좌석에 기대어 눈을 감았다. 눈을 떴을 때 택시는 올림픽대로를 막 들어서고 있었다. 차창을 통해 지나가는 자동차의 불빛에 비친 한강 줄기가 보였다. 한강이 거기에 있었다는 것을 처음으로 발견한 기분이었다.

순간 김성수는 회사 빌딩 정문 앞에서 도열한 비서실 직원과 중역들의 인사를 받으며 전쟁터로 떠나는 지휘관 같았던 과거 자신의 모습이 떠올랐다.

기내 일등칸에서 윗저고리를 받아들며 맞이하는 여승무원의 상냥한 미소…… 태평양 상공에서 지중해산 캐비아와 함께 마시는 보드카…… 깊은 잠에 빠져 있는 옆 승객들의 숨소리 속에서 서류를 뒤적거리며 사업확장을 구상하던 패기에 찬 자신의 모습…… 모든 승객의 부러운 눈초리 속에, 승무원들의 인사를 받으며 기체를 떠나는 자신…… 공항 출구에 대기하고 있는, 거래처에서 보낸 검정 제복을 입은 운전사가 운전하는 리무진…… 호텔 지배인의 영접을 받으며 안내된 호텔 스위트에 마련된 환영의 꽃장식…….

이 모든 것이 이제는 다시는 경험할 수 없는 철저한 과거사가 되어버렸다.

공항에 도착해 그는 탑승수속을 위해 늘어선 사람들 뒤에 섰다. 노모인 듯한 노인을 붙잡고 목놓아 우는, 중동 건설현장으로 떠나는 노무자의 모습이 시야에 들어왔다.

그는 문득 자신에게 질문을 던졌다. 나는 언제 저렇게 울어보았나? 언제였던가? 유치원 시절? 기억이 없었다. 초등학교 시절? 그 시절도 어떤 뚜렷한 기억을 끄집어내 주지는 못했다.

그렇다. 바로 6개월 전, 어린아이처럼 울었던 기억이 떠올랐다.

정치자금을 마련하느라 외국에서 몇 푼 떨어뜨렸다는 정보를 관계기관에 투서한 자가 퇴사한 중역일 거라는 추측에는 특별한 상상력이 필요한 건 아니었다. 어느 정도 규모가 큰 기업이라면 다들 행하는 짓이라 해도 그것은 엄연한 범법행위였다. 평생을 감옥에 들어가 있어도 죄과를 감당하지 못하는 범죄행위라고 법이 엄연히 규정하고 있는 이상, 그로서는 인생의 파멸을 눈앞에 맞이한 셈이었다.

"김 사장님, 지난 15년간 해외여행 기록을 보니 150번 이상 했던데, 한 달에 한 번 꼴이네요"라고 수사관이 문서를 보면서 입을 열었다. "그리고 한 번 여행이 기껏 평

균 닷새밖에 안 되니……." 수사관이 말을 질질 끌었다. 외화도피 목적으로 짧은 기간 동안 여행한 것이 아니냐는 으름장이었다. 그때, 바로 그때, 그가 한 150회 이상의 해외여행이 떠올랐다.

사업을 시작한 후 5년 동안, 경비를 줄이기 위해 야간 비행기만을 이용했던 그 수많은 여행, 외국인에게 문전박대를 받으면서도 조금도 굴하지 않았던 영업활동, 그런 일이 계속되던 어느 날 절망 속에서 미시간 호를 거닐면서 문득 엉뚱한 충동이 일었다. 생명보험을 든 후 미시간 호에 몸을 던짐으로써 무능한 남편과 아버지를 둔 아내와 딸에게 속죄할까 하는 생각이었다. 그 다음부터 미친 듯이 뛰어다니며 잠을 자거나 밥을 먹을 때에도 오로지 사업생각만으로 보낸 10년의 세월….

그동안 무수히 외국여행을 했지만 하루라도 친구를 만나거나 호텔에서 편안히 쉬었던 기억이 나지 않았다. 밤낮이 바뀐 호텔방 생활, 오지도 않는 잠을 청하며 다음 날 회의에 판단력이 흐려져 실수할지도 모른다는 두려움 속에 지새운 수많은 밤들만이 또렷이 떠올랐다.

그 수많은 해외여행 때문에 서울에서 있었던 월요회의에 빠진 적이 있었던가? 없었다. 월요일 중역회의를 끝내고 비행기에 올라 지구를 반바퀴 돌아 닷새 동안 너덧

332

도시에서 회의를 끝내고 주말에 귀국하곤 했었다.

특히나 힘들었던 여행에서 돌아온 다음날, 월요일 아침 7시 중역회의에 참석하려고 세수를 하다 코피를 흘렸던 캄캄한 겨울날 새벽이 떠올랐다. 그 피를 보면서 순간적으로 던졌던 질문, "무엇 때문에 내가 이렇게 살아야 하나?"라는 질문이 마음속에서 자리잡기도 전에, 그런 질문을 던졌을 안일한 생활을 하는 수많은 사람들에게 속으로 퍼부은 저주…… 그 저주가 최선을 다하지 않은 중역들에게 향했을 때 느낀 고통스럽던 배신감…….

회상이 여기에 이르자 그는 수사관에게 무슨 말을 하려다가 목이 메어 그만 입을 다물었다. 수사관에게 약점을 보이면 안 된다는 생각에 이를 악물고 감정을 억눌렀다.

다시 입을 열려는 순간 사업확장을 위한 일념으로 자신은 물론 가족마저도 희생시킨 세월이 한 장면으로 정지되어 그의 머릿속에 자리잡았다. 그 세월은 너무나 짧은 세월이었다. 오로지 한 가지 생각으로 보낸 15년의 순간적인 세월이었다.

그는 헉 하고 흐느끼기 시작했다. 그 순간과 같은 세월이 너무나 억울해서였다. 그는 목놓아 흐느끼며 속으로 울부짖었다.

억울하다. 억울하다. 너무 억울하다. 그런 희생의 대가가 파멸이라니.

한참을 흐느끼고 난 후 머쓱해 있는 수사관들의 시선과 마주쳤다. 한 수사관이 집어준 휴지를 받아 눈물을 닦고 코를 풀었다. 그러자 마음이 편안해졌다. 15년 만에 처음으로 느껴본 평온함이었다. 무엇에 쫓기다가 그 쫓김이 갑자기 끝나버린 기분이었다.

쫓는 자가 포기했는지 쫓기는 자가 잡혔는지 그건 상관할 바가 아니었다. 그 순간, 바로 그 순간 15년 전부터 그의 가슴속에 응어리져 있던 한이 풀어졌다. 눈에 보이는 누구든 이겨보겠다는 한이었다. 동시에 수천 길 벼랑 위를 겁없이 뛰어가던 그의 집념도 사라졌다. 더이상 물고 물어뜯기는 세상에서 살아남을 수 없게 된 것이다.

6개월 후 어떠한 결말을 가지고 올지, 그때 이미 판가름난 것이다. 자기 뱃속에서 난 첫아기를 남에게 빼앗겼을 때 삶의 의욕을 잃은 젊은 어머니의 심정에 비유할 수 있을까? 15년 동안 키워온 사업체가 어떻게 되든 이미 관심 밖이었다. 오히려 그 마귀 같은 사업체에 속아왔다는 느낌이 들었다.

화창한 봄 어느 날

　도피형 해외여행을 떠난 지 6개월이 지난 어느 날, 김성수는 넥타이를 매지 않은 차림으로 영어학원이 있는 건물을 나와 가뿐한 걸음걸이로 전철역을 향하고 있었다. 부도가 나기 전날 해외로 피신한 지 3개월 만에 돌아와 2개월을 주요 채권자들에게 양해를 구하면서 보냈다. 자신이 소유했던 모든 재산을 채권단에게 서슴없이 내놓았다. 그가 사는 집은 말할 것도 없고, 값이 나가는 것이면 무엇이든, 아내의 패물까지도 한줌의 미련도 없이 내놓았다.

　당좌수표 부도로 형사고발은 완전하게 해결되지 않았으나 구태여 구속하려 들지 않도록 검찰에 있는 친구들을 통해 힘을 써놓았기 때문에 그런대로 자유롭게 행동할 수 있었다.

　그가 새로운 직업을 찾던 중 신사동에 위치한 영어학원에 강사 자리를 얻어 일한 지 벌써 한 달째로 접어들었다. 정확히 말하면 강사가 아니고 강사후보였다. 형사고발이 해결되지 않은 상태여서 드러내놓고 강사로 취직한다는 것이 꺼림칙해 결강이 생겼을 때 그 시간을 메우는 강사 자리를 선택했던 것이다.

신사동 로터리 전철역 입구에 들어서서 층계를 내려가
자 중년의 여자들과 마주쳤다. 그들이 내미는 광고쪽지
를 한꺼번에 네 장이나 받았다. 턱밑으로 내미는 쪽지를
못 본 체 걸어나오는 젊은 여자 옆을 지나 다른 여자가
내미는 쪽지를 빼앗듯이 낚아챘다.

 그 여인이 "멋쟁이셔" 하고 말하자, 그는 싱긋 미소를
보냈다. 그는 벌써 기분이 좋아졌다. 별로 힘들이지 않
고 다른 사람에게 관대해질 수 있었기 때문이다.

 그는 신용카드 할인업무를 광고하는 쪽지들을 한 손에
차곡차곡 들고 층계를 다시 내려가면서, 쪽지를 매정하
게 뿌리친 젊은 여자의 행동에 그 중년 여자가 마음이나
상하지 않았는지 적이 마음에 걸렸다.

 그는 뒤돌아보았다. 그 광고쪽지를 나눠주던 여자들
표정에는 여전히 웃음기가 보였다. 저녁에 싸구려 카바
레라도 가서 그네들끼리 시원한 맥주를 마시며 뭇사람들
의 매정함을 잊을 수 있었으면 하고 바랐다.

 정오 전이라 개찰구는 한산했다. 전철표를 집어넣고
회전 바를 밀고 들어간 후 표를 다시 뽑아 주머니에 넣
었다. 층계를 내려가며 쓰레기통에 광고쪽지를 던졌다.
플랫폼은 양쪽 다 거의 텅 비어 있었다. 플랫폼 안쪽으
로 깔린 선로가 곧 산뜻한 모습을 드러내고, 다가올 철

마를 맞이할 준비를 하고 있었다.

선로 사이 기둥에 붙어 있는 '1일 만 보 걷기 운동으로 국민건강 향상'이라는 표어가 눈에 띄었다. 그는 요즘 과거 어느 때보다도 많이 걸었다.

한 가지 변화가 생겼다면, 이전에 그가 자동차로 다녔을 때는 보지 못했던 여러 정황들이 시야에 선명하게 들어오기 시작한 것이었다.

구파발행 전철이 곧 다가왔다. 허전했던 플랫폼이 꽉 들어찬 듯했다. 객차 속의 모든 사람들이 밝은 표정을 짓고 있었다. 그도 곧 그들 중의 하나가 된다는 사실에 기분이 좋아졌다.

객차에 들어서자 반대편 문 쪽으로 다가섰다. 곧 건널 한강의 경관을 조금이라도 더 잘 보기 위해서였다. 잠시 후 전철은 한강을 건너기 전 지상으로 막 올라가고 있었다. 곧이어 한강철교 위로 들어서면서 지하와는 전혀 다른 레일의 마찰음이 들렸다. 그 소리가 그를 흥분시켰다. 마치 멋진 연극의 시작을 알리는 신호로 들려 그의 시각과 청각을 긴장감 속에 밀어넣었다. 지난 1개월 동안 거의 매일 경험한 터이지만, 오늘도 어떤 새로운 느낌이 찾아올 것이라는 기대감이 솟아올랐다.

레일과의 마찰음이 일정한 주기로 더 명확히, 더 크게

들려오면서 철교 위의 가교가 그의 시야에서 빠르게 지나쳐갔다. 지나가는 가교 뒤쪽으로 멋진 한강이 촘촘히 놓인 다리들을 의젓이 떠받친 채 내리쬐는 햇빛을 강하게 되쏘고 있었다.

아, 한강이 이렇게 아름다울 수 있을까! 빠르게 지나가는 가교와 레일의 마찰음이 없다면 한강이 이런 모습일 수 있을까? 객차 내에서 큰 유리창을 통해 보지 않았다면, 모르는 사람들 옆에 서서 보지 않았다면 한강이 이렇게 아름다울 수 있을까?

과거 자동차 뒷좌석에 앉아서 수백 번, 수천 번을 건넜지만 이처럼 아름다운 한강을 한번도 본 기억이 없었다. 아름답기는커녕 더럽고 지루하기만 했다. 왜 그랬을까? 숫자로 꽉 들어찬 두뇌를 가진 자의 눈에 세상의 어떤 모습이 아름답게 비칠까? 그런 자에게는 숫자 이외에 아름다움이라는 것이 존재할 수 없었을 것이다.

전철이 빠른 속도로 한강을 건너가고 있어 그것이 몹시 아쉬웠다. 마지막으로 그 광경을 다시 한번 음미해보려고 방금 지난 한강의 가교를 따라 시선을 보냈다. 가교 뒤쪽으로 쭉 늘어서서 거의 움직이지 않는 자동차의 대열이 그의 시야에 비쳤다. 그 차 안에서 어떻게 하면 1초라도 더 빨리 한강을 건널 수 있을까 하는 생각만으로 머리를 꽉 채운 수많은 사람들의 모습이 눈에 선했다.

문득 자신을 위해 일했던, 건강을 잃어버린 여러 젊은 이들의 모습이 떠올랐다. 직급이 올라가 자동차를 갖게 되었지만 빌빌거리며 병원을 드나드는 젊은이들이 얼마나 많았는가! 운동이 부족해서? 뭇사람의 체취를 맡을 수 없어서? 아니면 외로워서?

그는 쑥 들어간 자신의 아랫배를 만져보았다. 2개월 전 귀국해 전철을 타며 두 발로 걸어다니고부터 되찾은 자신의 건강을 다시 한번 확인하자 기분이 좋아졌다. 다시는 무슨 일이 있어도 건강을 잃지 않겠다고 다짐했다.

한강을 건너기 바로 전 검은색 벤츠 속에 탄 자기 또래로 보이는 중년 남자가 그의 눈에 띄었다. 자신의 옛 모습을 보는 것만 같아 동정 어린 시선을 보냈다. 그는 자신도 모르게 1년 전 어느 시점으로 돌아가고 있었다.

어느 미국 바이어들과 삼청각 요정 별채에서 진탕 마신 후 별채마루에서 여자들과 한바탕 어울려 강강수월래를 한답시고 손에 손을 잡고 원을 그리며 겅중겅중 뛰어다녔던 저녁이 떠올랐다. 그리고 다음날 아침을 기억했다. 뚜쟁이짓을 한 다음날 아침이었다.

아침 일찍 호텔 로비에 가니 전날 저녁 헤어지기 전에 약속한 대로, 바이어들과 같이 밤을 지낸 두 젊은 여자들이 기다리고 있었다. 그가 자리에 앉자 일어섰던 그들도 따라 앉았다.

"잘 지냈어?"

"네."

"그 친구들 많이 취했지?"

"아뇨. 멀쩡하던데요."

바이어들이 그런대로 멋있는 밤을 지냈으리라 생각되어 마음이 놓였다.

"수고했어."

그는 돈을 건네주었다.

그녀들은 일어나 "다시 봬요"라고 인사하며, 화장기 없는 파리한 얼굴에 미소를 지어 보였다. 두 여자가 걸어가는 뒷모습을 유심히 쳐다보았다. 충분한 대가를 치르기를 잘했다는 생각이 들었다. 다음번에도 서비스가 필요하면 언제라도 응할 것 같아서였다. 그리고 지금 그네들에게 건네준 돈의 몇 천 배 이익을 미국 바이어들로부터 끌어낼 참이었다.

그때는 자신이 어떤 생각을 했는가? 뚜쟁이짓은 했지만 창피한 생각은 들지 않았다. 그때는 그의 눈에 비친 모든 사람들이 뚜쟁이로 보였다. 이 세상에서 살아남으려면 누구나 뚜쟁이짓을 해야만 하는 줄 알았다. 정치가 들은 착한 사람들의 마음을 뚜쟁이질하고, 교수들은 오래되어 색 바랜 노트로 뚜쟁이짓을 하며, 장사치들은 결국 싸구려 노동력으로, 고급 관료들은 비굴한 웃음으로, 언론인은 싸구려 붓대로 모두가 뚜쟁이짓을 했다. 그때는 그것이 뚜쟁이짓인지도 몰랐다.

그가 탄 전동차가 다시 지하로 내려와 역에서 승객들을 내려놓고 출발했다. 열 살쯤 되는 소녀가 장님인 아버지의 손을 이끌고 깡통을 승객들에게 내밀며 아무 말 없이 통로를 지나가고 있었다. 그는 주머니를 뒤져보았다. 동전이 없어 그들이 지나치도록 두었다. 대학생인 듯한 남녀가 동전을 깡통에 넣는 모습이 보였다. 그는 문득 열 살 된 딸 미선이 생각났다. 얼른 뛰어가 깡통에 천 원짜리 지폐를 넣어주자 소녀가 그에게 "고맙습니다"라고 인사하며 고개를 숙였다.

언제였던가? 한창 사업에 몰두하던 때였다. 몇 년 만에 처음으로 나흘 간의 여름휴가를 내어 아내와 딸을 데리고 시골 별장을 찾았다. 휴가 첫날은 무료하게 보냈다.

둘째날 미선이가 마당에서 놀다가 돌에 걸려 넘어져 두어 바늘을 꿰매야 할 정도로 눈 옆이 찢겨졌다. 그는 공연히 무리하게 휴가를 내어 별장에 가자고 했던 아내에게 역정이 났다. 냉방이 잘된 쾌적한 사무실에서 숫자를 다루는 편이 훨씬 나았으리라는 생각이 들어서였다.

화를 참으며 딸을 병원으로 데려갔다. 두어 바늘 꿰매는 동안 딸은 그에게 손을 잡힌 채 악을 쓰며 울었다. 우는 딸이 미웠다. 잠시 후 울음을 그친 딸이 고통 속에 억지로 미소지어 보였다. 그리고 그에게 말했다.

"아빠, 정말 미안해."

그는 그 순간 아차했다. 거꾸로 내가 실수로 다쳐 휴가를 망쳤다면 딸에게 미안하다는 말을 할 수 있을까라는 질문을 자신에게 던졌다. 다음 순간 별것 아닌 걸로 받아들였다. 나한테는 그런 딸이 당연하다고. 자신의 주위에 있는 모든 사람들이 그래야 하듯이 딸도 어느 누구의 딸에 못지않아야 하며, 자신을 위해 어떤 희생이라도 치러야 한다고.

아, 지금 생각해보니 그것이 얼마나 무책임한 발상이었던가! 그런 딸을 둔 나는 얼마나 행복한 사람인가? 그런 딸의 무한한 사랑을 받는 내가 뭘 더 원할 수 있을까? 혹시 딸이 사고가 났을 때 나의 심정을 읽지나 않았는지. 그때는 몰라도 자라서는 다시 생각나지 말아야 할텐데. 딸이 앞으로 나에게 어떤 섭섭한 짓을 한다 해도, 세상의 어떤 못된 짓도 기꺼이 받아들일 자신이 있었다. 어떤 서툰 짓이라도 그때 두어 바늘을 꿰맨 후 한 한마디, "아빠, 정말 미안해"라는 말과는 비교할 수 없을 것이다.

전철은 경복궁역으로 막 들어섰다. 객차에서 내려 층계를 올라간 후 벽을 따라 전시되어 있는 동양화를 천천히 둘러보았다. 벌써 서른 번 이상 보았으나 볼 때마다 새로운 느낌이 들었다.

긴 터널을 따라 역사를 나와 국립박물관을 끼고 걸어갔다. 여름을 재촉하는 햇빛을 온몸으로 받으며 경복궁으로 갔다. 동전 몇 닢을 주고 입장권을 산 후 입구 옆 가게에서 팝콘을 사서 들었다. 수학여행 온 여학생들의 재잘거리는 모습이 그를 동심으로 돌아가게 했다.

경복궁 안을 걸으며 흙으로 된 보도에서 나는 자박자박 하는 소리에 마음의 여유가 생겼다. 양탄자·아스팔트·잔디밭 위를 거닐었던 과거를 회상했다. 그때는 자박자박 하는 소리를 듣지 못했다. 어떤 소리도 듣지 못했다.

그는 경복궁 내를 천천히 한 바퀴 돈 후 경회루 쪽으로 향했다. 경회루 연못을 한 바퀴 돌고는 연못가 벤치에 자리를 잡았다.

팝콘을 먹으며 『태양은 또다시 떠오른다』를 읽기 시작

했다. 성불구자인 한 남자가 한 여자를 그렇게 사랑할
수 있는가? 절제 없는 여자가 어떻게 그토록 매력적으로
보일 수 있는가? 그는 얼마 동안 헤밍웨이의 짤막한 대
화에 흠뻑 빠져 상상의 세계를 기분좋게 유영했다.

　잠시 후 책에서 눈을 떼고 주위를 둘러보았다. 미국인
으로 보이는 두 부인이 서너 살쯤 된 남녀 아이들과 같
이 있었다. 그 앞에서 중학생으로 보이는 두 소녀가 그
어린아이들을 뚫어져라 보며 경이의 눈길을 보내고 있
었다. 그 여학생에게 그런 아이를 갖게 해준다면 세상의
어떤 희생이라도 마다하지 않을 그런 눈길이었다.

　그 이유는 무엇일까? 아이들의 피부가 희기 때문에?
아니면 인형 같기 때문에? 아니다. 그 소녀들은 무조건
사랑을 주려는 마음을 가졌기 때문이다. 그런 소녀들이
대학 입시 준비과정을 거치고 나면 누군가를 미워하려는
마음을 갖게 될 것이다. 그는 갑자기 분노가 치밀어 속
으로 중얼거렸다.

　"뭐, 그런 자들이 교육자라고……. 시정잡배보다 못된
짓을 순진한 소녀들에게 하면서……."

　그는 얼른 일어나 그곳을 벗어났다.

　그가 찾아간 곳은 옛 궁의 후원(後園)을 복원해놓은 곳

이었다. 그곳을 찾은 데는 이유가 있었다.

복원된 후원 옆으로 난 보도를 거닐며 후원을 바라보노라면 그 어느 곳에서보다 흥분된 마음이 가라앉고 평온함을 찾을 수 있기 때문이었다. 잘 다듬어진 돌로 벽을 쌓고, 그 뒤로 다채로운 수목이 울퉁불퉁한 바위 틈틈이 솟아 있고, 그 뒤로 둘러쳐진 담장에는 지붕이 있는 굴뚝이 좌우로 버티고 있었다. 그 후원을 눈여겨보며 걷다보니 조금 전에 느꼈던 분노는 씻은 듯이 가시고 수백 년 전 그 후원을 바라보며 시 한 수를 읊었을 어느 선비의 차분한 마음가짐을 닮아가는 자신을 느꼈다.

그는 분노 속에서 밤낮을 지새우고, 분노 속에서 봄 · 여름 · 가을 · 겨울을 보냈던 과거의 자신을 회상하며, 늦게나마 그런 인생에서 빠져나올 수 있었던 자신에게 찬사와 칭찬을 보냈다.

그때의 분노는 어떤 분노였는가? 자신에게 물어보았다. 그것은 안일한 생활을 하거나 느긋한 마음으로 세월을 보내는 모든 사람에게서 느껴지는 이유 모를 분노였다. 주위의 모든 사람을 적이나 경쟁상대로 보지 않고 친구로 보는 순진한 태도를 취하는 모든 사람들을 향한 분노였다. 그 분노는 때로는 억지 미소 속에 감춰져 드러나지 않았으나 타는 눈빛은 속일 수 없었다.

지금은 다른 눈을 갖고 있겠지. 분노에 찬 눈이 아니라 세상의 아름다움을 있는 그대로 보고 느낄 수 있는 눈을 갖고 있겠지. 그는 자신에게 다짐하며 경복궁 출구를 향해 가벼운 걸음걸이로 걸어나갔다.

그는 경복궁 출구를 나와 길을 건넜다. 나지막한 지붕을 한 한옥을 식당으로 개조한 중국식당으로 들어섰다. 기역자형 한옥의 안방과 건넌방 사이의 마루 위에 식탁이 놓여 있었다. 플라스틱으로 차양시설을 한 마당에 놓인 식탁에 자리를 잡았다. 그는 영어학원 후보 강사직을 맡은 후 시간이 허락하는 대로 경복궁을 한 시간 가량 거닌 후 이곳 중국식당에 와서 점심을 먹곤 했다. 그곳에서 그는 항상 과거를 회상하며 흐뭇한 기분이 되곤 했다. 수많은 과거 중에 몇 안 되는 간직하고 싶은 과거였다.

기역자형의 한옥은 그가 항상 되씹고 싶은, 어린 시절에 본 젊은 아버지와 자상한 어머니를 떠올리게 했으며, 주문한 짜장면은 겁없이 나댔던 중학교 시절을 연상시켰다. 그는 식초를 뿌린 양파를 춘장에 찍어 먹으며 곱빼기 짜장면을 단숨에 해치웠다. 빠른 시일 내 가족들을 데리고 와 탕수육을 사주기로 마음먹었다. 그리고 자신은 과거에 그랬던 것처럼 탕수육을 안주삼아 배갈로 흠뻑 취하고 싶었다.

문 옆에 있는 계산대에 가서 짜장면 값을 치르며 공연히 미안한 생각이 들었다. 그가 현재 쓰고 있는 돈이 매우 가치 있게 느껴졌다. 가치가 없는 돈을 물쓰듯 했던 과거가 떠올랐기 때문이었다.

언제였던가? 사업 초기에 한창 살아남으려고 눈코 뜰 새 없이 허둥대고 있을 때였다.

어느 날 저녁, 고급 관료직에 있는 동창생을 최고급 살롱에서 술대접을 한 적이 있었다. 화려하게 장식한 방에서 술독에 빠졌다가 한껏 세련된 호스티스들과 일인조 밴드에 맞추어 떠들썩하게 몸을 흔들고 난 후 자리에서 막 일어나려고 할 즈음이었다. 일어나다 말고 그 동창생이 자리에 다시 앉으며 과일을 시켰다. 곧이어 여러 종류의 과일이 듬뿍 담긴 큰 쟁반이 테이블 위에 놓여졌다.

그는 속으로 그 과일쟁반의 가격을 머릿속에서 헤아렸다. 바가지 엄청 씌우겠다고 속으로 중얼거렸다. 과일을 시킨 동창생보다 과일을 큰 쟁반 가득 담아온 마담이 더 미웠다. 그러나 다음 순간 "쩨쩨하게 굴지 말아야 한다"며 자신을 타일렀다.

동창생이 과일 두 쪽인가를 입에 넣더니, 일어서며 말했다.

"자, 이제 가지."

그때 그는 일어서는 동창생을 앉히며 말했다.

"야, 과일값만은 네가 내야겠어."

어리둥절해하는 동창생에게 그는 다시 말했다.

"사과 반쪽 먹고 노동자 일주일치 수입을 한번 지불해봐! 어떤 기분인지 너도 당해봐야 돼."

그때를 회상하며 그는 속으로 허탈하게 웃었다. 내가 그때 그 동창생에게 정말로 그렇게 얘기했던가? 내가 그때 그렇게 용감했던가?

물론 아니었다. 그날 저녁 집으로 돌아온 후 이불 속에서 잠 못 이루고 끙끙거리며 혼잣말로 그렇게 말했을 뿐이다. 그 후 그때의 장면이 문득문득 떠오를 때면 숨이 막힐 듯 분노가 치밀어 올라왔다. 그 분노를 삭이려고 수십 번, 수백 번 동창생에게 속으로 그렇게 말했었다.

그는 길 옆 공중전화 부스에서 학원으로 전화를 걸었다. 학원 사무국장이 결강이 생겼으니 강의를 해달라고 했다. 그는 전철을 탔다.

한강을 건널 때는 갈 때와는 반대편에 있는 한강의 전경을 음미했다. 서쪽으로 지는 해가 던지는 햇빛을 비스

348

듬히 튕기는 한강물 위에서 한 척의 유람선이 주위를 분홍빛으로 채색하며 떠다녔다. 몸체를 푹 담그고 유유히 지나가는 유람선을 뚫어지게 쳐다보았다.

그는 돌아오는 주말에 할 일을 찾았다. 식구들을 데리고 유람선을 타기로 마음먹었다. 기쁨에 젖을 아내와 딸의 모습이 눈에 선했다. 그는 벌써부터 들뜬 자신을 발견하고는 쑥스러운 미소를 지었다.

그는 신사역에서 내려 다른 승객들과 어깨를 나란히 하고 걸어갔다. 철로 위의 전철이 허전했던 플랫폼을 꽉 채우고 있었다. 정차한 전철 안에 서 있는 얼굴들에 시선을 보냈다. 그 얼굴들은 무표정했지만 무엇에 쫓기는 표정은 아니었다. 오히려 여유 있고 느긋한 표정이었다. 그가 과거에 본 얼굴들과는 너무나 달랐다. 그들과 같이 있으니, 이제는 "나는 외롭지 않다. 나는 외롭지 않다" 하고 자신에게 말하며 걸어갔다.

그들 모두가 외로운 사람들일지 모른다는 생각이 들었다. 모든 사람이 다 외로우면 모두가 외롭지 않다는 말이 아닌가? 전철역 층계를 올라오며 주머니에 있는 동전을 다 꺼내서 아코디언을 치는 하체 없는 장애인 앞의 양철통에 넣어주었다. 기분이 몹시 좋았다.

초여름 어느 날

수십 년 만에 가장 높은 기온을 기록하면서 더위가 기승을 부리던 어느 날 오후, 김성수는 학원 건물을 나와 거의 텅 빈 거리를 어깨를 축 늘어뜨린 채 걸어가고 있었다.

봄이 지나고 여름을 맞이하면서 그의 눈에 모든 사물이 조금씩 다르게 비치기 시작했다. 훈훈한 체온을 느꼈던 전철 안의 분위기가 시큼한 땀냄새로 바뀌었다. 마음씨 착한 주위 사람들의 표정이 때때로 무기력해 보였다. 주위의 모든 것이 조금씩 더럽게 보였다. 아름답게 보였던 한강이 때로는 흙탕물로 채워졌다. 전철역에 진을 친 거지들이 성가셨다.

생활비를 절약하려고 버둥대는 아내의 행동에 짜증이 났다. 무엇보다 무의식중에 돈계산을 해보는 자신이 싫었다. 과거에는 살 물건을 결정하고 가격표를 보았다. 아니 누군가가 항상 대신 사주었다. 물건이 필요하다고 생각할 시간도 없었다.

그가 대로를 건너고 차도에 한 발을 내딛는 순간, 택시가 막 좌회전을 하며 그의 옆을 획 지나갔다.

"야, 이 개새끼야. 정신차려!"라는 말이 그의 귀청을 때렸다. 순간 멈칫하며 앞에 있는 횡단신호를 보았다. 파란 신호등이 번쩍번쩍 명멸하고 있었다.

그는 생각했다. 무언가 다를 것이라고 기대했던 오늘도 여느 날과 다르지 않으리라고. 지난 수개월 동안 경험한 일이지만 하루를 망치는 일은 어떻게든 일어나기 마련이었다.

전철에서 그의 어깨를 치며 내리는 버릇없는 청년이 그를 불쾌하게 했다. 난폭하게 브레이크 페달을 밟는 버스 운전사가 흐뭇한 공상에 젖어 있던 그를 왜소하게 느끼게 했다. 주문을 받은 맥주홀 여종업원의 시큰둥한 표정이 그의 기분을 망가뜨렸다.

머릿속으로 그는 항상 행복을 상상하고 있는데, 그의 마음에서는 행복이 끊임없이 창조되고 있는데, 문득문득 냉정한 현실이 찾아들어 그것들을 산산조각 내곤 했다.

왜 그럴까? 왜 우리가 우리를 불행하게 하지? 나에게 욕설을 퍼부은 택시 기사, 뭔가 급해서 사람을 밀치고 전철에서 내리는 젊은이, 승객을 배려하지 않고 급히 브레이크를 밟는 운전사, 그에게 주문받는 맥주홀 여종업원 모두 자신처럼 다른 사람한테 폐를 끼치지 않고 자신들의 노력으로 살려는 착한 사람들인데 말이야.

그는 대로를 건넌 후 잠시 머뭇거렸다. 전철을 타고 구파발 종점에서 10분 정도 걷는 거리에 있는 집으로 갈 것인지, 지금 있는 곳에서 10분 정도 걸으면 되는 골프 용품점에 갈 것인지 쉽게 결정할 수 없었다.

그는 손목시계를 들여다보았다. 7시 5분. 집에 가 선 풍기 앞에 앉아 텔레비전을 보기에는 따분하다는 느낌이 들었다. 더구나 전세로 얻은 20평 단독주택에서 한 방을 쓰는 딸 미선이 떠오르자, 공연히 일찍 들어가면 딸과 아내가 불편해할지도 모른다는 생각이 들었다. 그는 냉 방장치가 잘된 골프용품점으로 발길을 옮겼다.

그가 골프용품점의 골방에 도착했을 때는 벌써 대여섯 사람들이 모여 고스톱 화투놀이에 한창 열을 올리고 있 었다.

골프용품점 주인, 경기도 시골 읍의 신용금고 사장, 여행사 고용사장, 샐러리맨…… 그들 모두와 반갑게 악 수를 했다. 그들 손의 악력에 그는 기분이 좋아졌다. 그 가 사업하던 때 동창회에서 만났던 재벌 2세들이나, 대 기업 고용사장이나 관리들과 악수를 할 때 그들의 손에 는 힘이 없었다. 마지못해 내미는 손처럼 그 어떤 힘도 느끼지 못했다. 그리고 보니 지위가 높을수록 마치 카메 라를 위해 악수를 하듯 손만 내밀었지 거기에서는 어떤 정감도 스며들어 있지 않았다.

그는 그들과 한패거리가 되어 웃고, 빈정거리는 가운데 고스톱 화투놀이에 흠뻑 빠져들었다. 뚜렷한 이유도 없이 골프용품점 주인과 여행사 고용사장, 샐러리맨이 승자이기를 바라며 화투를 쳤다. 그러나 근래에 그가 경험한 모든 세상사가 그러하듯, 11시가 되어서 고스톱 게임이 끝났을 때는 신용금고 사장이 승자가 되었다. 승자의 제의로 근처 맥주집으로 갔다.

맥주집에 자리를 잡자 신용금고 사장이 오늘 저녁 화투놀이에서 딴 돈의 일부를 골프용품점 주인에게 건네주며 말문을 열었다.

"이거, 오늘 딴 것 중 일부인데 당신이 가져."

그는 골프용품점 주인이 거절하기를 바랐다. 그러나 아무 주저함도 없이 돈을 받는 골프용품점 주인에게 배신감을 느꼈다.

"요새 골프회원권 시세는 어때?"

신용금고 신 사장이 골프용품점 주인에게 물었다.

"무지하게 올랐어요. 1년 전에 신 사장님이 산 거 아마 배는 올랐을 거예요."

"그래? 한 6천만 원 되나?"

"몇 백 더 될 거예요."

"더 오를까?"

"1억까지는 오를 거예요."

골프용품점 주인이 말을 받았다.

"삼류 골프장 회원권은 안 오를까?"

"에이, 질 낮은 골프장은 많이 안 올라요. 사려면 일류 골프장 회원권을 사세요."

"왜 안 오르지?"

"공무원들을 초대하려면 말이죠, 일류 아니면 명함도 못 내밀어요."

그는 앞에 놓인 술잔을 들어 단숨에 들이켰다. 그리고 속셈을 하기 시작했다. 예약도 되지 않는 엉터리 골프장 회원권 한 장에 6천만 원, 자신의 4년치 수입과 맞먹는 액수. 1년 사이에 남긴 3천만 원의 이익, 죽어라 하고 일하는 자신의 2년치 수입과 같은 액수.

그의 머리에는 생활비 몇 푼 절약하려고 바둥대는 아내의 모습이 떠올랐다. 1주일 전 딸이 층계에서 넘어져 팔꿈치를 다쳤을 때, 병원비를 아끼기 위해 정형외과 병원에 가지 않고 접골원에 데리고 간 것 같았다.

"신 사장님, 대출 좀 해줘요. 물건 확보하려면 현금이 제때에 있어야 하거든요."

골프용품점 주인이 말했다.

"담보는?"

신 사장이 물었다.

"내 아파트 넣을게요."

"몇 평이지?"

"70평이에요."

"시가가 5억 정도 되나?"

"무슨 말씀? 적어도 7억은 돼요. 이 동네에 평당 천만 원짜리 이하가 어디 있어요?"

"그래?"

그들 사이의 대화가 진행되는 동안 그의 머리는 점점 더 혼미해졌다. 뚜렷한 이유 없는 분노가 그의 내부에서 끓어올랐다. 큰 모욕을 받고 있다는 느낌이 들었다.

몇 잔의 술잔이 오가며 얼굴에 술기운이 올라오자 신 용금고 사장이 말문을 열었다.

"요새 노동자들이 하는 짓거리를 보면 어느 누가 사업에 뛰어들겠어?"

그 말이 자신의 뇌리에 자리를 잡자 그는 분노로 온몸이 달아올랐다.

"신 사장, 무슨 말을 그렇게 하시오. 노동자를 탓하기 전에 먼저 사업가들이 한 짓거리를 생각해보시오……. 소위 사업가란 자들이 자행한 짓들이 무엇이었소? 기껏 해야 국민들 빚보증으로 거창하게 생산시설을 해놓으면 외국 바이어들이 기어들어온 것 아니오. 왜 그들이 왔는지 아시오? 정부 권력에 눌려 지내는, 생산성 높은 노동자가 있는 나라는 한국뿐이기 때문이었소. 그러나 노동자들도 바보가 아니오. 그래, 이제는 그들의 권리를 주장하는 거요."

그는 갑자기 착 가라앉은 분위기를 느꼈다. 동시에 오늘 저녁도 수많은 다른 저녁과 마찬가지로 자신이 분위기를 잡쳤다는 것을 깨달았다. 그나마 친구라고 남은 이들마저 그를 피할지도 모른다는 불안감이 몰려왔다. 지금부터 무슨 말을 해도 오늘 저녁 분위기를 바로잡기는 글렀다. 더 악화되지 않기만을 바라며 입을 다물 수밖에 별도리가 없었다. 다른 사람들이 골프 이야기, 여자 이야기로 떠들썩하게 지껄이는 동안 그는 잠자코 술만 들이켰다. 왜 내가 이렇게 되었을까? 하고 자신에게 끝없이 물으며 애꿎은 술만 마셔댔다.

12시가 거의 다 되어 그곳을 나와 전철역으로 갔다. 12시 5분에 도착하는 막차를 기다리면서 오늘 저녁 고스톱 판에서 잃은 돈 생각이 났다. 뱃속에 구멍이 펑 뚫리는 것 같았다. 생활비를 절약하려고 딸을 접골원에 데려간 아내의 모습이 떠오르자, 음 하고 저절로 신음이 터져나왔다. 불만 켜놓은 서적판매대 진열장에 놓인 잡지들의 표지가 지저분하게 보였다.

그는 듬성듬성 서 있는 승객들 사이를 지나 중간쯤에서 손잡이를 잡았다. 옆에 서 있는 승객이 보는 일간지 뒷면의 큰 활자가 눈에 띄어 바싹 다가섰다. 신문을 든 승객이 따가운 눈초리를 보냈다. 그는 술냄새가 싫어서겠지,라고 생각하며 반대편으로 시선을 돌렸다. 두 젊은 여자가 불그스레한 얼굴에 충혈된 눈으로 그를 올려다보았다. 그 중 한 여자가 그에게 미소지어 보였다. 아직 일당을 채우지 못했는지 그녀가 보내는 미소는 매우 유혹적이었다. 그는 고개를 저었다. 어떤 여자의 미소도 그를 유혹할 수는 없다고 자신에게 말했다. 누구도 흉내낼 수 없는 미소가 너무나 또렷이 그의 기억에 살아 있었다.

5, 6년 전이었던가? 대권을 잡은 육군 소장 출신이 참석한 칵테일 파티가 있었다. 칵테일 잔을 들고 떠드는 육군 소장 출신 집권자 주위에 서 있는 선임 장관의 모습이 그의 시야에 들어왔다. 그 장관이 짓고 있는 미소를 보았다. 세상의 어느 기녀(妓女)가 저런 미소를 지을 수 있을까? 그 미소를 어떻게 글로 표현할 수 있을까? 슬픔 · 겸손 · 복종 · 굴욕 · 흠모가 적절히 혼합된 미소라고나 할까? 부끄러움을 타는 어린 소녀의 몸짓과 함께

그 미소는 기막힌 조화를 이루었다. 그런 미소를 항상 대할 수 있다면 대권을 잡기 위해 무슨 짓을 못하랴! "미친 새끼들!" 아니 "미친년들!"이라고 속으로 중얼거리며 그는 피식 웃었다.

구파발 종점에서 내려 10분 정도 걸었다. 대문을 여는 아내가 그의 시선을 피한 채 얼른 문을 열어주고는 앞서서 안으로 들어갔다. 현관에 들어서서 마루로 된 응접실의 소파에 털썩 주저앉았다. 여느 때와 뭔가 다르다는 느낌이 들었다. 그에게 등을 돌리고 응접실과 맞닿은 주방에서 찌개를 데우는 아내에게 말했다.

"미선이는 자나?"

아내는 아무런 대꾸도 하지 않았다.

"미선이는 자지?"

그가 다시 아내의 등에다 대고 물었다. 확실하지는 않으나 아내가 고개를 숙이며 깊은숨을 들이쉬는 것 같았다. 불길한 예감이 들어 서 있는 아내에게로 갔다. 뒤에서 아내의 어깨를 잡는 순간, 아내는 그의 품에 안기며 흐느끼기 시작했다. 흐느낌 속에 아내가 띄엄띄엄 말했다.

"여보…… 어떻게 해요?…… 어떻게 해야 되겠어요?"

"무슨 일이야?"

"미선이 말예요."

"그래, 미선이가 왜?"

그는 아내의 어깨를 뒤로 밀치며 아내의 얼굴을 응시했다. 아내가 고개를 숙인 채 말문을 열었다.

"오늘 정형외과에 갔다왔어요."

"뭐래?"

"다시 수술해야 된대요…… 다시 수술해도 팔꿈치가 완전히 펴질지는 확실하지 않대요."

"왜? 접골원에서 잘못 치료했다고 그래?"

"팔꿈치를 다쳤을 때 곧바로 병원에서 수술했으면 괜찮았을 거래요."

아내의 어깨를 잡은 손에 힘이 쭉 빠졌다. 아내에게 무슨 말을 하려고 입을 열려다가 눈물로 뒤범벅이 된 아내의 얼굴을 보고 그만 입을 다물었다.

그는 소파에 털썩 주저앉았다. 눈가를 몇 바늘 꿰맨 후 아픔을 참으며 "아빠, 정말 미안해" 하던 일곱 살 적 미선의 얼굴이 떠올랐다. 그런 딸을 돈 몇 푼 절약하느라고 병원이 아닌 접골원에 데리고 갔다고? 그런 딸이 평생 동안 꾸부정한 팔꿈치로 살아야 한다고?

그는 자리에서 벌떡 일어났다. 자신을 향한 참을 수 없는 분노가 치밀어올랐다. 마침내 그는 아내의 등을 향해

버럭 소리를 질렀다.

"당신, 미쳤더랬어? 어떡하려고 그랬어? 왜 병원에 안
데리고 가고 접골원엘 데리고 갔어?"

아내의 등은 요동도 하지 않았다. 숨도 쉬지 않는 것
같았다.

"그게 대학 나온 사람이 할 짓이야? 몇 푼 절약하겠다
고 어떻게 그런 행동을 해?"

그가 다시 소리를 질렀다. 고스톱 판에 끼여 있던 조금
전의 자신의 모습이 떠올랐다. 그리고 잃은 돈의 액수가
다시 기억되었다. 아내는 그 돈 액수보다도 적은 돈을
절약하겠다고 그랬으리라. 미칠 것만 같았다.

"도대체 이제 어떡할 셈이야? 나중에 미선이 어떻게
시집보낼 테야?"

마지막 말을 내뱉으면서 아차했다. 너무 심한 말을 했
다고 후회했다. 그 순간 끓는 찌개를 식탁 위로 옮기던
아내가 찌개냄비를 바닥에 팽개쳤다. 찌개의 내용물이
사방으로 튀었다. 소파에 앉아 있는 그의 몸에까지 찌개
거리가 튀었다. 그는 벌떡 일어났다. 두 손으로 자신의
입을 틀어막으며 마루에 시선을 보내고 있는 아내의 모
습과 마주쳤다. 멍멍해진 기분이 되었다. 그는 문 쪽으
로 걸어갔다. 그 순간 아내가 마루에 엎어지면서 그의

다리를 잡았다.

그리고 흐느낌 속에 빠르게 말했다.

"잘못했어요, 제가 잘못했어요, 용서해주세요."

그는 그의 다리를 잡은 아내의 손을 뿌리치고 문을 박차고 밖으로 나왔다. 그의 귀청을 후려치는 아내의 나직한 흐느낌을 뒤로하고 그는 뛰듯이 걸어갔다. 걸어가면서 그는 세상에 태어나서 처음으로 자신의 정체를 보는 듯했다. "너는 쓸모 없고, 능력 없고, 못된 인간"이라고 누군가 자신에게 소리치고 있었다. 그는 그 소리를 견딜 수 없어 무턱대고 뛰었다.

얼마 동안 뛰었을까? 숨이 차서 더이상 움직일 수 없어 그 자리에 털썩 주저앉았다. 주위를 돌아보았다. 구파발 전철역 근처에 위치한 환락가가 휘황찬란한 네온사인 불빛 속에서 대낮처럼 흥청거리고 있었다. 네온사인의 화려함 속에 푸른 비닐로 덮개를 한 포장마차가 눈에 띄었다.

그는 그곳으로 걸어갔다. 덮개를 들치고 포장마차에 들어가 구석에 자리를 잡았다. 그에게 측은한 시선을 던지는 50대 초반의 주인여자에게 말했다.

"소주 한 병 주세요."

"늦었는데 그냥 집으로 들어가소. 술이 많이 취했는데……."

그는 그렇게 말하는 주인여자를 올려다보았다.

"너무 취한 것 같은데 오늘은 고만하소…… 국수 한 그릇 말아드릴까예?"

주인여자가 혀를 끌끌 찼을 때에야 그는 된장찌개가 튀어 엉망이 된 자신의 모습을 살펴보았다.

"괜찮아요, 아줌마. 취하지 않았어요. 소주 한 병 주세요."

그는 애원하다시피 말했다.

"그라믄 두어 잔만 하고 남기소"라고 말하며 주인여자가 술병을 땄다.

"안주는 뭐 있어요?"

"안주는 많지만, 내가 따끈한 국수 말아줄 테니 들고 드소."

주인여자가 그의 대답도 기다리지 않고 돌아서서 국수를 말기 시작했다. 그는 소주잔을 단숨에 쭉 들이켰다. 두 잔, 세 잔을 연거푸 들이켜고 난 후 탁자에 두 손을 올려놓고 그 속에 머리를 파묻었다.

내게 무슨 일이 일어난 거지? 자신에게 물었다. 으스스 몸이 떨렸다. 자신이 저지를 수 있는 일 중에서 가장 나쁜 일을 저질렀을지도 모른다는 공포가 몰려왔다. 아내의 사랑마저 잃어버릴지도 모른다는 생각이 들었다.

만일 그렇다면 어떻게 세상을 살아나가지? 자신에게 물었다. 도저히 살아갈 자신이 없었다. 아내의 사랑이 변할 수 없는 철칙인 것처럼 아내의 사랑은 당연히 주어진 것처럼 생각한 자신이 더없이 어리석어 보였다. 아, 내가 얼마나 건방졌던가! 아내가 자신을 사랑하는 것을 마치 아내 몸 속에 지니고 살아야 할 불치의 병처럼 받아들였다니!

그는 꿍 하고 가슴속 깊숙한 곳에서 나오는 신음을 토하며 고개를 들었다. 반쯤 남은 소주병은 온데간데없고 국수 한 그릇이 그의 앞에 놓여 있었다.

"술병 주세요."

"국수 드시소."

"술 빨리 주세요."

"그라지 말고 국수 드시소. 국수 드신 후라야 술 더 드릴끼요."

마치 자신의 아들 건강을 염려하듯 하는 주인여자가 몹시 성가시게 느껴졌다. 그는 자리에서 벌떡 일어나 주머니에서 천 원짜리 두 장을 탁자에 던져놓으며 뒤돌아섰다.

"그냥 가지고 가소."

그녀의 말을 뒤로하고 그곳을 뛰쳐나왔다.

골목길을 돌아서자 말쑥하게 차려입은 젊은 청년이 그에게 말을 걸었다.

"아저씨, 술 한잔 하고 가세요."

"돈 없어."

그는 그 청년을 지나쳤다.

"그럼, 그냥 보고만 가세요. 기똥찬 노브라 애들 있어요."

"어디야?"

"따라오세요."

청년의 뒤를 따라 계단을 내려가 어둠침침한 지하 바로 들어섰다. 칸막이로 갈라놓은 조그마한 방에 안내되었다.

"얼른 이쁜 애 하나 데리고 와봐. 오늘은 돈 없어서 보기만 하고 갈 거야."

"정말 돈 없어요?"

"맥주 한 병 얼마야? 이 돈밖에 없으니 맥주나 가지고 와."

그는 만 원짜리 한 장과 천 원짜리 지폐 몇 장을 테이블에 올려놓았다. 곧이어 그는 가지고 온 맥주 두 병을 잔에 따라 아무 말 없이 연거푸 몇 잔을 마셨다. 그의 내부에서 기승을 발휘하는 취기가 그를 느긋하게 했다.

"아저씨, 정말 돈 없어요?"

"돈 없어."

"크레디트 카드 있잖아요?"

"없어…… 있는 거라곤 이 시계밖에 없어."

"한번 봐요."

그가 풀어준 시계를 청년이 자세히 보았다.

"아저씨, 이거 구가다 로렉스네요."

"15년 전에 산 거야. 아니, 약혼시계야."

"이거 맡겨놓고 한잔하세요."

"좋아, 기똥찬 노브라 아가씨도 데리고 와."

"잠깐만 기다리세요."

잠시 후 화장을 진하게 한, 취기로 충혈된 눈을 한 어린 여자가 들어와 그의 옆에 앉았다. 뒤따라 그 청년이 안주 두 접시와 맥주병을 여러 개 갖고 와서 테이블에 놓았다. 그녀가 따라주는 맥주잔을 쭉 들이켜고 그녀에게 잔을 권했다.

"옷이 왜 그래요?"

"뭐가?"

"토했어요? 어디 넘어졌어요?"

그녀의 시선이 엉망진창이 된 그의 아래위를 훑어보았다.

"노브라야?"

그녀는 시큰둥한 표정을 지어 보였다.

그의 손이 그녀의 블라우스 속으로 들어갔다. 그 순간 그녀는 그의 손을 홱 뿌리치고 자리에서 벌떡 일어났다. 그러고는 "뭐 이런 놈이 있어?" 하는 표정을 지으며 방을 나가버렸다. 그는 소리쳐 청년을 불렀으나 다른 방에서 나는 밴드 소리만이 요란하게 들려왔다.

그는 혼자서 테이블 위에 놓인 맥주를 병째로 들이켰다. 다시 큰소리로 청년을 부르자 그가 나타났다. 그 청년은 아무 말 없이 계산서를 그의 앞에 내밀었다.

"얼마야? 기집애는 어디 갔어?"

"집에 갔어요."

그는 계산서를 보았다.

"어떻게 22만 원이야, 이새끼야."

그는 자리에서 일어나며 청년에게 소리질렀다.

"뭐, 당신 뭐라고 했어?"

"뭐?"

"이새끼가 뭐야? 나잇살이나 먹었으면 나이값이나 해."

"뭐라고 이새끼가?"

"어라, 뭐 이 짓 한다고 사람으로 보이지도 않나?"

"이새끼가."

"지랄 말고 내일 22만 원 가져와 약혼시계나 찾아가."

청년은 냉소를 머금고 타이르듯 말했다.

"이새끼, 파출소에 가자."

"뭐 이따위 새끼가 있어. 애 팁값 5만 원하고, 술값 안주값 하면 22만 원이야. 계산서 가지고 너 혼자 파출소에 가."

그 청년은 그 말을 남기고 돌아섰다. 그는 그 청년의 어깨를 낚아챘다. 청년은 그를 밀쳐버렸다. 그는 테이블 위로 나가떨어지면서 쏟아진 맥주를 온몸에 뒤집어썼다. 청년은 그를 본체만체 사라졌다.

그는 두 손으로 맥주를 뒤집어쓴 얼굴을 쓸었다. 찝찔한 맥주가 그의 혀에 닿았다. 조금 전의 분노가 말끔히 사라진 것을 느꼈다. 자기 자신을 적나라하게 드러내어 오히려 숨길 것이 없는 홀가분한 기분이 되었다. 그는 바닥에서 비틀거리며 천천히 일어났다.

그는 바를 나와 얼마를 걷다가 문이 닫힌 건물의 돌층계에 털썩 주저앉았다. 시원한 바람이 불어 낮의 열기를 씻어주고 있었다. 밤하늘을 올려다보며 층계 위에 반듯하게 누웠다. 마음이 아주 편안해졌다.

누군가 그의 어깨를 흔들었다. 그는 눈을 살짝 떴다.

"여보시오. 술이 많이 취한 모양인데 이제 일어나시오."

"지금 몇시요?"

그는 게슴츠레 눈을 뜨며 그를 깨운 사나이에게 물었다.

"새벽 4시 반이오."

그는 천천히 일어나 앉았다.

"집이 어디오? ……버스값이라도 있으시오?"

그는 속이 쓰려왔다.

그는 천천히 일어나 그를 깨운 사내에게 시선을 주었다. 주황색 모자를 쓴 환경미화원이었다. 환경미화원은 주머니에서 천 원짜리 지폐 한 장을 꺼내어 그에게 내밀었다. 그가 몇 발자국 떼어놓았을 때 그 환경미화원이 지폐 한 장을 그가 말릴 사이도 없이 그의 주머니에 쑤셔넣어 주었다.

그는 집이 위치한 동네 골목 어귀로 들어섰다.

조금 걸어가다 문 닫힌 생선가게 앞에 놓인, 칼자국이 움푹 파인 큰 돌덩이 같은 도마와 생선 비늘이 묻어 있는 큰칼에 시선을 주었다. 그 도마 위에서 그 칼로 동강낸 동태를 그가 늦게 들어올 때마다 끓여주던 아내가 눈앞에 그려졌다. 결혼 전에는 경험하지 못한 핍박한 살림

살이에도 미소를 잃지 않는 아내가 아니었던가? 아내에 대한 안쓰러움이 가슴에 통증을 몰고 왔다.

대문 앞에 일렬로 늘어선 시멘트 쓰레기통이 은은한 여명에 윤곽을 드러냈다. 6·25전쟁 전 그가 살았던 동네 모습이 눈앞에 재현된 것 같았다.

그때는 얼마나 행복했던가! 아침 일찍 대문 앞 골목길을 쓸던 아버지와 동네 아저씨들의 웃는 모습이 되살아났다. 쓰레기를 버리러 나온 어머니와 아주머니들의 재잘거리는 광경이 눈에 보이는 듯했다.

그는 깊은 잠에서 깨어난 듯 희미하게 정신이 들었다. 소파에서 고개를 숙이고 있는 아내에게 시선을 주지 않은 채 방으로 들어가 펴놓은 이부자리에 드러누웠던 기억이 떠올랐다. 아내가 소리나지 않도록 조심스럽게 이불 귀퉁이 밑으로 들어오는 것을 느꼈다.

"미선이 기분은 어때?"

그가 옆에 누운 아내에게 말했다.

"보통때와 조금도 다르지 않아요. 여전히 쾌활해요."

"미선이 팔은 고칠 수 있을 거야."

"……."

그들 사이에 침묵이 흘렀다. 창문을 비집고 들어온 여

명이 방의 윤곽을 드러내주었다. 한쪽 벽에 놓인 싸구려 장롱, 벽 구석에 놓인 텔레비전, 그 옆의 조그마한 탁자…….

이대로 누워 평생을 지내라 해도 마다하지 않을 평온함을 느꼈다. 실로 오랜만에, 정말로 오랜만에 느낀 평온함이었다. 탁자 위에 놓인 가족사진의 윤곽이 그의 시야에 들어왔다. 보이지는 않으나 행복한 미소를 짓는 두 여자의 모습을 뚜렷이 그릴 수 있었다.

'무슨 일이 있어도 저 행복한 두 여자의 미소는 지우지 말아야지. 무슨 짓을 하더라도 두 여자의 행복을 빼앗지는 말아야지' 자신에게 굳게 다짐했다. 미선의 다친 팔이 떠오르자 가슴을 짓누르는 통증을 느꼈다. 그의 다짐이 한발 늦은 느낌이 들어서였다.

"어제 저녁 일은 미안해. 내가 잘못 말했어. 미선이는 좋은 남자를 만날 거야."

"아니에요. 제가 미안해요."

아내의 나직한 울음소리가 들렸다가 금세 그쳤다.

세상에 태어나서 단 한번만 경험하게 되는 것이 무엇이지? 그는 누운 채 자신에게 물어보았다.

첫번째 여자의 손을 잡았을 때 느끼는 친밀감…… 첫번째 입맞춤이 가져다준 희열…… 첫번째로 한몸이 되었을 때 새로운 세계를 만나게 해준 한없는 고마움…… 그리고 두 사람의 사랑으로 새로운 생명이 태어났을 때의 자신감. 그것들은 세상에 태어나서 한 번만, 오로지 단 한 번만 경험할 수 있는 일들이지 않은가? 그리고…… 그것들이 아내와의 사이에 이루어지지 않았는가? 얼마나 아름다운 경험이었나? 다시 경험할 수는 없는가? 그렇다. 얼마든지 다시 경험할 수 있다. 수백 번, 수천 번 다시 경험할 수 있다. 머릿속에서 얼마든지 다시 경험할 수 있다.

아내가 몸을 뒤척이더니 그의 손을 꼭 잡았다. 너무나 고마워 아내를 자신의 가슴 안에 힘주어 껴안아주고 싶었다. 하지만 용기가 나지 않았다. 그에게 너무나 잘못한 것이 많았기 때문이었다.

그 순간 그는 깨달았다. 사랑이라는 것은 무엇보다 용기가 필요하다는 것을……. 그러고 보니 자신은 비겁한 인간이었다. 그 비겁함을 숨기려고 세속적인 성공을 앞에 내세웠던 것이다. 마치 그 세속적인 성공만이 가족의 행복을 살 수 있다는 듯이.

그는 용기를 내어 아내를 힘주어 가슴 안으로 꼭 껴안았다. 그가 보인 용기가 아내에게 분명히 전해지리라 바라면서…….

맑고 따뜻한 눈길, 생명의 지혜

정호웅(문학평론가)

　　우리 소설에서는 처음으로 상류층의 안쪽을 깊이 탐
사해 구체적으로 드러내었던 장편 『거품시대』의 작가 홍
상화가 작품집 『내 우울한 젊음의 기억들』을 펴냈다. 표
제작을 포함해 모두 8편의 중·단편이 저마다 한 세계를
스스로 일구며 너른 벌판의 구릉들처럼 무심한 듯 사이
좋게 모여 앉았다. 그 위로 인간과 역사와 자연 앞에 겸
허한 노작가의 눈빛이 따스한 겨울날 양지쪽의 햇살처럼
일렁이고 있다. 맑고 따뜻하다.

　　그 맑고 따뜻한 눈길 아래 놓인 이야기들은 그러나 온
통 상처 입고 부서진 사람들의 서럽고 원통한 사연을 담
고 있다. 한국전쟁과 분단의 소용돌이 속에서 생겨난 굽
이굽이 서러운 사연들, 한국사회의 폭력적인 부조리에

치여 떠밀리고 짓밟힌 사람들의 가슴 속에 피거품 버걱대며 고통스러운 원통한 사연들. 생이별, 죽음, 불구, 배신, 분노, 피해의식, 죄의식 등이 뒤범벅을 개고 있는 그 아수라 지옥의 풍경에는 면역이란 있을 수 없다. 시간조차 멈추게 만드는 절대의 상처이기 때문이다.

절대의 상처를 화해니 용서니 하는 멋들어진 추상어의 보자기로 덮어 가릴 수 없으며 애써 지나친다고 하여 없앨 수 없음도 물론이다. 그 상처로부터 눈을 돌려서는 안 된다는 것, 껴안고 함께 아파해야 한다는 것, 이것이 작가가 고투 끝에 얻은, 상처투성이 지난 역사를 어떻게 안아야 하는지에 대한 지혜의 핵심이다. 생명의 지혜!

그런데 놀랍게도 그 함께 아파하기가 멈춘 시간을 흐르게 하는 것이 아닌가. 멈추었던 시간이 흐르듯 막혔던 생명의 물꼬가 트여 흐른다. 절대의 상처이니 완전한 치유란 있을 수 없는 법, 그러나 생명이란 흘러야 비로소 생명이다. 남편이 월북한 뒤 밤중에 시댁을 몰래 나와 새 인생을 살았던 한 여인(「외숙모」)이 40여 년 긴 세월이 흐른 뒤 웃으며 하는 말, "무슨 말을 하능교? 서방 소식도 기다리지 않고 달밤에 도망간 년이 뭐이 잘났다고 선뜻 연락할 끼고." 그 탁 트인 말 속에, 그 웃음 속에, 그녀를 따라 같이 웃는 서술자의 웃음 속에, 상처를 안고 힘차게 흘러 스스로 앞길을 여는 생명이 깃들어 있다.

홍상화의 소설 한복판에는 거의 언제나 자신을 뒤돌아 살피며 끊임없이 앞을 향해 나아가는 어기찬 열정의 굳센 정신이 움직이고 있다. 인간 존엄의 실현이란 깃발을 높이 들고 낮은 포복으로, 만신창이 역사를 껴안고 깊이 앓으며, 글쓰기의 자의식이 이끄는 준엄한 자기 반성의 발길이 앞을 열어, 그리하여 장엄한 역동의 세계를 일구며.

(『조선일보』, 2000. 11. 25.)

아름다운 상처의 기록들

김인숙(소설가)

상처에 대한 그리움이란 것을 생각해봅니다. 살을 찢거나 영혼에 박힌 못자국 같은 상처라고 하더라도, 시간이 오래 흐르면서 그것은 오히려 내 삶의 뿌리가 되고 그것이 나를 어딘가로 떠나게 하고 다시 어딘가로 되돌아오게 하며, 기어코는 한몸이 되게 하고야 맙니다. 어떤 사람에게 그것은 돌아오겠다는 약속을 지키지 않은 한 남자에 대한 기억일 수도 있고, 어떤 사람에게는 그것이 자신의 청년기를 찢어버린 시대의 고통일 수도 있습니다. 80년대에 20대를 고스란히 보냈던 나는, 지금도 종종 내 시대를 같이 살았던 사람의 눈빛과 설명하지 않아도 그냥 이해되어 버리는 웃음소리와 한숨소리를 느낄 때가 있습니다.

홍상화 선생님의 경우, 선생의 가장 '아름다운 상처'는 분단과 이산에 있습니다. 어린 시절의 피란지였던 능바우에서부터 선생의 그리움은 시작됩니다. 도회지에서 피란온 10세 소년은, 능바우라는 낯선 시골마을에서 새롭게 던져진 자신의 존재를 경험합니다. 그것은 찢어짐이면서 이어짐이고, 고통이면서도 애틋함이고, 환멸이면서도 끝내는 사랑입니다. 그로부터 50년 세월이 훨씬 지나, 이제 소설가로서 명망을 얻은 작중 인물인 '이진우'가 저 멀고먼 킬리만자로까지 날아갔다가, 결국 능바우로 돌아가는 길을 택하게 되는 이유는 아마도 그래서일 것입니다.

그 아름다운 상처의 영원함을, 선생은 이진우의 죽음으로 암시하고 있습니다. 결국 능바우 가는 길은, 현실의 길이 아니라 선생이 닿아야 할 구원의 길인 듯싶습니다. 선생이 닿아야 하면서, 또한 그의 뒤의 사람들이 닿아야 할…… 어쩌면 한국전쟁이란 것을 무슨 임진왜란처럼 기억하게 될지도 모를 까마득한 뒤의 사람들까지도 닿아야 할……. 왜냐하면, 선생의 소설들은 전쟁의 기록이 아니라 사랑하고 또한 끌어안지 않으면 안 될 상처의 기록이기 때문입니다.

『내 우울한 젊음의 기억들』은 선생이 이순의 나이에 내놓으신 첫 번째 창작집입니다. 그 전에 이미 선생의 빛나는 장편들을 본 바는 있습니다만, 10년 세월을 거친 중단편들이 이제야 처음으로 묶였다는 것은 뜻밖의 일로 여겨집니다. 그러나 능바우 가는 길을 찾는 데까지 걸린 시간이 거의 50년이란 생각을 해보면 비로소 그 느린 걸음이 이해됩니다. 얼마나 천천히, 한 숨, 한 숨을 고르면서 걸어오셨겠는지.

참고로 말씀드립니다. 능바우는 경상북도 상주에서 30리 정도 떨어진 곳에 있는 작은 마을이라고 합니다. 지금 그 마을의 풍경이 어떠할지 문득 궁금해집니다. 이제는 이순의 나이가 된, 그러나 한때는 10세 소년이었던 선생이 어쩌면 아직도 그 소년의 모습으로 언덕 어딘가에 서 계실지 모르겠습니다.

(『조선일보』, 2001. 1. 20, '문학레터')

한국문학사 작은책 시리즈 15

내 우울한 젊음의 기억들

초판 1쇄 인쇄 2020년 11월 16일
초판 1쇄 발행 2020년 11월 24일

지은이 홍상화
펴낸이 홍정완
펴낸곳 한국문학사

편집 이은영 이상실
영업 이운섭
관리 황아롱
디자인 심현영

04151 서울시 마포구 독막로 281(대흥동) 마포한국빌딩 별관 3층

전화 706-8541~3(편집부), 706-8545(영업부) | **팩스** 706-8544
이메일 hkmh73@hanmail.net
블로그 http://blog.naver.com/hkmh1973
출판등록 1979년 8월 3일 제300-1979-24호

ISBN 978-89-87527-82-6 03810